講談社文庫

天子蒙塵（てんしもうじん）

第２巻

浅田次郎

講談社

目次

天子蒙塵 第2巻

天子蒙塵

てんしもうじん　第2巻

第二章　還我河山

十七

孤独（グウドウ）。

その言葉の意味が、私にはよくわからない。

物心ついたときから、御前太監（ごぜんタイチエン）やお付きの女官が侍（はべ）っていた。たとえ真夜中に目覚めても、絹の帳（とばり）の外には必ず人影があって、もし泣き声でも上げようものなら、たちまち大勢の家来たちが駆けつけた。

孤独。または、孤単（グウダン）。

淋しくて悲しくて、とても不幸なことなのであろうが、ひとりぽっちになったためしのない私にとっては、理解できない言葉だった。

正しくは、意味がわからないのではなく、「貧しさ」だの「ひもじさ」だのと同様に、想像することすらできないのである。

鰥寡孤独（グアングアグウドウ）、という熟語は知っている。「鰥」は妻を亡くした男、「寡」は夫に先立たれた妻、「孤」は親のない子、「独」は老いて子なき人。きっと庶人の中には、そうした境遇にある者も珍しくはないのだろう。

孤独。solitude もしくは loneliness。

その言葉に初めてめぐりあったのは、イギリスの小説だった。

紫禁城に住んでいたころ、家庭教師を務めていたレジナルド・ジョンストンに、英語の小説を読むよう勧められた。彼はとりわけ、チャールズ・ディケンズの著作を推奨し、とうてい私が追いつけぬ早さで次々と、革表紙の立派な書物を献上した。

ジョンストンの説明によれば、ディケンズの文章は平易であり、なおかつ英国庶民の生活と心情とをよく描いているのだそうだ。

おそらくジョンストンは、ゆくゆく私がイギリスに亡命するだろうと考えて、その日のために役立ちそうな書物を勧めたのだと思う。

ディケンズの小説には、しばしばsolitudeもしくはlonelinessという単語が出現した。そのつど私は、何やらわけのわからぬ呪文を唱えられたかのように、思考を止めねばならなかった。

おおよその見当はついていても、まったく実感できなかったからである。孤独というものが、どれほど淋しくて悲しくて不幸なのか、私には理解することも、想像すらもできなかった。

私が若かったからではない。二十五歳になった今でもわからないし、おそらくこの先も、永遠にわからないだろう。

皇帝であり続ける限り、私はひとりぼっちになるはずはなく、またその言葉をあえて理解する必要もないからである。

庶人が「天命」や「王道」を知らず、また知るべきではないのと同様に、皇帝は「孤独」を、むしろ知ってはならない。

「畏(かしこ)くも万歳爺(ワンソイイエ)にお訊ねいたします。お湯かげんはいかがにございましょうや」

服が濡れるのもいとわず、湯殿の石床にちぢこまって宦官(ホアンクワン)が言った。

湯舟は昇ったばかりの満月のように大きな正円で、浴場の床からさらに掘り下げられているから、湯に浸る私の顔よりも下で物を訊ねるためには、まるで瀕死の蛙のように這(は)いつくばらねばならない。

「いくらか熱いようだね」と答えた。こうしたとき皇帝は、ひとこと「熱(ルオー)」と呟(つぶや)くべきなのだろうが、天津(テイエンジン)における七年ちかくの暮らしの間に、私は紳士的な物言いやふるまいを身につけていた。

だが、どのような言い方をしようと、太監(タイチエン)にしてみれば「万歳爺(ワンソイイエ)のご不満」なのである。たちまち脱衣室に控えていた宦官(ホアンクワン)たちが水桶を提げて現れ、私の足のほうからしずしずと湯をうめていった。

けっして手を入れて湯かげんを確かめたり、かきまぜたりはしない。それは玉体に触れるのも同じだからである。

天津の静園(ジンユアン)も、それ以前に住んでいた張園(チャンユアン)も、浴室は西洋式だった。蛇口をひねれば、ボイラー室から湯が巡ってきた。

ところがこの湯崗子(タンガンヅ)の浴室は、円形の湯舟の中心から絶え間なく湯が湧き出ている。まるで磨き上げたガラスのように澄み切った湯が、大地の底から、無尽蔵に。

しかもこの湯は清らかなばかりでなく、精気を養い、病や怪我を癒し、運気を招く効能があるという。

ふと、唐の玄宗と寵妃が浸ったという華清池(ホアチンチー)も、こうしたところだったのだろうかと思った。だとすると、ほかの効能はともかく「運気を招く」かどうかは怪しいものだが。

営口(インコウ)の港からは、幌をかけた馬車と、日除けを下ろした列車とを乗り継いで、この湯崗子温泉にやってきた。天津脱出のお膳立てをした日本軍からは何の説明もなく、同行した鄭孝胥(チョンシャオシュ)もその息子の鄭垂(チュイ)も、私が内心最も信頼する梁文秀(リアンウエンシウ)さえも、ずっと無言だった。

だから、ここがいったい東三省のどこであるのか、正確にはわからない。ただ、当面の行在所(あんざいしょ)である旅館の二階から望む山なみが、千山(チャンシャン)山脈だと聞いたので、たぶん瀋陽(シエンヤン)よりも南、大連(ダアリエン)よりはずっと北のどこかであろうという見当はついた。

南満洲鉄道が経営する日本ふうの旅館は、贅の限りを尽くしている。いちいち靴を脱がねばならぬ畳座敷や、莨(たばこ)の火でも燃え上がってしまいそうな紙の調度類は落ちつかなかったが、私のための寝台や椅子が用意されていた。天津では軍司令官や総領事や特務機関長から、入れ替わり立ち替わり接待を受けていたので、日本料理にもなじんでいた。

すこぶる快適と言っていい。湯崗子温泉の敷地は広大で、庭園はよく手入れがなされ、空気はひんやりと乾いている。窓辺に倚って景色を眺めていると、何やら離宮で静養しているような気分になった。

ただし、私の自由は著しく制限されている。対翠閣旅館の二階部分が私と家来たちの生活範囲とされ、階段を下りてもならない。むろん幽閉されているわけではなく、私の行動はそれくらい隠密裏に運ばねばならないからだった。

外出する唯一の理由は入浴だ。対翠閣の一階にも大きな浴室があるのだが、まさか皇帝が家来と同じ湯に浸るわけにはいかない。庭園を隔てたさほど遠くない場所に、私のための浴場が用意されていた。

温泉に入りたいと言えば、早朝であろうが夜更けであろうが、ただちに黒塗りの乗用車が玄関に横付けされて、私を「龍宮温泉」に運んでくれた。太監たちは自動車のうしろから走ってきた。

龍宮温泉は紫禁城の御殿を思わせる、瑠璃色の瓦で葺かれた総二階である。内部には宴会場といくつかの浴室があり、そのうちのひとつが皇帝専用として造り直されている。

玄関を入ると、ホールの奥に半地下の湯殿へと向かう階段がある。降り口には篆書ふうのタイル文字で、「龍宮温泉」と記されている。

その名称は、いかにも私のためにあるように思えたのだが、実は日本の民話にちなむのである。

昔むかし、慈悲深いひとりの漁師が、浜辺で亀を救けた。亀は恩返しに、漁師を甲羅の上に乗せて海の底にある「龍宮」という御殿に連れていった。そこで漁師は、この世のものとは思われぬ美女たちに囲まれ、大いに歓待されたという。

なるほど階段を繞る壁には、極彩色のタイル細工でその物語の場面が描かれていた。おそらく宴会場でしたたか酔った南満洲鉄道の理事やら、関東軍の将軍やらが、幸運な漁師になった気分で浴室に下りてゆくのだろう。

しかし、浴場の内部はけっして海底の龍宮ではなく、私のための設えであることは明らかだった。

湯が滾々と湧き出る円形の浴漕の真上には、太和殿や養心殿の玉座の天井に似た藻井が組み上げられており、世界の中心を示す軒轅鏡が吊り下がっていた。

そう——ここは伝説の龍宮ではなく、皇帝の湯あみする浴室なのだ。目の前の壁には、今し天に駆け昇らんとする龍の姿がレリーフされ、タイルに穿たれた高窓からは午後の光が解き落ちて、澄み渡った湯の面を輝かせている。

精気が養われるというのは、本当かもしれない。この湯に体を沈めていると、胸の不安は次第に消えて、大清の復辟がついに実現するのだという歓びが満ちてくる。

やがて、さほど遠からぬうちに、東三省は私を盟主として中華民国から独立するのである。その結論の正当性について、私は毫も疑わない。

もともと東三省は、われら満洲族の土地であった。もしそこが漢土であり、民国の領土であるというなら、あの万里にわたる長城はいったい何なのであろうか。

漢土を治めた歴代の王朝は、長城をさらに延ばし、かつ強固にすることで国境を示し続けた。すなわち、長城は漢土と満土が別の国家であるという歴史的な証しなのである。

わが大清の祖宗は、李自成の叛乱によって覆ってしまった明国の治世を承ぎ、漢土の民を安んずるために長城を越えた。そして、過去の王朝のどれもがなしえなかった、泰平の世を開いた。満洲族の多くは北京へと移り住み、東北は聖なる故地となった。

しかるに、時を経て大清の威信が衰えるや、後先かまわぬ革命が起こり、各所に軍閥が擡頭する戦国の時代となった。東三省には日本の軍事力を後楯にして、張作霖が君臨した。

革命に際し、どうして私は殺されなかったのか。のみならず、なぜ優待条件を得て紫禁城に住み続けていたのか。おそらく世界史のどこを探しても、私のように優遇されたかつての支配者はいないだろう。

その答えは簡単だ。私が天命を戴く天子だからである。孫文も袁世凱も、その瞭かな事実を承知していたから、私を放伐することができずに、禅譲というかたちを取るほかはなかった。

では、はたして禅譲はなしえたのか。

その昔、尭帝は舜帝に、舜帝は禹王に天下を譲った。血脈に拠らず、しかるべき有徳の人物に帝位を譲ることが、天下の平安に通ずると信じたがゆえである。

ところが私の後には、舜帝も禹王もいなかった。禅譲というかたちは取っても、天下を安んずる有徳の人物が見当たらなかった。

孫文。袁世凱。張作霖。彼らが有徳の人物であるはずはない。その正体は、破壊はできても建設のできない、「ひとりの革命家」に過ぎず、コンプレックスにまみれた「ひとりの権威主義者」であり、また力こそ正義と信ずる、「ひとりの野蛮人」でしかなかった。

私がかくも大清の復辟を熱望する理由はそれである。鄭孝胥が力説する「祖業の回復」ではなく、梁文秀の言うように、「共和政体は中国になじめない」とする考えでもない。一(いつ)にかかって、私こそが天命を戴く天子だからである。

禅譲をなそうにも、しかるべき人物がいないということは、すなわち、天は私の復位を希(のぞ)んでいる。どのように考えたところで、ほかに解答はない。

湯の温度はころあいになった。こうして人肌よりいくらか温かな湯に身を委ねていると、体どころか頭までもが、しどけないほどにほぐれてくる。

ああ、いい気分だ。もしかしたら温泉には、さまざまの思索を促すという、もうひとつの効能があるのかもしれない。

さて、そうこう考えれば、張学良(チャンシュエリャン)が捨てて主権者のいなくなった東北を、私が支配してはならないという理屈があるだろうか。

祖宗の故地において、治世の手本を示すのである。私はやがて、東北に王道楽土を築く。その未来のためには、張作霖(チャンツオリン)と同様に日本の軍事力を後楯とするのも、やぶさかではない。

さしあたっての問題は、新国家における私の立場が「皇帝」ではなく、「執政」とされていることなのだが、国際世論や民国の感情などを考慮すれば、踏まねばならぬ一段階であろう。

土肥原(どひはら)大佐は確約した。新国家はいずれ必ず帝政に移行し、私を皇帝に推戴すると。むろん、その「いずれ」がいつなのかはわからない。土肥原は達者な中国語で「一定（イーディン）」だの「必定（ピーディン）」だのとくり返し、私は私で「一年の間に」と主張した。

完全な妥結を見たわけではないが、つまり「執政就任から一年の間に帝政の実現をなすよう、最善の努力をする」という合意だった。

国内情勢は混沌として定まらず、いったいどうなっているのか、正直のところ私にもよくはわからない。だが、易幟（えきし）を断行した張学良はすでに東北軍閥ではなく、東北軍が国民革命軍に合流していることは知っている。その張学良が、ほとんど戦うことなく東北から兵を引き、蔣介石（ジャンジエシイ）には奪還の意志も余裕もない。

すなわち東北は放棄されたのだから、安民のためには有志が自治をなさねばならず、当然の結果としてその先には、国民政府からの独立宣言と、完全なる自治すなわち新国家の建設が待望される。

この経緯のどこに矛盾があるだろうか。誰にとって不都合があるのだろうか。もし矛盾や不都合を抱える者があるとすれば、それはただひとり、私だけだ。

安民のための自治と、清朝の復辟とは、まったくの別問題なのだから、私は「皇帝」として東北に迎えられてはならず、東北自治の有志たちに推戴された「執政」でなければならない。つまり私は少くとも建国から向こう一年間、あるいはそれ以上の何年かを、「陛下」と呼ばれることなく、「閣下」と称される屈辱に耐えなければならないのである。

閣下は世の中に掃いて捨てるほどいる。大臣も将軍も、みな「閣下」と称される。その上の「殿下」は皇帝の眷族に限られるから、さほど多くはない。しかし、「陛下」は皇帝と皇后と皇太后にのみ用いられ、狭義では皇帝ひとりの尊称と言ってもよかろう。

たとえ一時のことであろうと、私があの袁世凱（ユアンシイカイ）と同じ階級に降等され、親王郡王や貝勒貝子（ベイレベイヅ）よりも下等な称号に甘んずるなど、まさしく耐えがたい屈辱である。

だから、土肥原と曖昧な妥協をし、東北に向かう決心を固めたとき、別れぎわにこう言ってやった。

「お国がどうなろうと、帝国軍人であるあなたは、大元帥陛下をまさか閣下とは呼べないでしょうね」と。

土肥原は肥り肉（じし）の顔を歪（ゆが）めた。この計画において、矛盾と不都合があるのは私だけだと、とっさに悟ったようだった。

彼は日本軍が惹き起こした一連の挑発行為の中心人物と目されているが、そうした所業はともかくとして、あんがい見たままのお人好しなのではないかと思う。

「メガネを持て」

私は命じた。天蓋の藻井や壁のレリーフを、よく見たいと思ったからである。

「咋(チャー)！」

メガネをタオルに載せて恭々(うやうや)しく捧げ持ってきた小太監(シャオタイチエン)は、よほどあわてたのであろうか、浴室の入口で階段を踏み外し、石床の上に転がった。温泉に含まれているナトリウムのせいで、床面はつるつると滑る。

それでも感心なことに、若い御前太監は私のメガネを手放さず、つき上げた両手で捧(ささ)げ持っていた。

「奴才(ヌーツァイ)、粗相をいたしました。お寛(ゆる)し下さい」

こんなとき西太后(シータイホウ)様ならば、ただちに笞(むち)打ち百回の罰を下されたであろうが、紳士である私は怒りをこらえなければならない。

ところが、たちまちはね起きて平伏したとたん、弁髪の先が湯の中に落ちた。これは寛しがたい。皇帝の浸る湯に、卑しき宦官(ホアンクワン)の弁髪が触れたのである。

「奴才、重ねて粗相をいたしました。どうかお寛し下さい」

驚いて駆けつけた首領太監に、この者の仕置きをせよと命じた。もっとも、千人の太監（タイチエン）が仕えていた紫禁城とはわけがちがうから、皇帝の命令が実行されるかどうかは怪しいものだが。

　メガネをかけると、美しい意匠がいっそう美しく見えた。対翠閣（トエツイゴー）の部屋といい、この浴室といい、日本はたいそうな金をかけて、私のための行在所を設えた。東北に入って初めての、そしてたぶん数日しかいないはずの行宮（あんぐう）にこれだけ手をかけているのなら、土肥原大佐との約束は私の納得できるかたちで、必ず実行されるだろう。

　西暦一九三一年十一月十日。

　わずか数日前であるのに、十年も経ったような気がする。私はその日、ひそかに静園（ジンユアン）を脱出した。天津（テイエンジン）租界に安穏と暮らす「廃帝」の立場を捨て、祖宗の地で復辟をなすために。

　こうして思い出してみても、その夜の出来事はいまだに現実味を欠いている。スリリングな夢のようでもあり、私自身が主役を務める、ハリウッドの活劇映画であったような気がする。

　決心はしても、逡巡していた。まかりまちがえば命にかかわるであろうこと、また私の行動が歴史を塗り変え、世界を震撼させるであろうことはわかっていた。だから、土肥原の計画に乗ると決めても、なかなか実行できずにいたのだった。

御前会議にも諮（はか）った。遺臣の少なからずが反対した。だが私には、口角泡を飛ばし、卓を叩き、ときには涙して諫言する彼らの意見が、衷心（ちゅうしん）のあらわれであるとはどうしても思えなかった。

私が天津で寓居を続ける限り、彼らの生活は安泰で、「先朝の遺臣」という権威とそれにともなう一種の利権を確保することができるからである。

そうこうしているうちに、蔣介石（ジャンジエシイ）の使者がやってきた。反古（ほご）にされた清室優待条件を復活させるというのである。計画がどうして洩（も）れたのかは知らないが、蔣介石は私を引き止めにかかったのだった。

別開玩笑了（ビエカイワンシアオラ）！　冗談もたいがいにしてくれ。今さら七年間の時計を巻き戻して、何事もなかったかのように歳費を受取り、紫禁城で暮らすなど。

土肥原から電話が入った。私を電話口に呼び出すということ自体、不敬きわまるのだが、そう思えばこそ事態は急迫しているのだとわかった。

盗聴を気にしているのであろうか、彼はほんの数秒間で要点だけを伝えた。

「ご決心がつきかねるのでしたら、不本意ながら代わりのどなたかを」

答える間もなく電話は切れた。私は受話器を握ったまま青ざめた。そういう方法があるとは、考えてもいなかった。皇帝は私ひとりだが、もし私が急病か不慮の事故で死んでしまえば、大統を継ぐべき人物を立てなければならない。溥傑（プージェ）、溥偉（プーウェイ）、溥鋭（プールイ）――「溥」の排行を持つ有資格者はいくらでもいる。そして愛新覚羅（アイシンギョロ）の姓を持つ彼らは、みな等しく復辟を待望している。

この件については、鄭孝胥（チョンシャオシュ）には相談せずに梁文秀（リアンウエンシウ）の意見を求めた。鄭はいわば小宮廷の宰相にあたるが、梁は無位無官の「白衣の臣」、すなわち中正な師傅（しふ）の立場にあるからだった。

ひとけの絶えた静園（ジンユアン）の渡り廊下で、舞い落ちるマロニエの葉を目で追いながら、梁文秀はしばらく考えるふうをした。

かつて戊戌（ぼじゅつ）変法の中心人物であった、この状元の才子について、私はよくは知らない。国家のために塗炭の苦しみを味わったのだと思えば、その人生の何をか訊ねられよう。

渡り廊下のベンチのかたわらに蹲（ひざまず）き、あれこれ思案した末に彼は言った。

「万歳爺（ワンソイイエ）、怖れることは何もございませぬ。追いつめられているのはあなた様ではなく、土肥原大佐なのです」

「欸（アイ）？　どういうことだね」

「来たる十一月十六日に、国際連盟理事会が開かれます。常任理事国である日本に対し、即時撤兵の決議が採択されます。軍中央および関東軍としては、それまでにあなた様を天津（テイエンジン）から東北へとお移しする必要があるのです。新国家の盟主はすでに東北にいる、という既成事実を作っておかねば、決議採択後の謀略行動はままなりませぬ。つまり、土肥原特務機関長は、日本の軍中央や関東軍の司令部から、期限を切られているのです。代わりがいる、などというのは口から出任せの脅しにすぎませぬ。残る時日のうちに、溥傑殿下や溥偉殿下を説得できるわけがないからです」

　進士は日月（じつげつ）をも動かすという。ならば、その第一位で登第した状元の才子は、どれほどの力を持っているのだろう。私に仕える遺臣の多くは進士の称号を持つが、状元はむろん彼ひとりだった。

　梁文秀は多くを語らない。だが私の質問に、答えられなかったためしはなかった。

「日本軍の統帥権は天皇にある。すると、それは天皇の意志なのかね」

　いえ、と梁文秀はにべもなく答えた。

「臣の考えますところを申し上げます。法制上の大権は天皇にありますが、日本軍の東三省における昨今の軍事行動については、天皇も政府も、追認しているにすぎませぬ。すなわち、軍中央と関東軍司令部が結託して、軍隊を勝手に動かしているのです」

私は仰天した。大日本帝国は二千年にもわたって皇統をつなぐ天皇が、政治軍事の一切を総攬する理想の帝政国家だと信じていたからだった。

「それではまるで、皇帝の意のままにならぬ軍閥と同じではないか。陸軍大臣や参謀総長は、天皇の股肱ではないのか」

「老臣たちには、力がございませぬ。ひとたび権威を手に入れると、人間は名誉というものに安住して力を失うのです。大臣も総長も、軍司令官さえも。ですから、昨今の関東軍は意のままにならぬ軍閥ではございませぬ。無能な老臣にかわって若い世代の将校が、大規模で緩慢な、一見そうとはわからぬクーデターを起こしているのです」

梁文秀の申すところは腑に落ちた。かつて私が召見した関東軍司令官も参謀長も、権威的ではあったがさほどの利れ者とは思えなかった。むしろ私を身構えさせたのは、土肥原大佐や板垣大佐といった、彼らの部下たちだった。

「ならば東北への動座は、そのクーデターに加担することになる」

文秀はひとつ肯いた。

「さようにござりまする。しかしながら、現今の日本はこのクーデターを鎮圧する術を持ちませぬ。天皇はかつての西太后陛下のごとき強権を発動できませぬ。よって、東北に興る新国家は、国際世論と万歳爺のご徳政のある限り、その起源のいかんにかかわらず、やがては大清の復辟を全ういたします。ご無礼をいたしました」

梁文秀は私の足元に叩頭し、まるで黒衣のように渡り廊下を去っていった。

献上品の果物籠に偽装した爆弾が届いたのは、その翌日だった。静園は大騒ぎになったが、たちまち日本軍と日本の警察が駆けつけて持ち去った。

むろん、土肥原の脅しである。あらかじめ爆発しないような仕掛けが施されていたのだろう。私が死んだり傷ついたりすれば、元も子もなくなるのだから。

しかしその爆弾は、私の東北行幸に反対する遺臣たちを、沈黙させる効果が十分にあった。それでもなお私が腰を上げなかったのは、脅迫に屈したと思われたくなかったからだった。天子は塵を蒙って逃げてはならぬ。追い立てられるのではなく、天命を戴いて堂々と去らねばならぬ、と私は考えていた。

その機会はじきにやってきた。天津租界で暴動が起きたのだった。どうせ土肥原の密命を受けた、大陸浪人とやらのしわざに決まっているのだが、罪もない市民たちに怪我人も出る、火の手も上がる、という段になれば、私は万民の平安のために、天津を去らねばならなかった。けっして蒙塵ではなく、行幸である。

そう、まるで私自身が主役を務める、活劇映画のようだった。

たそがれの迫るころ、私は身ひとつで静園を後にした。ひとときの楽園を捨てる悲しみは何もなかった。

誰にも気付かれてはならないのだが、さすがに妻のことだけは気がかりで、二階の寝室を覗いた。私のエリザベスは恐怖のあまり、正体もないくらい阿片にまみれていた。

「君が目覚めたとき、もし僕が見当たらなくても、心配は何もいらないよ。ほんの数日、別れて暮らすだけだから」

ベッドのかたわらに蹲き、パイプごとその手を握りしめて、私は英語で言った。

孤独。

スポーツカーのトランク・ルームの中で、私はひとりぼっちになった。

孤独。

その意は、親のない子と、老いて子のなき者。

もしかしたら、あのときの私は孤独であったのかもしれない。

醇親王を父と思ったためしはなく、母は私が幼いころに自殺していた。皇統譜のうえで私の父にあたる光緒帝には会ったこともなく、母とされた隆裕太后も、さしたる思い出はない。そして妃のひとりは、私に計り知れない屈辱を与えて去った。婉容と生きてふたたび会えるのかどうかは、保証の限りではなかった。

もしや、これが孤独というものではないかと、私は闇の中で考えたのだった。

一縷(いちる)の光明もささぬ、ひどく湿ったトランク・ルームに身をちぢませて。

街路に行き昏れた孤児のように。病を得てひとり死を待つ老人のように。

「畏くも万歳爺(ワンソイイエ)に申し上げ奉りまする。ただいま皇后陛下がお出ましになられます」

太監(タイチエン)が平伏して言った。

天津から列車で後を追ってきた婉容は、いったいどれほど阿片を喫(の)み続けたものやら、私が誰であるかもわからぬほどの有様だった。

おそらく対翠閣(トエツイゴー)の二階で目覚め、私の姿が見えぬので騒ぎ立てたのだろう。静園にとり残されたことがよほど怖かったのか、ほんの少しの間でも私が見当らぬと、あわてふためき、誰彼かまわず怒鳴りつける。

太監と女官が入れ替わる気配がした。

「万歳爺に申し上げます。皇后陛下におかせられましては、ご入浴をご所望にあらせられますが、いかがいたしましょうや」

湯殿に顔を出さぬまま、女官が声だけで訊ねた。

入浴を伴にするどころか、私は生まれたままの婉容の体を、見たためしがなかった。たとえベッドの中でふざけ合い、唇を重ねて抱き合っても、私の手が妻の体の芯に届くことはない。そこには天子が触れてはならぬ、獰猛な獣が棲んでいるような気がしてならなかった。もし彼女が「暑い」と言って衣を脱ぎ捨てようとしても、私は許さなかった。

「ウェルカム。どうぞお入り」

思い定めて言った。私のうちには、妻を天津に捨ててきたという悔いが残っていた。命がけで後を追ってきた彼女を拒むことが、どうしてできよう。叶うことなら、もうそう若くはなく、阿片の毒に冒された婉容が、薄物一枚でも着ていてくれるよう祈った。

私は目をつむった。

高窓から降り注ぐ柔かな光。鼻も咽もしとどに潤い、溢れる湯は無数の天使のように、私の肌をついばんだ。

女官の手を離れた妻の体が、しずしずと湯舟に浸る。私は今し目覚めたように、少しずつ瞼をもたげた。

そのとたん、私はあらざるものを見たように思って、湯舟の縁に置かれていたメガネをかけた。

婉容は私の対いに、いくらか肩をすぼめていた。光の溶けこんだ湯が、遠慮がちにその白い肌を被っていた。

雲の鬟。花の顔。

幼いころに暗誦させられた長恨歌の一節が胸に甦った。

家庭教師は訓した。皇帝たるもの、けっして女色に溺れてはなりませぬ、と。

むろん幼い私には、何のことやらさっぱりわからなかった。

「もう、どこにも行かないで。私をひとりにしないで」

婉容は正気だった。たしかな言葉でそう言い、湯を掬したまま顔を被って泣いた。

その姿はまさしく、春の雨を帯びて震える一枝の梨の花だった。

私は湯をかき分けて妻の手を引き寄せた。おそるおそる肩を抱き、唇を重ねた。

「どこにも行かないと約束する。だから君だけは、僕を捨てないでほしい」

もしかしたら、二人の間でかわす英語は、もうこれきりなのかもしれない。婉容があれほど憧れた英国での暮らしは、私の決心によって見果てぬ夢となってしまったのだから。

私はそれから、タイルの絵柄に描かれた日本の古い民話を、婉容に語った。亀を救った心やさしい漁師が、海の底の龍宮で歓待を受けるという話だ。

だが、物語の最後までは、語ろうにも語れなかった。

禁忌を踏んで玉手箱を開けてしまった漁師が、たちまち白髯の老人になり果ててしまったなど、そんな残酷な結末を、どうして婉容（ワンロン）に語ることができよう。

私たちは湯の中で抱き合ったまま少し眠り、そしてふしぎなことには、海の底に沈んだ紫禁城で、仲むつまじく暮らす同じ夢を見た。

十八

勇者の切なる願いは　アラコロ
冥府（めいふ）の十王に　アラコロ
達せられたぞよ　アラコロ
さらばいよいよ　アラコロ
東岳大帝の神意もて　アラコロ
黄泉（よみ）の国より罷（まか）り出でし　アラコロ
霊魂の我に憑（かか）りたもう　アラコロ

しばし待たれよ　アラコロ
白虎張(パイフーチャン)の荒魂(あらみたま)の　アラコロ
今し我が体に憑りたもう　アラコロ

そこまでを語ると、老いた薩満(サマン)は院子(ユアンツ)の磚(せん)の上にあぐらをかいたまま、いくども乾いた嚔(くさめ)をした。すると、白い神衣にくるまれた体が、瘧(おこり)のように震え始めた。

薩満の弟子たちは太鼓を叩き、神鈴を振り、声を揃えて霊魂を呼んだ。

デヤンクデヤンク　白虎張の御みたまよ
デヤンクデヤンク　顕(あらわ)れたまえ
エイクレイエクレ　勇者秀芳(シウファン)の招きに
エイクレイエクレ　応じたまえ

四合院(スーホーユアン)の庭を繞(めぐ)る人々は、みな恍惚として招霊の儀式を見守っている。おそらくこの有様を疑っているのは、依頼人たる自分ひとりだろうと馬占山(マーチャンシャン)は思った。

海倫(ハイルン)の冬空は低く濁っている。熊皮で被った軍靴の底からも、冷気が這い上がってくる。外套の股ぐらに火鉢を置いていても寒くてかなわないのだから、薄衣一枚の薩満とその弟子たちには、やはり何ものかが取り憑いているのかもしれぬ。

捧げ祀る百斤の味噌　百束の高粱
黒豚の血と腸　アラコロ
松花江の蝶鮫　アラコロ
白酒に粟餅　アラコロ
祭壇の供物は諸神に奉り
神竿の頂には鵲と鳥のため
罷り出でたまえ　アラコロ
白虎張の荒魂よ　アラコロ

「将軍、まもなくですぞ」
朱大爺が耳元で囁いた。ほどなく薩満は背筋を伸ばして立ち上がり、孔雀の羽をみっしりと刺した頭を打ち振って、いかにも霊魂が憑いたとしか思われぬほど、院子を跳ね回り始めた。

総攬把（ツォンランパ）の魂であろうものか、と秀芳（シウファン）は呆れるのだが、すべては朱大爺の好意なのだから、神妙にするほかはなかった。

黒龍江省の省都チチハルを撤退して、小興安嶺（シャオシンアンリン）の山ぶところにある海倫（ハイルン）の町に立て籠（こも）った。今や東三省において日本軍に抵抗しているのは、馬占山（マーチャンシャン）将軍の率いる軍隊しかいない。そして、二万の兵隊を養ってくれているのが、海倫の素封家たる朱大爺だった。

薩満は腰に結ばれた神鈴を鳴らして跳ね回った。弟子たちは太鼓に合わせて、満洲語の経文を声高に唱えた。

もし神がましますのなら、そもそもこんなことにはなるまい、と秀芳は思う。だから、もっともらしい魂下ろしの儀式そのものが、腹立たしくてならなかった。

祭壇を設（しつら）えた楡（にれ）の木を巡りながら、薩満は唄う。

ケラニケラニ　勇者秀芳よ
我が恃（たの）みとする将　馬占山よ
ケラニケラニ　汝はよく兵を率い
よく戦（たたこ）うた

ケラニケラニ　何を訊ぬる
国の行末か　汝の運命か
ケラニケラニ　何をためらう
我は東北の王　白虎張(パイフーチャン)

儀式を見守る人々の間からどよめきが上がった。

「白虎張の霊魂が憑りましたぞ、将軍。何なりとお訊ねなされよ」

朱大爺(ジュダアイエ)が促した。跳びはねることをやめた薩満(サマン)は、再び秀芳(シウファン)に正対してあぐらをかき、いかにも霊が憑いたかのように、体をゆっくりと揺らしている。弟子が神衣の肩に鷹の羽を綴(つづ)った布を掛けた。

見上げれば神竿の頂には鵲が群れ、供物の肉をついばんでいた。そのさまを見ると人々は、いよいよ口々に白虎張の降霊を噂した。

だが、やはりこれは贋(まが)いだ。

東北には呪術や占術をなりわいとする薩満がいくらでもいる。この老人のように、多くの弟子を養って郷紳(きょうしん)に雇われている者もあれば、身ひとつで漂泊する物乞い同然の薩満もあった。しかし貧富にかかわらず、どれも食わんがための贋いである。それでも人々は薩満の託宣を信じようとし、また信じぬまでも施しをする。

「総攬把の御みたまか」

贋いを承知の上で問い質すと、薩満は背筋を伸ばして「対」と肯いた。声はしわがれ、瞳は白く濁っている。もはや男か女かもわからぬ老人だった。

朱大爺が椅子からすべり下りて叩頭すると、院子を囲む人々もみなそれに倣った。

しかし秀芳は応じなかった。軒下に置かれた紫檀の椅子に腰を据えたまま、まっすぐに薩満を見つめた。

「まだ白虎張の包頭だった若い時分、真的の薩満に会ったことがある」

老いた薩満は、秀芳の「真的」という一言に肩をすくめ、震え上がったように見えた。周囲の動揺もかまわず、秀芳は続けた。

「斥候に出て道に迷ったのさ。皆殺しの目に遭った村に、薩満の婆様が生き残っていた。その本物の薩満が言うことには、どうやら俺は一生戦い続けにゃならねえらしい。銭金も勲章も縁はねえだとよ。なるほど、その通りだ。兄ィたちはちりぢりになって、どこでどうしているかもわからねえ。蔣介石の糞ッたれは、一文の銭も一発の弾も送ってきやしねえ。おかげで俺ひとりが、東洋鬼を相手に戦をするはめになった。のう、爺様。もしあんたが白虎張のご霊代ならば、この馬占山がこれからどうしたらいいか、教えてくれねえか」

院子（ユアンツ）は静まり返った。鵲（かささぎ）の騒ぐ声だけが、冬空から降り落ちていた。

やがて薩満（サマン）は、猪の牙を繋（つな）いだ数珠を打ち振りながら唄い始めた。

勇者秀芳（シウファン）よ　アラコロ
汝はよく戦うた　アラコロ
しかるに衆寡敵せず　アラコロ
矛をおさむるときはきた　アラコロ
ケラニケラニ　勇者秀芳よ
新しき世のために尽くせ
ケラニケラニ　満洲の大地に
とこしえの平安をば

「停（ティン）！」

やめろ、と秀芳は叫んだ。とたんに鈴や太鼓の音はやみ、人々はおののき、薩満は尻餅をついて後ずさった。

立ち上がった秀芳の手には、一丁の大前門が握られていた。馬賊が軍隊となり、機関銃や大砲を撃ち合う時代になっても、馬占山の武器はこのモーゼル拳銃ひとつだった。そしてその姿はいつも、陣頭の馬上にあった。

「とこしえの平安だと？　――そいつァお安い御用だ」

そう呟いたなり、秀芳は軍服の腕を振り回すようにして拳銃を撃った。狙いを定めぬ投げ撃ちの弾丸は、神竿の頂に群れる鵲を射抜いた。一羽が白い腹を朱に染めて薩満の目の前に落ちた。

「ご託宣を信じたわけじゃねえが、戦もぼちぼち潮時かもしらねえ」

それから振り返って片膝を屈し、おそらくはこの茶番劇の演出者にちがいない朱大爺に向かって、抱拳の礼を尽くした。

「祝健康弟兄、壮揚兵馬。長い間お世話になりました。このご恩はけっして忘れやしません。もし難癖をつける野郎がいたら、馬占山の兄弟だとおっしゃって下さいまし」

秀芳は凍てついた庭を去った。歴戦の幕僚たちが後に従った。

門前から乗り出すとじきに、参謀長と副官が左右に馬を並べてきた。数日来の雪で純白に塗られた海倫の街衢を、三騎はしばらく黙りこくって進んだ。蹄鉄が雪を軋ませ、馬の吐く息が温かかった。

「将軍、本気ですか」

副官の鄭 薫 風(チョンシュンフォン)少佐が、ようやく切り出した。ゆえあって姓を異にするが、薫風は血を分けた倅(せがれ)である。しかし贔屓(ひいき)をした憶えはない。東三省講武堂の砲兵科に学んだ、生(は)え抜きの東北軍将校だった。

「帰順するという意味でしょうか。ならば本官は反対いたします。どのような条件であろうと、閣下のお命は保証されません」

参謀長も異議を唱えた。日本の陸軍士官学校で兵学を修めた謝珂(シエコー)少将は、秀芳(シウファン)の知恵袋である。むろん、日本軍の遣り口には精通していた。

「俺の命か。そんなものは、はなっから勘定に入っちゃいねえ」

見得を切ったわけではない。四十七年の人生の間に、命を惜しんだためしは一度もなかった。いや正しくは、生と死について考えたためしがなかった。だから、怖れという感情を秀芳は知らない。

自分とはちがって読み書きもできるし、学問もある幕僚たちに向かって、そんな身も蓋(ふた)もない言い方はあるまい、と秀芳は言葉を探した。

「黒龍江(ヘイロンジアン)の向こう河岸(がし)には、大鼻子(ダアピイヅ)の軍隊が集結している。川を渡られたらややこしいことになろう。おめえら若い者は知るめえが、俺は日本とロシアの戦争を知っている。もういっぺんあんな戦が起ころうものなら、東北はめちゃくちゃになる」

　部下たちは抗弁しなかった。まさかこの機に乗じて渡河はしないまでも、ソヴィエト軍が少しでも不穏な気配を見せれば、日本軍は大挙して出兵する。そうとなれば馬占山軍の抗日戦など、意味すらもなくなってしまう。

「もうひとつ――」

　秀芳は手套(てとう)を嵌(は)めた指を立てた。

「二万の軍隊に居座られて、朱大爺(ジュダアイエ)は音(ね)を上げていなさる。面と向かってそうとも言えねえから、口寄せの薩満(サマン)にあんな芝居を打たせやがった。ほかでもねえ総攬把(ツォンランパ)を騙(かた)るなど腹も立つが、そうまでなさるからには、このうえ迷惑はかけられめえ」

　戦をやめる潮時というのは、軍人としての判断と、馬賊の頭目としての人情とによるものだった。誤りはないと思う。このまま冬が深まれば、海倫(ハイルン)の民も二万の兵もみな飢えて、無事に年は越せまい。

「帰順するのですか」

　それでも得心できぬというふうに、参謀長がもういちど訊ねた。

「いや、そうと決めたわけでもねえ」

先日、関東軍の高級参謀が軍使として海倫(ハイルン)に来た。かねてより面識のあった、板垣大佐である。総攬把(ツォンランパ)をあんな目に遭わせておきながら、今さらどの面(つら)さげてやってきたのだと思いもしたが、秀芳(シウファン)は色に表さずに会った。

投降を勧告するでもなく、停戦の申し入れでもなかった。宣統(シュアントン)皇帝をお迎えして立国する「満洲国」に、帰順してくれまいかという提案である。馬占山(マーチャンシャン)将軍には黒龍江省長と満洲国軍政部総長の地位を約束する、と板垣大佐は言った。

「話がうますぎます。あれほど血を流し合った敵を、武装解除もせず国家の要職に迎えようなど」

板垣が訪れたとき、謝(シエ)参謀長は秀芳を会わせようともしなかった。どのような密命を帯びていようと、聞く耳は持たぬというほどの剣幕だった。一見して軍服よりも藍(らん)衣(え)の似合いそうな白皙(はくせき)の好漢だが、芯はすこぶる靭(つよ)い。

その参謀長を押しのけて秀芳が会談に臨んだのは、十数人もの内外の記者団が板垣に同行していたからである。軍使を拒否すれば、意地で戦をする東北軍の残党と思われる。それも存外はずれではないが、そればかりではない戦争の大義を、外国の記者たちに理解させたかった。だから板垣大佐の提案に対してはあえて反論をせず、記者たちの求めに応じて写真にも収まった。

「写真機は苦手だ。銃口を向けられたほうが、よほどましだった」

秀芳は多くを語らずに馬をせかした。

ポプラの並木が氷の柱となった東四道街(トンスータオジエ)では、兵隊たちが降り積む雪を掻いていた。街路のなかばにある公館までの道をつけているのである。

「余計なことはするな。廠舎(しょうしゃ)に戻って寝ろ」

秀芳は兵たちに命じた。労(いたわ)ったわけではない。さまざまの規律に縛られ、余分な仕事を強いられる軍隊というものに、司令官本人がいまだなじめぬのである。

馬占山の公館は、かつて張作霖(チャンツオリン)政権下に設けられた、立派な銀行の建物だった。歩みこんだとたん外套や防寒帽を脱ぎ散らかし、直立不動の将校たちに答礼も返さず、秀芳は吹き抜けの階段を昇った。

暖かな部屋の寝台に身を横たえて、しばらく夢を見るとしよう。弾帯を解き、大前門(ダアチエンメン)を枕元に置くと、じきに当番兵が阿片を捧げ持ってきた。

十九

なあ、親分。

あんたはいったい、どこへ行っちまったんだね。

あれから三年あまりも経つんだが、俺はずっとあんたを探し続けている。不死身の白虎張(パイフーチャン)が、列車ごと吹き飛ばされてくたばったなんて、とうてい信じられねえんだ。戦争にもあきあきしたから、影武者に死んでもらったんじゃねえのか。北京の胡同(フートン)か上海(シャンハイ)の租界で、呑気な好々爺(こうこうや)になっているんじゃねえのかよ。

若い部下たちは、馬占山(マーチャンシャン)将軍には隙がないという。そうじゃねえんだよ。小柄で様子のいい年寄りを見かけるたびに、あんたじゃねえかと目を凝らすだけさ。ハルビンの街角でも、チチハルの市場でも、海倫(ハイルン)の草原の羊飼いどもの中にも、あんたに似たやつを見つけた。

今さっき、いいかげんなご託宣を告げた薩満(サマン)を贋(まが)いだと思ったのは、勘働きじゃねえのさ。あんたはどこかで名前も身なりも変えて生きていなさるにちげえねえから、冥府の十王も東岳大帝も、かかわりあるめえと思ったんだ。

だが、少しばかり悔やんでいる。もしあの薩満が本物だったとしたら、俺は生きていようが死んでおろうが、ようやく会えたあんたに背を向けたことになる。帰るみちみち、ずっとそればかり考えていた。

風来坊の俺が、十九の齢(とし)に肚(はら)をくってあんたの子分に直ったのは、鯱立(しゃっちょこだ)ちしてもかなわねえ男に、初めて出会ったからさ。

俺の馬は十里の道を風よりも疾（はや）く走った。だが、あんたの御す馬は、いつだって並ぶ間もなく俺を追い抜いていった。

俺のモーゼルは空高く投げ上げた饅頭（マントウ）を撃った。だが、あんたの小さな手に余るモーゼルは、銅貨を弾き飛ばした。

あんたも俺も、似たような貧民の子で、読み書きもできなけりゃ、まともな話もできなかった。だからせめて、あんたのようになりたいと思った。

新民府の自警団に過ぎなかった俺たちは、やがて奉天城を乗っ取り、東三省を手に入れた。そして、ついに長城を越えた。

そこまでのし上がったのは、あんたが子分どもの誰よりもすぐれた男だったからだ。みながみな、あんたを神のように敬い、人として愛した。

だったら、おかしいじゃねえか。どうして兄貴たちは、あんたの仇を討とうとしねえんだ。知らんぷりで隠居を決めこんだり、蔣介石（ジャンジエシイ）みてえな小僧に尻尾を振ったり、果ては仇に丸めこまれたやつだっている。

戦争は数の多寡じゃ決まらねえ、とあんたは言った。おっしゃる通りさ。だから俺は、誰に何と言われようが東洋鬼（トンヤンクイ）と戦った。

中華民国の黒龍江軍と言ったって、飛行機も戦車もねえんだ。補給も援軍もねえんだから、この馬占山(マーチャンシャン)の私兵だろう。

蔣介石(ジャンジエシイ)は共産軍との戦で手一杯らしい。そうかね。こっちが外国に分捕られそうなときに、やつらとの戦争のほうが先かよ。

要するに、あいつは東北を捨てたんだ。だが、俺は捨てられねえ。生まれ育ったふるさとを、どうして捨てられる。蔣介石が捨てても、漢卿(ハンチン)や兄貴たちが捨てても、俺は満洲を捨てない。

鬼でも仏でもねえさ。まさかあんたみてえな啖呵は切れねえが、俺はてめえを馬占山だと思うことにした。

ああ、いい気分だ。阿片はどんな苦労も忘れさせてくれる。

飢え。病。貧乏。殺された親の顔も、殺した女房のことも。そしてすべてが煙(けむ)になれば、恨みだけが残る。まるで宝石みたいな、ぴかぴかの恨みだ。

チチハルは黒龍江省の都さ。そこばかりは明け渡すわけにいかねえから、俺は嫩江(ネンジアン)の鉄橋を落として戦った。

あのあたりは見渡す限りの湿原で、橋さえなければ戦車も大砲も動けねえ。俺は嫩江の両岸に三段構えの縦深陣地をこしらえて、敵を待ち受けた。

まっさきに攻めて来やがったのは、誰だと思うね。

張海鵬（チャンハイポン）。あの太っちょであばた面の張大麻子（ターマーヅ）の爺様が、寄せ集めの軍隊の尻を叩いてやってきた。

かりそめにもあんたの弟分なんだから、俺にとっちゃ下にも置かぬ叔父貴にあたる。だが、ちっとも褒められた男じゃねえってことは、誰もが知っていた。そんな大麻子の爺様が、東洋鬼（トンヤンクイ）の手先になって攻めてきやがったんだ。

軍使が言うことにゃ、潔く帰順すれば俺を黒龍江省の副省長にするそうだ。で、省長は大麻子の爺様だと。

笑わせるなよ。馬占山がおめえと喧嘩をして、負けると思うか。

俺はその場で軍使を撃ち殺し、答えのかわりに布告を出した。張海鵬の首に懸賞金をかけてやったのさ。市民ならば二万元、兵隊ならば一万元のうえに二階級の特進だ。

どうだね、親分。馬賊同士のご挨拶なら上出来だろう。

俺は嫩江の前線に馬を駆って戦った。大麻子の首は俺が挙げるつもりだった。勇み立った部下たちは、大麻子の軍隊をこてんぱんに叩きのめした。

同じ馬賊上がりだって、俺は野郎みてえなごろつきじゃあねえぞ。懐徳の哈拉巴喇山でつらい修行を重ね、白虎張の先陣を承った筋金入りの満洲馬賊だ。白頭巾の秀芳と言やァ、東三省に知らぬ者はなかった。

大前門を振り回しながら、俺は血を吐くほど叫び続けた。

不寛恕！　不寛恕！
天が許しても、この馬占山が許さねえ。
不寛恕！　不寛恕！
喧嘩は数の多寡じゃ決まらねえぞ。
不寛恕！　不寛恕！
どうした、腕に覚えのあるやつはかかってこい。
不寛恕！　不寛恕！
鬼でも仏でもねえ。俺様は馬占山。我、叫、馬、占、山！

張海鵬の爺様は俺の敵じゃなかったが、うしろに控える日本軍は厄介だった。
やつらは飛行機で爆撃をし、おそろしく射程の長い大砲を正確に撃ちこんできやがった。そしてとうとう、張海鵬の軍隊を押しのけて、一個師団が押し寄せてきた。

それでも俺は、一ヵ月以上にわたって戦線を持ちこたえた。弾丸は乏しく、壊れた武器を修理する場所もなく、傷ついた兵は駅まで這ってチチハルに戻らなければならなかった。その力のない者は、血を流しつくして死ぬほかはなかった。

日本軍は装備もよくて、兵は勇敢だった。聞くところによると、日本にも東北という場所があるらしい。仙台という町から海を渡ってやってきた師団だった。同じ東北の兵隊と戦うなんて、笑いぐさだ。

兵力は三万と三万の互角だったが、いかんせん装備がちがった。それに、敵はいくらでも補給があった。蒋介石（ジャンジエシイ）は督戦の電報をよこすだけだ。そんなもの、糞の役にもたつめえ。

じりじりと戦線を後退させながら、一ヵ月あまりも戦った。おかしなことには、どうやらその間に俺は英雄に祀り上げられたらしい。あちこちから山のように電報が届き、募金が寄せられ、義勇兵を志願してやってくる若者たちも後を絶たなかった。

上海からは「馬占山」という莨（タバコ）を送ってきた。そいつを喫（す）うと身も心も俺みたいに強くなる、というふれこみだった。世の中には銭儲けのうまい野郎がいるものさ。俺も喫ってはみたが、値段ほど上等な莨だとは思えなかった。

あんたはいつも言っていた。

満洲の風も雨も、吹雪も蒙古風も、みんな俺様の味方だと。

そういう自然の中で生まれ育ったんだから、当たり前さ。だから俺は、嫩江（ネンジアン）の凍りつく冬になれば勝てると思ったんだ。

ところが、気温が氷点下になっても敵は怯（ひる）まなかった。日本の東北の兵隊は寒さに強かったんだ。凍傷に苦しめられながらも、やつらは攻撃を緩めなかった。

このまま嫩江も湿原も凍りついたら、戦車が進んでくる。重砲も押してくる。そうとなればチチハルは守りきれねえ。

十一月十八日の午後、やむなく総退却の命令を布告した。チチハルに籠城するほかはなかった。追撃してきた日本軍は、たちまち市城を包囲した。

そうした負け戦の間に、いくたびとなく張景恵（チャンチンホイ）の兄貴から電話がかかってきたよ。二当家（アルタンジア）は懸命に俺を説得した。

「無駄な戦争はやめろ、秀芳（シウファン）。おまえひとりで戦って何の益がある。命を棒に振るな」

お言葉だがよ、二当家。戦争ってのはあらまし無駄なものだぜ。ましてや、はなから損得で戦をしてるわけじゃねえや。それと、もうひとつ――兄ィたちはどうか知らねえが、どこかで棒に振ってこその男の命じゃあねえのかよ。

電話を切っても、まただじきにかかってきた。司令部は駅や役場や銀行を転々と後退しているのに、行く先々に電話がかかるんだから、幕僚の中にスパイがいたとしか思えねえ。スパイじゃないにしろ、二当家と気脈を通じているやつがいたんだろう。

「死ぬな、秀芳。東北は独立する。国民政府と別れて、新しい国を作る。降参してもおまえには指一本ふれさせない」

受話器の向こうには、砲声が聞こえていた。たぶん二当家は、張海鵬（チャンハイポン）か日本軍の司令部にいたんだと思う。

最後の電話は陥落寸前のチチハルで受け取った。

「逃げろ、秀芳。チチハルを捨てろ。そこをおまえの死に場所にするな」

しまいには言葉も尽き果てて、「逃げろ」「死ぬな」とくり返しながら二当家は泣いてくれた。

思慮深い二当家が、いったい何を考えているのか、俺にはわからなかった。ただひとつだけはっきりと知ったのは、二当家が心から俺の命を惜しんでくれているということだけだった。

わかるだろう、親分。
あんたが死んだときでも泣かなかった好大人（ハオダアレン）が、泣いて俺を説得したんだ。
東北の独立も、新しい国造りもけっこうじゃねえか。だが、そんなことは俺と何のかかわりもねえ。ただ、俺の命を惜しんでくれる人の情けに、絆（ほだ）されただけさ。
俺はチチハルを捨てた。死に場所はここと思い定めていたんだが、翌日のうちに克山（コーシャン）に向けて脱出した。

包囲を突破するときも、追撃戦でも、多くの兵を失った。克山に集結した兵はわずか九千だった。それから態勢を立て直して、海倫（ハイルン）へと移動した。

ここはかつて何年か駐屯したことのある、なじみ深い町だ。「海倫抗日政府」の旗を揚げて檄（げき）を飛ばすと、あちこちに散らばっていた東北軍の残存部隊が集まってきた。

海倫はハルビンの北二百二十キロ、小興安嶺（シャオシンアンリン）に抱かれた極寒の地だ。満洲の寒さを思い知った日本軍が攻めてくるのは、松花江（ソンホワジアン）の氷が溶けてからだろう。

その先はどうなる。冬は当分の間、来やしねえぞ。チチハルと同じ戦をしたら、とうてい勝目はない。逃げ道は北しかないが、黒龍江（ヘイロンジアン）の向こう岸にはソヴィエト軍が待ち構えている。二十五年前の恨みを、忘れていないやつらだ。

だとすると日本軍は、今度こそ俺を逃がすまい。何重にも包囲をして殲滅するだろう。そんなことになったら、二万の軍隊を養っている海倫の市民たちも巻き添えだ。

なあ、親分。

俺はどうしたらいい。

チチハルの日本軍からの降伏勧告は無視した。ハルビンから説得にきた実業家たちも追い返した。

そこまではいいさ。あんたが俺の立場でもきっと同じことをしただろう。

だが、十二月の初めに、関東軍の高級参謀がじきじきに乗りこんできた。まったく命知らずの野郎だぜ。

板垣征四郎。あんたも知っているはずだ。高級参謀と言やァ、軍司令官の次の参謀長の次、関東軍では三番目に偉い将校だな。そいつが命を捨てて出張ってきたからには、無下にもできめえ。

会談の席につくと、板垣は威儀を正して、「関東軍司令官陸軍中将　本庄繁」と記した名刺を差し出した。つまりただの軍使ではなく、軍司令官の名代というわけだ。

うらやましい、と思った。蔣介石も漢卿も知らんぷりだ。俺には命令を下す上官がいなかった。

板垣は拝むように掌(て)を組んで身を乗り出し、真剣に謙虚に、こんなことを言った。日本は東アジアの平和を切望している。西洋諸国から搾取され続けた歴史を終わらせるためには、東亜の平和と団結が必要だからだ。よって関東軍は、その大局を理解しない抗日行動を認めない。われわれには東北の平和をただちにもたらす計画がある。今その内容を詳しく説明することはできないが、どうかわれわれの意図を信じていただきたい。ただし、これだけははっきりと言える。日本に領土的野心はなく、政治的野望もない――。

謝珂(シエコー)参謀長は卓の下で、しきりに俺の軍靴を踏んでいた。巧言に惑わされるな、というわけだ。

だがそのとき俺は、板垣の説得などまともに聞いてはいなかった。二十年以上もの時を隔てた本物の薩満(サマン)のご託宣が、まったく突然に、まるで今し耳元で囁かれたように甦(よみがえ)ったのだった。

雑木の森の中の、凍った廃村に生き残っていた老婆は、経文を誦(ず)すでもなく跳びはねるでもなく、ただじっと俺の顔を睨(にら)みつけながら、小川の瀬音のように清らかな声で告げた。

平沙落日　大荒の西
隴上の明星　高く復た低し
孤山　幾処か烽火を看る
戦士　営を連ねて鼓鼙を候う

――馬を御して山河を占むる者、馬占山よ。汝の性は人に秀で、且つまた芳し。嫗は今、張子容の水調歌第一畳を詠うて、汝が良き生涯の餞としよう。砂漠に日は没し、かなた隴山の上に輝く明星は、真幸し太白星ではない。汝が守護星は赤き戦の星、熒惑じゃ。

汝の戦は未だ始まってはおらぬ。ちらほらと烽が上がり、戦士らは息をつめて軍鼓の響きを待ち受けている。汝が戦はこれから始まる。

熒惑の耀うところ、高くまた低く、けっして屈することなく戦い続ける者、馬占山よ。汝は幾万の兵を率いて満洲の山川を跋渉し、満土を蹂躙せんとする悪鬼どもを大いにこらしむるであろう。

その戦たるや神出鬼没、その技たるや神騎神槍、馬賊の頭目どもはあるいは王となり、あるいは将たり相となるが、草莽の英雄たる総攬把の旗は、馬占山よ、汝にこそふさわしい。

いずれ悪鬼どもは汝の力を畏れ、一国の将相として迎えるであろう――。

懐柔の熱弁をふるったあとで、板垣大佐は隣室に控える新聞記者たちの耳を憚るように、いっそう身を乗り出して囁いた。

「貴官には黒龍江省長と、満洲国軍政部総長の地位を約束します」

その条件に目がくらんだわけじゃねえよ、親分。

ご託宣がその通りになったんだから、これは天命かも知らねえと思ったんだ。

宣統陛下をお迎えして開かれる、満洲国とやらがどんなものかはしらねえが、二当家もたしかそんなことを言っていた。陸軍大臣と省長を兼ねるのなら、「一国の将相」にはちがいあるめえ。

ああ、いい気分だ。

このまんま、しばらく眠るとしよう。

なあ、親分。生きているのか死んでいるのかはともかく、俺ァもうあんたを探し疲れた。

せめて夢に現れてくれねえか。何を言わんでもいいから、馬の鼻先を並べて、奉天城を遥かに見る満洲の雪原を、俺と歩いてくれめえか。

二十

茫々たる雪原の彼方に松浦鎮の甍が見えるあたりで、ハルビンから乗ってきた車を捨てた。

部下たちはこぞって引き止めたが、張景恵は応じなかった。

「義兄弟が命のやりとりをすると思うかね」

秘書官が外套の腕を摑んだ。

「しかし、閣下。馬占山はひどい阿片中毒と聞いております。そのうえ、ずっと戦続きで血気に逸っています」

「そんなことは承知しているさ」

張景恵はふくよかな顔を綻ばせて笑い、秘書官に莨を勧めた。

「君の心配はありがたいが、まあ一服して落ちつきなさい」

外套の襟を立ててマッチを擦った。幸い風はない。

「阿片喫みが信用できぬというのなら、もはや誰も信じられまい。戦続きで血気に逸っているのは、このわしも同じだよ。君らはみな、秀芳を化物か怪物のように言うが、やつの本性は誰よりもわしが知っている」

煙をせわしなく吐き出してから、秘書官は言葉を択んで言った。

「閣下のお立場は以前とはちがいます。せめて私と、護衛兵の一人でもお連れ下さい」

好好、と張景恵は高笑いをした。

「わしはどこも変わっとらんよ。いくらか齢は食ったがね」

「では、せめて近くまで送らせていただけませんか」

秘書官は莨の火先を遥かな村に向けた。

季節が移ろえば、このあたりは見渡す限りの唐黍畑になる。今は道のありかさえわからぬ雪原だった。

「秀芳は海倫から出てくるのだ。松花江を隔てたハルビンにいるわしが、自動車を乗りつけてどうするね」

張景恵は雪雲の蟠る北の空を指さし、それからずんぐりと肥えた体をめぐらして、凍りついた松花江と、対岸のハルビン市に目を向けた。そのあたりだけ雲が去って、円く解き落ちる陽光が、ロシア教会の尖塔やキタイスカヤ街の建物の群を照らしていた。

「わかるかね。馬上に誓いを立てた義兄弟とは、そうしたものだ。秀芳も子分どもを連れてはおるまい。君らもここで待ちなさい」

張景恵は氷と雪に埋もれた村をめざして歩き出した。

気温は零下十度の下であろう。踏みしめる雪が小鳥の囀(さえず)りのように軋んだ。それでも風がない分だけ、凌(しの)ぎやすい日である。

少し歩いて立ち止まり、橋の袂(たもと)に佇(たたず)む一個小隊の護衛兵たちに向けて、強く拳を打ち振った。号令の届かぬ吹雪や蒙古風の中での馬賊の合図なのだが、意は通じたらしい。じきに乗用車とトラックは方向を変えて、対岸へと退いて行った。

松花江は吉林省と黒龍江省を隔てる大河である。南岸のハルビンは指呼の間にあるが、松花江を渡れば馬占山(マーチャンシャン)の領地だと張景恵は考えていた。松浦鎮(ソンプーチエン)の僻村は二人の会見にふさわしい場所だった。

「立場がちがう、か――」

ふたたび雪原を歩み出しながら、張景恵は独りごちた。

秘書官ばかりではなく、自分が何かをしようとするたびに、誰かしらが同じ諫言をする。「閣下のお立場は以前とはちがいます」と。張景恵(チャンチンホイ)にはその言葉の意味がよくわからない。

張作霖(チャンヅオリン)大団の二当家(アルタンジア)として山野を駆けめぐった若き日も、奉天軍を率いて中原に戦ったころも、ハルビンの行政長官として混乱する時局の収拾にあたる今も、おのれの立場はどこも変わっていないと思う。

野望は何ひとつないのだ。どこかで一区切りがついたなら八角台に帰って、もとの豆腐屋に戻りたい。口に出そうものなら冗談としか思われまいが、張景恵の希(のぞ)みはほかに何もなかった。

いつまで経とうがその一区切りとやらがつかぬだけだ。そうこうしつつ、六十の齢を過ぎてしまった。

いくらも歩かぬうちに額から汗が噴き出てきた。熊皮の帽子を脱いで、すっかり禿(は)げ上がった頭を拭った。もう馬上に拳銃をふるう齢ではないが、豆腐屋のおやじならば、まだ十年や二十年は働けると思う。

松浦鎮(ソンプーチエン)の村はなかなか近付いてくれない。力が衰えたのではなく、どうにもこの足が厄介なのだ。

皇姑屯(ホアングートン)の鉄橋に仕掛けられた爆薬は、張作霖を殺し、張景恵に瀕死の重傷を負わせた。たまたま便所に立たなければ、ともどもに死んだはずだった。

三年前に突き刺さった無数の鉄片は、まだいくつも体に埋まっている。それらはしばしば、小さな鬼どものように騒ぎ出して張景恵を悩ませた。とりわけ左足の太腿に深く食いこんだ塊はたちが悪かった。気温が氷点下になるとたちまち、踵までが棒きれのように引き攣ってしまう。

雪原に足を曳きながら、彼方の松浦鎮がふるさとの村であったなら、どれほど幸せだろうと張景恵は思った。

金も、名誉も、地位も、何ひとつ希んではいなかった。手に入れたそれらはすべて望外のものであったから、さほど嬉しくもなかった。

六十年の人生で最も喜ばしかった出来事といえば、八角台の村はずれに小さな店を出したことだった。

貧しい小作であった父が死んだとき、母と幼い兄弟では畑が回るまいと考えた地主の好意で、豆腐屋を開くことができた。兄が豆を煮て、母が仕込みをし、景恵が声を張り上げて客を呼んだ。

余りものの豆腐をたらふく食ったおかげで、張景恵はたくましく育った。身丈は父母に似て寸足らずだったが、力は誰にも負けなかった。

算(かぞ)え十八のときに、地主に命じられて自警団の団長となった。それも、むろんみずから希んだわけではない。略奪から村を護るためには自前の武力が必要で、若者たちをまとめ上げる膂力(りょりょく)と胆力の持ち主は、張景恵(チャンチンホイ)のほかにはいなかった。

八角台の村が以来一度も匪賊(ひぞく)に襲われなかったのは、彼がやみくもな戦をしなかったからである。戦わずに話し合う方法を常に選び、ときには多少の金銭を支払って敵を懐柔した。そして、和議がならずに戦となった場合には、けっして負けなかった。

やがて自警団は近在の村からも恃(たの)みとされ、子分の数も増え、「張景恵攬把(ランパ)」と称されるようになった。二十代のなかばには、台安県のすべてがその縄張りだった。押しも押されもせぬ「大攬把(ダアランパ)」である。

豆腐屋の店先で客あしらいをしてきた彼は、笑顔が地顔だった。「好好(ハオハオ)」と笑って肯(うなず)くから、「好大人(ハオダアレン)大攬把」と呼ばれた。だが、対抗する馬賊たちはその笑顔を怖れた。彼が「好」と肯かぬときは、ひとこと「殺(シャー)」と命ずるからだった。

そんな威勢を誇ったころにも、張景恵は八角台の店先に立っていた。馬賊が跋扈(ばっこ)するのは収穫をおえた農閑期と決まっているから、春先から秋口までは、いつに変わらぬ豆腐屋だった。彼の心を満たすものは、金でも地位でも名誉でもなかった。

「こんちくしょう」

棒切れの足がどうにも動かなくなって、張景恵は地団駄を踏んだ。

「勝手ばかり言いやがって。あげくの果ては勝手にあの世行きか」

三年前の出来事が、きのうのように思えてならない。

「おまえが散らかした家を、誰が片付ける。漢卿(ハンチン)にも秀芳(シウファン)にもできやしねえぞ。おう、何とか言え、この腐れ卵野郎」

痛む足を雪に叩きつけるようにして、張景恵は歩き始めた。

戦に敗れて追手のかかった「腐れ卵野郎」が、命からがら八角台に逃がれてきたのは、光緒の丑の年——西洋暦でいう一九〇一年の夏である。従う子分は数えるほどしかなく、荷車には若い妻と、生まれて間もない乳呑児が乗っていた。

三十歳の張景恵は、そろそろ子分に跡目を譲って、豆腐屋に戻ろうと考え始めていた。

手負いの馬賊を匿(かくま)うからには、要らぬ喧嘩をする肚もくくらねばならない。しかし、「腐れ卵野郎」はともかくとしても、女房子供を見て見ぬふりはできなかった。

男は奉天郊外の新民府を根城とする馬賊で、張作霖(チャンヅオリン)と名乗った。根拠地を攻め取られて敗走する間に、女房が産気づいたらしい。いよいよ万策尽きて、「八角台の好大人」を頼ってきたのである。齢は張景恵より四つ下だった。

情けをかけたわけではない。女房子供を捨てぬ男の意気に感じた。そしてもうひとつ、敗軍の荷車の中で生まれた漢卿（ハンチン）という名の子供が、ふしぎな運命を背負っているような気がした。

それにしても偉そうなやつだった。まさしく没法子（メイファーヅ）な有様なのに、頭を下げて命乞いをするでもなく、「俺様を救けるのは当然」とでも言わんばかりだった。

「腐れ卵野郎」は世間にいくらでもいるが、偉そうな「腐れ卵野郎」に出会ったのは初めてだった。

張作霖（チャンヅオリン）はその年の夏と秋を八角台で過ごした。好大人（ハオダアレン）に匿（かくま）われたと知った追手はたちまち退散した。

かわって、ちりぢりに敗走した子分どもが集まってきた。これだけの負け戦をすれば、攬把（ランパ）は信頼を失うはずだが、子分どもは張作霖を見捨てなかった。

収穫の季節になった。張作霖と子分たちは、ともに台安県の縄張りを回った。その年は麦も大豆も豊作で、いきおい村々を襲う匪賊が多くあった。いくどかの戦闘の間に、張作霖が小さな体や色白の役者面に似合わぬ、騎射の達人であると知った。子分どもを束ねる器量もあり、村々の地主たちからの受けもよかった。

引退して豆腐屋に戻りたくても、縄張りを任すことのできる子分がいなかった。この男ならば、と張景恵(チャンチンホイ)は考えた。

馬賊稼業から足を洗う、唯一無二の機会であったと思う。広大な縄張りが手に入るのだから、張作霖にとっても悪い話であったはずはない。

感謝不尽了(ガンシエプージンラ)。那太好了(ナアタイハオラ)。ありがたい話だ、と張作霖は言った。ただし、自分ひとりでは自信がない。義兄弟の契りを結び、しばらくは後ろ楯になってはくれまいか、と。

深く考えずに、張景恵は申し出を受け入れた。季節がひとめぐりする間に、すべてを託して豆腐屋に戻れると思った。「しばらく」という時間は、それぐらいだろうと考えた。

騎射の腕前ばかりではなく、張作霖は外交術の達人だった。そうと気付かず「好(ハオ)好(ハオ)」と肯いているうちに、季節がひとめぐりするころには、引退どころか「二当家(アルタンジア)」——副頭目と呼ばれるようになっていた。

やがて「張作霖大団」の縄張りは遼河に沿って北に拡がり、もとの根拠地たる新民府も奪還し、「白虎張(パイフーチャン)」と呼ばれる東北屈指の総攬把(ツオンランパ)となった。

そのめざましい成功のうちに、張景恵は夢を見失ったのだ。

「勝手に生きて、勝手にくたばりやがった。何とか言え、この腐れ卵野郎」

混蛋（フンタン）、混蛋、と呟きながら歩くうちに、すっかり息が上がってしまった。

馬占山（マーチャンシャン）は松浦鎮（ソンプーチエン）の煉瓦塀の下に身を屈（かが）めて、痩せこけた犬に餌をくれていた。

あたりに人の気配はなく、村は静まり返っていた。雲の切れ間が松花江（ソンホワジアン）を渡ってきた。まるで、天がその孤将の勇気を嘉（よみ）するかのように、雪と氷に鎖（とざ）された松浦鎮は白銀（しろがね）の色に輝き始めた。硝煙にまみれた東北軍の外套が眩（まば）ゆかった。

戦争の帰趨はともかく、この男ひとりが戦い続けているおかげで、ふるさとの満洲は今もかくあるのだと張景恵（チャンチンホイ）は思った。

馬占山はわれらが英雄ではなく、満洲の良心であった。

「やあ、秀芳（シウファン）。いいお日和だな」

張景恵の影が足元に落ちても、馬占山は顔を上げなかった。「白頭巾の秀芳」と呼ばれていたころと、どこも変わらない。ろくに挨拶もせずに臍（へそ）を曲げている様子は、二十歳の包頭児（パオトウル）のままだ。

痩せ犬の背を撫でながら、秀芳は言った。

「その足で、よくも歩いてきたもんだ。車で乗りつけりゃよかろうに」

「そう言うおまえこそ、部下はどうしたんだね」

「駅舎に置いてきた。ついでに、拳銃も」

「好(ハオ)。思った通りだ。だからわしも、ひとりで歩いてきた。ちかごろでは拳銃を持つことがない」

「ほう。拳銃は置いてきたんじゃなくて、捨てたんか。偉くなったもんだの。総攬把(ツォンランパ)が聞きなすったら泣くぜ」

「いいや、嘆いてもくれまい。きっと笑われる」

去(チュイ)、とやさしげな声で秀芳は犬を追った。昔から人付き合いはへただが、馬や犬とはうまくやるやつだ。痩せ犬はひとこえ悲しげに鼻を鳴らすと、膝前から去って行った。

その後ろかげを見送って、馬占山はようやく立ち上がった。鯰髭(なまずひげ)が凍っていた。無愛想にしているが、長いことここで待っていてくれたのだろう。

「すまねえが、二当家(アルタンジア)。仁義は勘弁してくれ。今のあんたに礼を尽くすわけにはいかねえんだ」

「好。それもそうだな。その気持ちだけで十分だよ」

人影は見当たらないが、貧しい家々の煙突からは暖を取る煙が立ち昇っていた。村人たちは身を寄せ合い、息を殺しているのだろう。

秀芳（シウファン）は静まり返った村に歩みこみながら、戦場で鍛え上げた甲高い声を張り上げた。

「不要害怕（ブーヤオハイパー）。怖がらなくていいぞ。おまえらに迷惑はかけねえ」

そうは言っても、安心はしないだろう。戦禍をかいくぐってきた村人たちは用心深い。

「名乗ったらどうだね。おまえは英雄じゃないか」

「ばかくせえ。白虎張（パイフーチャン）でもあるめえに」

そう言いながらもいくらか考えたらしく、秀芳は立ち止まって名乗りを上げた。

「咱家（ザアジア）、叫（ジャオ）　馬占山（マーチャンシャン）！」

張景恵（チャンチンホイ）は思わずその横顔を見つめた。「俺様は」という言い方が、張作霖（チャンヅオリン）の声に聞こえたからだった。白虎張の魂がその体に宿っているような気がした。

「赤ン坊を泣かせるな。ガキを怖がらせるな。兵隊はいねえぞ」

村の空気がたちまち緩んだように思えた。おそるおそる扉を開けて、様子を窺う村人もあった。

「ほれ、見たことか。おまえは英雄なんだ」

「くそくらえ。どの口が言いやがる」

村の辻に枝を凍らせた柳の大樹があり、そのかたわらの「松浦飯荘」と書かれた赤い扉から、湯気が溢れ出ていた。どうやら会談の場所だけは用意されているらしい。

「一杯やりながら昔話でもしようじゃねえか」

「ありがたい。体が冷え切ってしまった。気を遣わせてすまんな」

「いいや。海倫(ハイルン)は遠くて、ハルビンはすぐそこだが、松花江(ソンホワジアン)のこっちは俺の領分だ」

店に入った。青ざめた顔の亭主が、まるで兵隊のような気を付けをして、「你来了(ニイライラ)！」と叫んだ。倅(せがれ)はストーブに石炭をくべており、亭主の母親と見える老婆が、供物でも捧げるようにして高粱酒(ガオリヤンジユウ)と盃を運んできた。

「兄貴も俺ももとは馬賊だから、食い物に文句はつけねえよ」

秀芳は老婆の綿入れの肩を叩いてそう言い、東北軍の外套を脱いだ。腰の銃嚢(じゅうのう)に拳銃は入っていなかった。

「のっけから昔話というわけにもいくまい。酔いが回らぬうちに、肝心な話をしようじゃないか」

二人は黙って盃を乾した。秀芳がチチハルの攻防戦で死に急がず、こうして目の前にあることが、張景恵は何よりも嬉しかった。

「ずいぶん肥えたな、兄貴。たいした貫禄だぜ」

「おまえも立派になった」

陸軍中将の階級章に盃を向けると、秀芳（シウファン）は鼻で嗤（わら）った。

「こんなものは欲しくもねえが、蔣介石（ジャンジエシイ）のくそったれがくれるっていうから、もらってやったんだ」

「やつは日本とことを構えるつもりがないよ。おまえひとりで戦ったところで、勝ち目はあるまい」

「お言葉だがよ、二当家（アルタンジア）。俺はあの野郎の子分になったわけじゃねえんだぜ。生まれ故郷の満洲を護っているだけだ。戦う理由がほかにあるものか」

「好（ハオ）。正是那样（ヂョンシイナヤン）。まったくその通りだ」

「だったら、勝ち負けなどどうでもよかろう。俺を説得するつもりなら、はなから答えを言っておくぜ。実子の漢卿（ハンチン）はどうか知らねえが、俺は親を殺（と）られた恨みを忘れねえ。ここは白虎張（パイフーチャン）のこしらえた国だ。漢卿や兄貴たちが何と言おうが、俺は親の仇に尻尾を振るような真似はしねえよ」

話を急ぎすぎた、と張景恵（チャンチンホイ）は悔やんだ。いったん臍を曲げると梃（てこ）でも動かぬ男だ。

折よく老婆が料理を運んできた。松花江（ソンホワジアン）の魚の揚げ物に青菜炒め、豆腐の煮込みは張景恵の大好物である。

「誤解のないように言っておくが、漢卿は親を殺された恨みを忘れてはいないよ」

「わかっているさ。青天白日旗を掲げたからには、蔣介石の命令に従うってわけだろう。そりゃあそれで見上げた話だが、世間は誰もそう思っちゃいねえぞ。腰抜けの不抵抗将軍だ」

「憎むなよ」

ひとこと言って、張景恵は豆腐に箸を伸ばした。

「どうだい、兄貴」

「ああ、うまい豆腐だ。鄙の飯屋とは思えんよ」

すると、秀芳は笑いながら老婆に言った。

「よかったな、婆様。このおっさんはもともと豆腐屋なんだ」

馬占山将軍には畏れ入っているようだが、店主も老婆も自分の正体には気付いていないらしい。

「ところで、二当家。ほかの兄貴たちはどこでどうしていなさる」

海倫には情報が伝わらぬのだろうか。いや、おそらく秀芳は、世の中の動きが何ひとつ信じられぬのだろう。

「白猫は錦州を撤退して、熱河の麒麟に合流した」

九月十八日、瀋陽(シェンヤン)北郊の柳条湖で南満洲鉄道の線路が爆破された。日本軍はそれを張学良(チャンシュエリャン)軍のしわざとして、すぐさま現場近くの北大営に攻撃をしかけてきた。むろん自作自演の謀略である。

遥かに兵力のまさる東北軍は挑発に乗らず、ひそかに各地から兵を集めて錦州に臨時政府を設置した。すべては北京にあった張学良の命令だった。そしてさらに、現地で指揮を執っていた張作相(チャンヅオシャン)は、追撃する日本軍と戦わずに錦州を放棄して、熱河に撤退した。

「白猫(パイマオ)の兄貴もヤキが回ったか。売られた喧嘩を買わぬようなお人じゃねえはずだが」

「そうじゃないよ、秀芳(シウファン)。やつは漢卿の命令に従っただけさ。白猫は若い時分から、総攬把(ツオンランパ)の信頼が厚かった。戦上手だが命令には忠実だったからな」

秀芳は盃を呷(あお)ったまま、煤(すす)けた天井を見上げた。

「俺に言わせりゃ、ずいぶん勝手な話だぜ。錦州の張作相は戦うな、黒龍江の馬占(マーチャン)山(シャン)は戦えかよ」

張景恵(チャンチンホイ)には北京の深謀遠慮がわかっていた。全面戦争に発展すれば、日本の思うつぼなのである。この有様を国際連盟に訴え、世界の公論を味方につけなければならない。そしてその目的を達成するためには、義において抗戦を続ける軍隊も必要だった。

しかしそもそも馬占山の率いる黒龍江軍は、撤兵もかなわずに満洲の北辺に残置された軍隊であった。救国の生け贄のような役回りを、無理無体に押しつけられたというべきであろう。

ふと、この男はすべてを読み切っているのではないか、と思った。だからこそ秀芳は、英雄と呼ばれることを潔しとしないのだ。陸軍中将の階級も英雄たる名誉も、みな北京の策略のうちだと気付いている。

「熱河の麒麟（チリン）兄ィはどうする。日本軍と戦うか」

「いや、やはり戦うまい。長城の南に兵を引くだろう」

「おいおい、長城の線で手打ちかよ。だったらこの俺はどうなる。抗日英雄に祀り上げられて、今さら降参はできねえぞ」

言葉を慎重に選ばねばならなかった。張景恵はしばらく黙りこくって酒を酌んだ。

「じきに正月だ」

十二月とはいえ、食堂に過年（グオニエン）の設（しつら）えはない。新暦になじめぬ国民にとっての春節はまだ先である。

「海倫には盆も正月もねえよ。氷が解ければ、多門の軍隊が攻めこんでくる」

嫩江で戦端が開かれて以来、馬占山軍と対峙しているのは、多門二郎中将の率いる日本の第二師団だった。中国人の多くはその精強な軍隊を「多門師」と呼ぶが、誰も「多門」が師団長の名前だとは思っていない。文字通りに、「たくさんの大砲を持つ師団」だと解しているのである。もっとも、関東軍の主力師団なのだから、その字義はあながち誤りではない。

勝ち目はないぞ、と言いかけて張景恵は口を噤んだ。すでに馬占山の戦は勝ち負けではないのだ。

いくらか風が出てきたのだろうか、氷のかけらが歪んだガラス窓を叩いた。つかのまの陽光は退き、耳を澄ませば空が鳴っていた。

けっして殺してはならない弟分の盃に、高粱酒をなみなみと注いで、張景恵はようやく本題を切り出した。

「なあ、秀芳。正月は瀋陽で祝おうじゃないか」

これは命の盃だと張景恵は思った。もはやこの男を説得できる者は、世界中に自分ひとりしかいない。

秀芳は軍服の背を壁に預け、苦痛を耐え忍ぶようにきつく瞼をとざした。あらかじめ予測はしていたであろうが、つらい言葉であったにちがいない。

「宣統(シュアントン)陛下をお迎えして、東北に新しい国家を作る。国民政府から離脱するのだ。だから――」

「もういいよ、二当家(アルタンジア)。話は板垣から聞いた。俺がここまで出てきたのは、日本人ではないあんたの口で、そう言ってほしかったからさ」

秀芳の胸のうちを忖度(そんたく)した。悩みはふたつあると思う。

「漢卿(ハンチン)とは縁を断つことになる。それは仕方なかろう。わしらはもはや、義理にからむ立場ではないはずだ」

「対(トエ)。東北の平安のためなら、仕方ねえ」

「もうひとつ。満洲国は宣統皇帝を戴く、わしらの国だ。けっして日本のいいようにはさせぬ」

秀芳は盃を呷った。

「のう、二当家。あんたにそれほどの力があるとは思われねえ」

「だからこそ、おまえが必要なのだ。黒龍江省の省長と、軍政部総長の地位を用意する。新国家の要(かなめ)だ。これればかりは、おまえのほかに余人をもって代えがたい」

言いながら張景恵は、唇が寒くなった。馬占山に対する帰順要請が、正当なものであるという自信がなかった。

建国にあたっての最大の懸案は、抗日戦を続ける馬占山(マーチャンシャン)軍の処置である。解決方法は殲滅(せんめつ)か懐柔かの、二つにひとつしかなかった。自分はその方法のうちの懐柔策を選んだだけではないのか、だとするとすべてが虚偽ではないのか、という疑いを、張景恵(チャンチンホイ)はどうしても拭い去ることができなかった。

ただ、この男を死なせたくないのだ。東北の平安のために、常に張作霖(チャンヅオリン)大団の劈頭(へきとう)を駆けたこの勇敢な弟を、どのような欺瞞を用いても殺すわけにはいかない。

「降参はしねえぞ」

「当然だ。黒龍江軍は新国軍に編入する。満洲国は礼を尽くして、馬占山将軍と黒龍江軍を迎える」

「多門(ドウオメン)は承知するか。武装解除だなどと言い出しやがったら、話は水になるぜ」

「前線の指揮官が、関東軍司令官の命令に従わぬはずはない。日本軍はよく統率されている」

秀芳(シウファン)は唇を歪めて苦笑した。

「よく統率されているだと？　あれほど勝手ばかりしやがる軍隊は、そうもあるめえ」

的を射ていると思った。関東軍の一連の行動が、日本の天皇や政府や、参謀本部の意思であるはずはない。むしろ国家の意に反して勝手な行動をし、天皇や政府や参謀本部に既成事実をやむなく追認させるという、権力の化物である。関東軍は日本軍の一部であるというより、日本を引きずり回す軍閥だった。

しかし、だからこそ未来に光明はあると、張景恵は信じていた。満洲国がいつか力を蓄え、関東軍の頭ごしに日本の天皇や政府と繋がればよいのである。そして、その未来のために必要な国家のかたちは、清朝の廃帝溥儀（プーイー）を国家元首とする、立憲君主制であった。

秀芳は料理に手を付けようとせず、張景恵は豆腐ばかりを肴（さかな）にして酒を飲んだ。

「なあ、二当家（アルタンジア）。おたがい読み書きができたらよかったな」

「そうかね。わしはそうとばかりは思わんよ。手紙のやりとりなどせず、こうして会うほかはないのだから」

秀芳は指先を高粱酒（ガオリヤンジュウ）で湿らせて、卓の上に「馬」という字を書いた。

「書き順がちがうだろう」

「いいや、四つ脚の馬の上に人間様が乗るんだから、こうじゃなけりゃおかしい」

なるほど。秀芳の指は先に「灬」を書き、その上に「⺻」を乗せた。

ねえ」

「馬占山という名はどれも四角くて簡単だからどうにか書けるが、字の秀芳はいけ

二人は初めて声を揃えて笑った。

そう言いながら、秀芳は老婆に法外な勘定を支払った。

「吹かれねえうちにお開きとしようぜ。松花江を渡るわけにはいかねえが、橋の袂まで送らしてくれ」

松浦鎮の街路には地吹雪が立っていた。秀芳が指笛を吹き鳴らすと、たちまち一頭のたくましい馬が、従兵を引きずるようにして走ってきた。

「おまえは駅に戻れ。客人は俺が見送る」

まだ幼げな顔の従兵は、敬礼をして地吹雪の中に消えた。

「馬占山将軍が轡を取ってくれるとは光栄だ」

「今さらあんたの下に立つわけじゃねえぞ。年寄りにそこいらでくたばられたんじゃ、後生が悪い」

「まだまだ、くたばるわけにはいかんよ」

馬に跨ると視野が豁けた。これが自分の見るべき世界なのだと思った。秀芳は軍帽の顎紐をかけ、地吹雪から顔をそむけずに馬を引いてくれた。

「ところで、雷哥(レイコオ)はどこでどうしていなさる」

そう訊ねられても、李春雷(リイチユンレイ)の行方を張景恵(チャンチンホイ)は知らなかった。

「総攬把(ツオンランパ)の葬式のときに顔を合わせたきりだ。それからは噂にも聞かない」

どのように過酷な戦場でもかすり傷ひとつ負わず、「不死身の雷哥」と呼ばれた男なのだから、今もきっとどこかで達者に暮らしていることだろう。しかしそう思いはしても、かつて黄色の三角旗を掲げて満洲の野を駆けた仲間たちが、それぞれに異なった運命をたどっていることが、張景恵は悲しかった。

「瀋陽(シエンヤン)で正月を祝う前に――」

秀芳の声は颪にちぎれて飛んだ。

「何だって？　聞こえない」

張景恵は馬上に耳を欹(そばだ)てた。

「多門(ドウオメン)に会おうと思う」

「その必要はあるまい。満洲国の大臣に迎えられるおまえが、師団長ふぜいと会見してどうするね」

「手打ちだよ。命のやりとりをした相手には、仁義を切らにゃなるめえ」

どれほど勇名を馳せても、こいつは徹頭徹尾の満洲馬賊だ。

松花江もハルビンの街も雪の帳の向こうに消え去っていたが、まぼろしのように浮かぶ橋の上には、光を灯した自動車が待っていた。

「ここでいい。海倫に帰れ」

扶けられて馬から下りたとき、勢い余って秀芳の体にしがみついた。これで満洲の良心を殺さずにすんだと思うと、別れの言葉のかわりに声にならぬ嗚咽が唇を震わせた。

「好好。よくやった」

張景恵は泣きながら、ようやくそれだけを言った。

二十一

厚い氷に被われた松花江は、格好の兵站路となっていた。

雪もよいの空だが視界は悪くない。河岸の高みからは、残敵掃討に向かう戦車や装甲貨車や騎兵の隊列が、手に取るように眺められる。

爆撃機の編隊も高度を下げながら、松花江上を東へと向かい、ほどなく彼方の雪空に黒煙が立ったと思うと、一拍の間を置いて地響きが伝わった。戦況がまったく一方的であることに疑いようはなかった。

　関東軍の基幹をなす第二師団が、ハルビンに残る中国軍に対して総攻撃をかけたのは、昭和七年二月四日の未明である。翌五日のうちに、ハルビン市と近郊の村々は日本軍によって占領された。

　その日は旧暦の大晦日にあたる。市民は越年の祭事もままならずに逃げまどわねばならなかった。

　偶然そうなったわけではない。第二師団はハルビン陥落の日を自由に定めることができた。一方の中国軍は、国民政府からも東北軍からも見捨てられ、今となっては「抗日自衛軍」を名乗るしかない部隊であった。

　河畔のテラスには、第二師団の幕僚たちが勢揃いして、圧倒的な戦況を見つめていた。

　いったいこの連中は何を考えているのだと、志津邦陽（しづくにあき）中尉は苛立った。しかし、奉天特務機関長に随伴してきた中尉ふぜいが、前線の参謀や副官に物を言うわけにはいかない。

　ガラス戸を隔てたホールには巨大な図面が拡げられていて、あたかも前線指揮所のようだが、図上に敵の兵棋は置かれていなかった。師団司令部から逓伝（ていでん）されてくる電話を受けた参謀が、友軍の駒を前進させるだけである。

参謀長が言うには、「敵は黒龍江省軍三個旅団を基幹とする一万五千」だそうだが、攻撃開始の当初から、組織的な抵抗はなかったように思う。武装解除に応じなかったから、やむなく戦端を開いたという話ではあるが、ならば市内制圧から三日も経て、松花江の彼方まで追撃する必要があるのだろうか。

土肥原機関長が暖炉の前に椅子を据えて、支那語の新聞を読んでいた。

「何だね、君。また文句をつけにきたか」

「いえ、意見具申であります」

土肥原大佐と志津中尉の間には、しばしば同じようなやりとりがある。一般の部隊や司令部ではありえぬ話だが、謀略を任務とする特務機関の上下関係には、民間企業のような柔軟さがあった。

「師団長閣下は、いったいいつまで追撃戦を続けるおつもりですか。三時間後には敵の総大将が面会に来るというのに、まだ戦を続けるというのは非道ではありませんか」

マアマア、と笑いかけながら、土肥原は志津の肩を宥(なだ)めるように叩いた。

「マアア、腰を下ろしたまえ。君の意見はもっともだが、参謀たちにめったなことを言うんじゃないよ。彼らは役者で、僕らは裏方だ」

ポマードで撫でつけた髪も、でっぷりと肥えた体も、軍服には似合わない。ホームスパンの背広を着て、チョッキに金時計の鎖でも垂らせば、横浜正金か三井物産の支店長というところだろう。

陸軍の軍人で髪を伸ばしているのは、特務機関員か公使館付の駐在武官か、さもなくば宮様と決まっている。むろん志津自身も長髪だが、生まれてこのかた初めての経験であるから、軍服はもとより背広姿でも居心地が悪くてならなかった。

志津が腰を下ろすのを待って、土肥原大佐はのどかに語りかけた。

「板垣さんも張景恵閣下も、馬占山は納得したと言うがね、僕にはそうとも思えんのだよ。新国家に帰順するからには、長く干戈を交えた多門師団長と手打ちをしておきたいということであるらしいが、そんなきれいごとを鵜呑みにしていいものかね。なにしろ馬占山は荒くれ者のうえに阿片中毒だ。多門中将と刺し違えたところで、何のふしぎもあるまい。だから僕は、この会談の直前まで、わが軍の実力を見せつけておくべきだと提案した。刺し違えぬまでも、厄介な条件を持ち出してこの会談が決裂したなら、第二師団は一気に松花江を渡河して、目標を海倫に指向する。わかるかね。馬占山を新国家の閣僚として迎えるのはよい方法だが、彼にとって奉天までの道のりは、さほど平坦であってはならない。ほかの可能性をすべて潰してしまわなければ、馬占山は新国家に参画する資格がない」

言い返したいことは山ほどあるが、まとまった言葉にはならなかった。つまり、納得してしまったのだ。

土肥原大佐はけっして裏方などではない。東三省の独立、そして親日的な新国家の樹立という壮大な舞台を設える、演出家にちがいなかった。

雪空をとよもして砲声は続いていた。寒さに身を震わせながら、師団長と幕僚たちが室内に戻ってきた。

志津が椅子から立ち上がると、かわりに多門中将が座って、燃えさかる石炭に掌をかざした。土肥原がその耳元に、何ごとかを囁いた。すると、師団長は丸メガネを押し上げて、「ほう。志津閣下の息子さんかね」と言った。

たちまち体じゅうに、幕僚たちの視線を感じた。むろん、将軍の子息に対する敬意などではない。そうした出自にもかかわらず、怪文書を撒いて軍法会議にかけられた問題児に、奇異の目を向けたのである。

むろん、多門中将もその事件を知らぬはずはないのだが、まるきり知らんぷりで日露戦争の思い出話などを始めた。どうやら若き日の彼が出征したとき、志津の父は軍司令部の参謀であったらしい。

志津は禁固六月の刑期をおえたあと、原隊の赤坂一聯隊には戻らず、奉天特務機関に転属となった。

「勉強はしておるかね」

師団長はこともなげに訊ねた。「陸軍大学校受験のための勉強」という意味であることは、言わずとも通ずる。志津中尉は受験の適年に至っており、居並ぶ参謀たちも、むろん師団長も土肥原機関長も、陸大の卒業生だった。

「勉強したところで、合格できるはずはありません」

そう答えると、参謀たちの間から失笑が洩れた。

「おいおい、多門閣下の前職は陸大校長だぞ。そんな言いぐさがあるか」

誰かが言い、失笑はあからさまな笑い声に変わった。

そもそも出世欲などはない。軍人の家に生まれ、幼年学校から士官学校へと進めば、そのほかの人生など考えも及ばなかった。だから免官にならなくとも、軍人であり続けるほかはない。

多門師団長は凍った防寒帽を脱ぎ、白髪まじりの坊主頭を撫でつけた。

「陸大は公平だよ。前の校長がこうして言うのだから、まちがいない。ましてや君の前科は、破廉恥罪ではあるまい。かつて懲罰をくらった参謀など珍しくもないさ。もっとも、所属部隊長が推薦しなければ問題だが、内地の聯隊長ならばともかく、この土肥原大佐がわけのわからんことは言うまい」

なあ、と水を向けられて、土肥原大佐は「むろんです」と肯いた。

「そうは申しましても閣下、特務機関員は不足しておりますからなあ。志津中尉は支那語を習得しておりますし、この非常時に陸大受験と言い出されても困ります」

次第に自分が晒し者にされているような気分になってきた。

士官学校を出た将校のうちの、ほんのひとつまみしか進めぬ陸軍大学校でも、試験が公平でさえあれば合格する自信はある。しかし志津中尉は、軍服の肩に参謀飾緒を吊り、楕円形の陸大徽章を佩いたおのれの姿を、どうにも想像することができなかった。

陰湿な笑みを向ける幕僚たちをひとめぐり睨み渡して、志津中尉はきっぱりと言った。

「ご心配は無用です。そのつもりはありません」

多門二郎第二師団長と馬占山将軍の会見場所は、ハルビン市内松花江河岸に建つ、満鉄理事公館である。

春になれば市民の憩いの場となる公園の一角の、ダンスホールやテニスコートを備えたモダンな三階建だった。

満洲のほぼ中心にあたる内陸であるのに、松花江の川幅はたとえば日本の利根川や信濃川といった大河の河口よりもずっと広い。氷結した川面に巻き上がる雪煙の切れ間に、ときおり対岸の松浦鎮の甍が見えた。

会見は午前十一時から始まる。日本軍の攻撃はその一時間前にぴたりとやんだ。今は砲声も爆音も聞こえない。

市内の要所に密偵を配置しているのだが、馬占山の所在は捉めなかった。日本軍の行動に腹を立てて、約束を反古にしたのではなかろうかと志津中尉は危ぶんだ。そう思うと居ても立ってもおられぬ気分になり、二階の会見場を出た。

階段の踊り場から玄関を見おろして驚いた。極秘会談であるはずなのに、多くの新聞記者が待ち受けている。しかも、中国人記者の姿まであった。カメラが見当たらないのは、さすがにそればかりは禁じられたのだろう。

たちまち記者たちに取り囲まれた。

「志津中尉、まもなく定刻ですが、馬占山は現われますかね」

顔見知りの記者に質問をされて、志津は答えずに訊き返した。

「そんなことより、いったい君らは誰の許可を得てここにいるんだね」

「師団の情報参謀から、けさがた記者クラブに連絡がありました」

志津は階上を見上げた。特務機関がいくらていねいにお膳立てをしても、やつらがみなぶち壊してしまう。

「副官からではないのか」

「いえ、情報参謀からです」

それは大きなちがいである。師団の事務を管掌する副官ではなく、師団参謀のひとりが連絡を入れたのだとすると、つまり事務行為ではなく作戦行動の一部と考えられるからである。

これは越権だと志津は思った。四年前の皇姑屯(こうことん)事件からこのかた、関東軍は政府も外務省も、陸軍省や参謀本部すらも無視して動くようになった。現地においては、戦闘に専心すべき師団司令部が、特務機関の頭越しに物を言う。これでは、民国政府に服(まつろ)うと見せて勝手ばかりをする、支那の軍閥とどこも変わらない。いや、最新の装備を持ち、巨額の国家予算を食っているのだから、ずっとたちが悪い。

「諸君らに言っておく」

志津は記者たちを見渡して言った。

「馬占山将軍はもとより、随行者に対する各個の質問は固く禁ずる。会談の内容については、終了後に本官から伝達します。よろしいか」

一言の不満もなく納得したのは、こうした指示は本来、師団司令部ではなく特務機関が通達するものだと、彼らも考えているからにちがいなかった。

玄関の回転扉を出ると、氷点下の冷気がたちまち眉を凍らせた。雪が掃かれた門前には、歩兵銃に着剣をおえた一個小隊の儀仗兵が、馬占山の到着を待っていた。

満鉄理事公館という名称だが、たぶん社員やその家族のための保養施設なのだろう。建物の壁は明るい象牙色に塗られており、二階をぐるりと繞るテラスの柱は若草色である。南満洲鉄道の権威は感じられない。

「志津中尉――」

名を呼ばれて振り返ると、鳥打帽を冠って外套の襟を立てた新聞記者が後を追ってきた。

特務機関員にとって、記者たちは最大の味方であると同時に、最も警戒すべき敵でもある。だから面識のある記者の所属と名前はけっして忘れない。

「おや、北村さん。こっちに転勤ですか」

朝日新聞北平支局の北村修治（しゅうじ）。北京や天津の事情には誰よりも精通しているので、しばしば電話のやりとりをする。むろん情報を得る見返りとして、東北の情勢を発表に先んじて伝えることもある。

「いえいえ、転勤を志願しているんですが、なかなか聞いてもらえません。そのくせ満洲は手が足らんものだから、こういうことがあれば夜行列車で飛ばなければならない。まあ、遊軍記者というやつですな」

志津は時計を見た。依然として馬占山は現れない。儀仗隊の若い指揮官が、門前をいらいらと行きつ戻りつしていた。

「まさか、すっぽかしじゃありますまいね」

「いや、それはないでしょう。そもそも先方から申し出た会見です」

「しかし、志津中尉。今の今まで追撃戦を続けていながら、停戦も和平もないものでしょう。こんなことじゃ、新国家の先行きが思いやられますよ」

つまり新聞記者たちは、この会見が停戦協定の話し合いだと思っているのである。もしかしたら、師団の情報参謀がそうした煙幕を張ったのかもしれない。

少くとも、馬占山が新国家の閣僚に迎えられる、というところまでは察知していないことになる。

情報の交換は先に口を開いたほうが不利なのだが、本性がよほど素直なのか、北村はいつもこの調子だった。もっともそうした彼だからこそ、他社より先に特務機関発の特ダネを物にしてもいるのだが。

「追撃戦は馬占山将軍に対する示威行動ではありません。ぎりぎりまでの停戦交渉が決裂した結果です。ハルビンは国際都市で、各国の権益が重なっていますから、できることなら戦闘は避けたかった」

志津は関東軍の攻撃を弁護した。市民生活を無視した旧正月の占領を正当化するためには、そんな理由しか考えつかなかった。

「ソ連は大丈夫でしょうか」と、北村が松花江に目を向けて訊ねた。

「外務省を通じて了解済みです。国際連盟を刺激することにはなりましょうが」

たとえ推測であろうと仮定であろうと、新聞記者に語るからには断言しなければならない。

「もうひとつ、肝心なところですがね、北村さん。何も馬占山将軍が、ハルビンの抗日軍まで指揮しているわけではありません。張学良麾下の東北軍は、満洲のあちこちに孤立しています。チチハルを中心にして北満に配置されていた部隊は、今も馬占山将軍の指揮下にあると言えましょうが、ハルビンの旅団はもともと氏素性がちがいます。すなわち、第二師団の攻撃と残敵掃討は、馬占山に対する示威にはなりません。そのあたり、誤報なきよう願います」

北村がどこまでを信じ、どこからを疑っているかはわからない。

「これは、記事にしてもよろしいですか」

かじかんだ手でメモを取りながら、北村が訊ねた。

「かまいませんが、東京に打電するのは少し待ったほうがよろしい」

北村の手が止まった。

「その理由は？」

「現状では言えません」

「どれくらい待てばいいのでしょうか」

「そうですねえ――」

志津中尉は考えた。この会見が無事に終われば、馬占山はほどなく奉天に迎えられるはずである。そして、満洲国建国会議に列席する。新国家の重鎮である「軍政部総長兼黒龍江省省長」として。中国全土のおよそ四分の一に相当する東北が、国民政府から離脱し、独立する。

「さほど先の話ではありません。せいぜい一週間か十日というところでしょう」

北村の表情を窺った。やはり馬占山の処遇についても、何ひとつ察知していない様子である。

「こちらはいよいよ忙しくなります。今度こそ転勤の希望が叶いますよ。北京に戻ったら荷造りを始めたほうがいい」

北村は凍った睫毛をしばたたきながら笑い返した。

「その折にはまたよろしくお願いします。満洲国が誕生すれば、北京も天津も暇になるでしょう」

儀仗隊に号令がかかった。時刻はちょうど十一時である。

門前に黒塗りのシボレーが横付けされると、栄誉礼のラッパが吹鳴された。後部座席からただひとり降り立った馬占山将軍は、熊皮の帽子を冠り、狐の襟が付いた外套を肩から羽織っていた。

容貌魁偉な豪傑を想像していたのだが、あんがい小柄な男だった。しかし、さすが平衣をまとっていても、悠揚迫らざる貫禄が漂っていた。

捧げ銃の最敬礼で迎える儀仗隊を閲兵しながら将軍が歩むうちに、曇天が崩れかかるような雪が降り始めた。

会見場には白布を掛けた大きな円卓が据えられていた。

玄関まで迎えに出た多門師団長は、みずから馬占山に椅子を勧めると、卓の差し向かいに座った。

「少しテーブルが大きすぎたようだな」

師団長が和(なご)やかに言い、かたわらの席についた土肥原大佐が通訳をした。しかし馬占山は笑わなかった。

「どうして君がそこに座っているのだ」

険しい表情で、たしかにそう言った。支那語を解さぬ師団の幕僚たちは平然としていたが、志津中尉は息をつめた。

土肥原大佐は馬占山を最もよく知る日本人であろう。だから通訳というよりも、面識のない両将軍の仲を取り持つつもりで陪席したのだが、馬占山はいきなりその無礼をなじったのだった。

気を取り直すように苦笑して、土肥原大佐は答えた。

「通訳をさせていただきます」

「好(ハオ)。ならば通訳らしく、椅子を退(ひ)きたまえ」

「いえ、師団長閣下から陪席を許されました。同席させていただきます」

「私は多門将軍と会見するためにやってきた。君に用はない」

馬占山は土肥原を快く思っていない、とわかった。

「おいおい、いったい何を揉めているんだね」

多門師団長が言った。おそらく二人のやりとりを理解しているのは、自分とお茶くみのボーイたちだけだろう。壁際の席に座る参謀や副官たちも、剣呑な空気の原因がわからずにいる様子だった。

土肥原大佐が言うには、「一筋縄ではいかぬ男」だそうだ。なるほど、会見のテーブルについたとたんにこれだ。

土肥原大佐は師団長の耳元に何ごとかを囁き、いかにも不承不承の態で椅子を後ろに引いた。

「機関長、通訳でしたら自分が代わりましょう」

志津は声をかけた。

「いや、気にせんでいい」

それでおそらく、幕僚たちにもあらましが知れたのであろう。隣席の若い副官が、小声で「コノヤロウ」と呟いた。

しかし、馬占山の苦言はそれだけでは終わらなかった。東北訛りがきつくて聞きづらかったが、室内を見回しながら強い口調でこんなことを言った。

「私は多門閣下と話をするのだ。通訳はいてもかまわんが、ほかのみなさんに用はない。私も部下を伴わずにきたのだから、みなさんも席をはずすのが礼儀ではないのかね。よろしいか、この馬占山は投降するのではない。多門閣下と話をするためにやってきたのだ。ことと次第によっては、会談をこれきり終わらせてもかまわない」

そのあたりで、土肥原大佐は軟らかな内容に変えて通訳をした。

「それと、もうひとつ。護衛兵を部屋の内外に七人も配置しているのは、どういうわけかね」

たしかに室内とテラスと廊下に、立て銃(つつ)をした兵隊があった。

「いえ、べつだんの他意はありません。重要な会談ですので」

師団長の言葉を土肥原が伝えると、馬占山はおもむろに馬褂(マーコワ)の内懐に手を入れ、大型拳銃を抜き出した。将校たちは身構え、護衛兵は一斉に据銃(きょじゅう)し、師団長と土肥原大佐は椅子から腰を浮かせた。

馬占山は卓上にごとりと拳銃を置いた。そして師団長を睨みつけながら、きつい東北訛りの、伝法な口調で言った。

「多門先生(ドゥオメンシエンション)。あんたはどうか知らねえが、俺様はてめえの生き死にを考えたためしは、ただの一度だってねえんだ。この体が蜂の巣になる前に、おめえさんの命は必ずいただくぜ。弾は一発で十分だ。わかったか、この糞野郎」

土肥原大佐の表情が凍りついた。

「おい、何だか穏やかじゃないが、いったい何を言っているんだね」

いくども言葉をためらってから、土肥原はようやく答えた。

「平和的な話し合いがしたい、と言っております。おたがい恨みは水に流して、納得ゆくまで語り合おうではないか、と」

多門中将は馬占山にしばらく疑わしげな視線を向けたあと、銃嚢から自分の拳銃を抜き出して卓の上に置いた。

「あなたには及ぶべくもないが、私も日露戦役では弾の下を潜った軍人です。平和のありがたみは知っている」

土肥原大佐が正確な通訳をし、馬占山は目を閉じて肯いた。

重い言葉だった。志津中尉は師団長がさきほど問わず語りに語った、日露戦争の話を思い出したのである。

百十万の兵力を動員し、二十万の死傷者を出したその大戦争の体験者は、将官にまで出世したほんのひとつまみを残して退役してしまった。軍隊にはすでに、「平和のありがたみ」を知る軍人がいない。

かくいう自分自身には、日露戦争の記憶すらもなかった。志津が生まれた明治三十七年は開戦の年である。

どうして今の今まで、こんな単純な理屈に気付かなかったのだろう、と志津は思った。軍隊を一個の生命体と仮定すれば、それを構成する細胞がかつての痛みを忘れたあたりで、本来の指向性が甦(よみがえ)るのである。そもそも軍隊は戦争をするために存在する。本質的な存在理由はほかになく、その指向性の発揮すなわち戦争を抑止する要素は、軍隊自身の持つ記憶と良識にすぎない。

軍隊は戦争の記憶を喪(うしな)った。幼年学校にも士官学校にも、政治学や社会学の科目はただの一時間もなく、さらに選抜された陸軍大学校卒業者の支配する軍隊に、良識など期待するべくもない。

その証拠に、世界平和を希求する国際連盟の創設以来の原加盟国であり、かつ常任理事国の重責を担うわが国が、自作自演の謀略をしかけて他国の領土を武力占領したのである。

この事態をすみやかに終熄(しゅうそく)できなければ、世界を敵に回した戦争になる。

「あなたのおっしゃることは道理です。部下のひとりも連れず会見に臨まれた勇気に、改めて敬意を表します」

師団長はそう言って、幕僚たちに退室を命じた。参謀長の指示により、室内には二名の護衛兵が残されたが、馬占山は咎(とが)めなかった。

「通訳は必要ですな」

好(ハオ)、と答えたあと、馬占山は土肥原を指さして、「你是訳員(ニイシイイーユアン)」――君は通訳だよ、と念を押した。


「記者発表は自分にお任せ下さい」

会見場を出ると、志津は師団情報参謀を捉まえて言った。

右肩から吊るした飾緒も少佐の階級章も真新しい金色で、年齢も志津とはせいぜい五つ六つのちがいであろう。ただし軍服の腹には、俗に「天保銭」と呼ばれる、楕円形の陸大徽章が付いている。

「貴様になど任せられるものか」

立ち止まろうともせずに少佐は言った。眼鏡の奥の怜悧な瞳は、満洲に飛ばされてきた前科者を蔑(さげす)んでいた。

「新聞記者たちに話すことなど何もあるまい。参謀まで締め出されたんじゃ、まるで密談じゃないか」

「内容はともかく、軍発表は一元化しなければなりません。それは特務機関の任務であります。自分が説明にあたります」

「話のわからんやつだな。だからこそ貴様などには任せられんと言っておるんだ」

「お言葉ですが、少佐殿。師団が特務機関の頭越しに記者を招集するなど、あってはならぬことです」

「戦況報告ではないか。頭越しとはどういう言いぐさだ。師団の上は関東軍司令部しかあるまい」

「上下を言っているのではありません。道理の問題です」

二人は声をあららげながら階段を下りた。新聞記者たちがいったい何ごとかと、顔を並べている。

ふと、志津は思い当たった。情報参謀は「戦況報告」と言った。つまり、馬占山がいよいよ音を上げて、停戦の申し入れに来たとしか思っていないのである。だとすると事実上の降伏なのだから、鬼の首でも取ったような気分になって、会見場に新聞記者を招集したのであろう。

馬占山は単身で乗りこみ、拳銃を卓上に差し出して人払いをした。言葉がわからなければ、命乞いにも見えよう。

嫩江（のんこう）での開戦以来、第二師団は大きな損害を蒙っている。予想を超えた長期戦となり、凍傷患者も続出した。そうした前線の司令部には、政治的な情報など何ひとつもたらされないだろう。たとえ師団長が知っていても、けっして口外はしない。師団の任務はあくまで馬占山軍の殲滅であり、未来の希望的な展望は士気にかかわるからである。

「少佐殿はひどい誤解をしておられるようです」

「何だと。物ははっきり言え」

「馬占山将軍は命乞いをしにきたわけではありません。停戦はすでに、関東軍司令部との間で了解済みであります」

「ばかを言うな。それこそ現地軍の頭越しではないか」

どこまでしゃべってよいものかと志津中尉は迷った。

「前線部隊が知るべきではない情報は多々あります。もしかすると、早耳の新聞記者たちは知っているかもしれません。ですから、記者には自分から説明させて下さい」

志津がいっそう声をひそめてそう言うと、少佐は腕組みをして黙りこくってしまった。

「貴様、あんがい肝の据わったやつだな」

「陸軍刑務所で半年も物相飯を食うと、怖いものがなくなります」

「ならば、ひとつだけ教えてくれ。いったい馬占山は何をしにきたのだ」

「それは自分にもわかりません。土肥原大佐殿も首をかしげておりました。思うにおそらく、多門閣下と挨拶をするためだけに、松花江を渡ってきたのでしょう」

「ほう。仁義を切るためか。なるほど、馬賊の頭目だ」

「馬占山とは、そうした人物だということです。では、記者たちへの報告は自分に任せていただけますか」

「了解した。それよりも貴様、やはり受験勉強に身を入れたほうがよくはないか」

「興味がありません」

少佐は志津の肩をひとつ叩くと、軍靴の踵を返して二階へと戻っていった。

その日、二人の将軍の間にどのような対話がなされたのか、志津は知らない。

二時間にわたる会談のあとで、多門中将はさらに馬占山を引きとめ、昼食を伴にした。

午後になるといくらか気温が上がったのか、満洲の冬には珍しい大粒の雪に変わった。ふたたび栄誉礼のラッパに送られ、儀仗隊を閲して去るその姿は、ひとりの従兵もなく軍服も着てはいないのに、堂々たる将帥の威を備えていた。

二十二

今年も庭の彼岸桜が、薄紅の花をみごとに咲かせた。番いの鶯が日がな一日たわむれているのは、蜜を舐めているのであろうか、それとも蜜に群れる虫を食べているのであろうか。

縁側の陽だまりに将棋盤を据え、一人指しをしながらそんなことを考えていると、自分がいつの間にか七十の翁になったような気がしてくる。そしてそのつど、まだ四十五だとおのれに言い聞かす。

軍服を脱いだとたん、こんなふうに枯れすぼんでしまうとは思ってもみなかった。がんじがらめの規律と、一分一秒の時間に束縛された生活から解放されれば、たちまち鳥のような自由を得るはずなのに、まるで軍服ごと活力を剝ぎ取られてしまったようなこの空虚さは、いったいどうしたことだろう。

吉永将は駒を投げ出して巻莨をくわえた。マッチ箱にトントンと莨の尻を搗き、掌（てのひら）で風を庇（かば）って火をつける。我ながら爺むさいしぐさのいちいちにうんざりとした。

義足をはずすのは風呂に入るときと就寝中だけである。椅子と寝台の生活ならばさほど不自由はないのだが、生まれ育った家ながら畳と蒲団に往生してしまった。

入歯だとお思いなさい、と母は言った。つまり、素顔を晒すなという意味である。ずいぶんな言いようだが、傍目（はため）がどうのではなく、母はわが子の損われた体のありさまなど見たくはないのだと思った。そうと悟ってからは、目が覚めればまず真先に義足をつけるようになった。

母はとうに義歯を入れているはずだが、素顔は見たためしがない。めっきり年老いても居ずまいが凜（りん）としているのは、そうした気構えのせいなのだろう。

予備役待命。退役したわけではないが、軍人にしかありえぬ境遇である。いったん現役を退き、いつでも召集に応じられるよう自宅にて待機する。しかし今さらこの体で召集もあるまいから、陸軍中佐の階級を頂戴したまま下宿屋の主に収まったというほうが正しい。

牛込（うしごめ）の生家は敷地百坪の旧御家人屋敷である。漢学者であった父が二階家を建てて、中国人留学生のための下宿屋を始めた。幸いなことにこのあたりは地盤が堅いらしく、大正十二年の震災でも旧来の長屋門の建て付けがいくらか悪くなった程度だった。張作霖の軍事顧問として大陸にあった吉永には知る由もなかったが、母の話によれば寄宿生たちが井戸水を運んだり、屋根に飛んでくる火の粉を払い落としたりして、家を守ってくれたのだそうだ。

そもそも父が帝国大学を辞してこの下宿屋を始めたのは、生計を立てるためではなかった。日本と清国の関係を憂い、せめて留学生の何人かでも膝下に置こうと考えたのである。

そして同時に、庭に面したこの座敷を、士官生徒のいわゆる日曜下宿として開放した。吉永が物心ついたころには、休日ともなれば日清両国の若者たちが、和気あいあいと語り合っていたものである。

全国から英才を募った陸軍士官学校の生徒たちは、日曜祝日にひとときの家庭を提供する各県別の下宿を持っていたが、東京出身者にはそれがなかった。しかしたとえ地元であろうと、中には帰る家のない者も、帰れぬ事情のある者もあろうし、両国の親和に益すればなおよい、と父は考えたのだった。

けだし妙案である。だが、父にはひとつだけ誤算があった。同じ学者にするつもりで育てた一人息子が、日曜日にぞろぞろとやってくる精悍な士官生徒の軍服に憧れてしまったのだった。

沓脱石（くつぬぎいし）に片方だけ下ろした膝をさすりながら、吉永は六畳が二間続いた座敷を見渡した。

とどのつまりがこのざまか、と思った。

軍人の道を歩み始めてからも、身の栄達などは考えたためしがなかった。両国の親和だけがおのれの使命だと信じ、それをなしうる人物は張作霖のほかにはないと信じた。むろん、そうした努力はすべて父の遺志に叶うと信じていた。それが、このざまだ。

二階の下宿生たちがようやく起き出してきて、吉永はきょうが日曜だと知った。規律や時間を喪（うしな）ったうえに、暦日まで忘れてしまう自分が情けなかった。

「永田（ながた）さんがお見えですよ」

母から唐突に声をかけられて、吉永は我に返った。

名前に心当たりはなかった。

「どこの永田さんですか」

「どこの永田さんって、そりゃあおまえ、陸軍省の永田大佐ですよ」

肝が据わっているのか、それとも呑気者なのか、母という人はいったいに慌てるということがない。

「冗談はたいがいにして下さい」

「何が冗談なものですか。きょうは日曜だから、思い立って吉永君のお見舞いにきたって、もったいない話じゃございませんこと」

母が座敷を取り片付けている間に、庭先の枝折戸を開けて客人が入ってきた。

「あらあら、鉄さん。相変わらずせっかちでらっしゃる」

永田は着流しにインバネスを羽織り、ソフト帽を冠っていた。しかし、平服だからと言って「鉄さん」はあるまい。思いがけぬ来客に面食らいながら、吉永は「ご無礼だよ」と母をたしなめた。

陸軍省軍務局軍事課長永田鉄山。雅号のような名は本名である。市ヶ谷台の幼年学校に学んでいた時分から、この家を日曜下宿としていた。つまり、吉永が憧れた士官生徒のひとりだった。

生まれは信州の諏訪だが、幼いころ東京に転居して牛込の愛日小学校に学んだ。どうしたわけか吉永は、三学年上の永田少年をよく記憶している。信州からの転校生で成績が一番、という噂が、下級生にまで伝わっていたのだろう。その幼なじみの先輩が士官生徒の軍服を着て、日曜ごとにわが家を訪ねるようになったのだから、吉永が憧れたのはこの人ひとりだったのかもしれない。

「いやいや、かまわんよ。こっちこそ昔の習い性で、さっさと庭先に回ってしまいました。何やら三十いくつも若返ったような気分ですよ、奥さん」

永田はほほえみながら彼岸桜の咲く庭や古い軒端を見渡し、それから思いついたように手みやげの菓子折を母の手に托した。

「ご無礼だったかしら。この齢になりますとね、三十年前も三日前もわからなくなってしまいますのよ」

「だにしても、奥さん。三十何年ぶりに普段着でやってきた私を、よくもおわかりになりましたな」

「そりゃあ、鉄さん。寄宿生の出世頭は宋教仁、日曜下宿の出世頭は永田鉄山ですもの」

「いやはや、宋教仁と並び称せられるとは光栄の至りです。だが私は、命を狙われるほどの大物ではありません。ほれ、この通り。それどころか軍人でありながら、いまだ弾の下を潜ったためしもない」

永田は笑ってそう言い、インバネスの裾をつまんで体をひとめぐりさせた。

秀才ではあっても、謹厳居士の類いではない。あんがいこうした剽軽（ひょうきん）なところもあって、そのぶん周囲から愛されていたと思う。

上海（シャンハイ）駅の構内で兇弾に斃（たお）れた宋教仁とは同世代であろうけれど、この家で二人が顔を合わせたという記憶はなかった。

「永田さんは、彼をご存じなのですか」

興味を覚えて吉永は訊ねた。救国の英雄と未来の陸軍大臣が、若き日にわが家で出会っていたとすれば、まさしく家伝の物語である。

「お父上に線香を立てさせていただきましょう」

永田は答えをはぐらかして座敷に上がった。

まこと打てば響く、聡明な人だと思った。吉永が長く中国にあってさまざまの事実に関与したこと、現在の民国と日本との関係、存命であれば両国の架け橋であったはずの宋教仁――そうした複雑な事情を瞬時に判断して、質問を躱（かわ）したにちがいなかった。

しかも、その実は口に出さず答えているのである。日支両国の平和は、父の悲願であったのだから。

永田は奥座敷の仏前にかしこまると、かたわらにインバネスを畳み置き、坊主頭を深く長く垂れてから線香を上げた。

「吉永君――」

永田は膝を回して吉永に向き合い、改った口調で言った。

「何を今さらと思うかもしらんが、きょうは君に詫びを入れるつもりで参上した」

ただならぬ気配を察した母が、そそくさと座敷を出て行った。

「ちょっと待って下さい、永田さん。もしやそれは、この話ですか」

正座もできぬ不自由な足を指さして、吉永は訊ねた。奉天郊外の満鉄クロス地点で張作霖の乗った列車が爆破されてから、四年近くが経っている。関東軍の謀略にちがいないのだが、表向きは「国民革命軍便衣隊によるテロ」とされているから、事件に巻きこまれて重傷を負った吉永に対しては、労いこそすれ詫びる者はなかった。

永田はしばらく黙りこくって、丸眼鏡の底から吉永を凝視していた。それからひとこと、「さようです」と呟いた。

一瞬の閃光が瞼の裏に甦った。昭和三年六月四日午前五時二十三分。皇姑屯のクロス地点で、吉永の夢は砕け散った。

「頭など下げんで下さい。あなたは関係がないはずだ」

思わず声をあらげてしまった。事件は関東軍の暴走である。いったい誰が立案し、誰が実行したか、陸軍内部に知らぬ者はなかった。

「関係がないというなら、陸軍を代表して君にお詫びする。まことに申しわけなかった」

永田が両手をついて頭を下げた。

「おやめ下さい」

吉永はあわてててにじり寄った。軍人が下僚に対して頭を垂れるなど、ありえぬことである。ましてや永田は一介の将校ではない。誰もが認める陸軍のエースであり、予算配分を実質的に定める陸軍省軍事課長であり、今日の省部で最も衆望を集める人物だった。

永田は顔を上げると、口髭を歪めてほほえんだ。

「やめろと言うなら、見なかったことにすればよろしい。私は私の良心の命ずるままに頭を下げた。それでいいじゃないか」

潔くそう言われれば、返答のしようもない。こんな息の詰まるような時間は、早く過ぎればいいと吉永は思った。今は陸軍に対する恨みつらみなど忘れて、自分が最も尊敬するこの先輩と忌憚なく語り合いたかった。

「ひとつだけお訊ねしてよろしいですか」

「何なりと」

「事件当時、永田さんは省部におられましたか」

「いや。歩三の聯隊長だった」

ほっと胸を撫で下ろした。永田の原隊は麻布の歩兵第三聯隊である。中央省部の要職を離れていたならば、事件とはまったく無関係であったことになる。

「了解しました。この話はもうやめておきましょう」

永田が不実な陸軍にかわって詫びてくれたのだと、吉永は思うことにした。

「やっと胸のつかえが下りたよ」

永田は膝を崩して莨に火をつけた。折よく母が燗酒を持ってきた。

「いやいや、奥さん。昼日中から一杯やるのはどうも」

「日曜ですからようございましょう。鉄さんがお好きなことくらい存じておりましてよ」

母の勘働きと記憶のたしかさに、吉永は舌を巻いた。永田が平服で訪れたからには、この後の予定はないと読み、なおかつ士官学校の上級生のころには、早くも酒を嗜んでいたことも覚えていたのである。

士官学校は伝統的に、喫煙にはやかましいが飲酒には寛容だった。むろん酔っ払って帰営するわけにはいかぬから、生徒たちは午後には一寝入りして井戸水をかぶり、酒を抜いたものだった。

「お宅がご近所なのに、うちにばかり来てらっしゃるから気を揉みましたのよ」

母が酌をしながら言った。

「齢の離れた兄の厄介になっておりましたから、少々敷居が高かったのです」

おやマア、と母は驚いたふうをしたが、たぶんそうした事情は知っていたのだろう。

「ご苦労なさいましたのね。どうりで同い齢のみなさんより大人びてらした」

「いえ、親がないというのはかえって気楽なものです。もっとも、そのぶん行儀が悪いものだから、ご覧の通り遠慮を知りません」

それから永田大佐は、軍務についていた兄を頼って上京したころのことを、問わず語りに語った。

中央本線が通っていない時分に、諏訪の里から松本を経て信越本線の大屋駅に向かう雪の峠道を、馬車に揺られて行ったそうだ。しかし吉永の記憶に残る少年は、都会の子供らの誰にもまして輝かしかった。

士官学校では首席の銀時計、陸軍大学校では恩賜の軍刀で、今も陸軍の軍政を牽引している。この人はおそらく、人後に落つるということを知らないのではなかろうか。

「君のことはずっと気にかけていたのだが、満洲のごたごたで体があかなかった」

思い出話をたがいに交わしあったあと、永田大佐は真顔に返って言った。

「どうにか目処が立ったと思いきや、国際連盟の調査団とやらがやってきた。調査も何も、日本が悪者にされるのははなからわかりきっているんだが、接遇はほかの連中に任せられん」

イギリスのリットン卿をはじめとする調査団は、今ごろ大陸のあちこちを巡っているはずである。欧州勤務の長かった永田大佐が、来日当初の接遇に当たったのだろう。

「出先が妙な説明をしなければよいのですが」

関東軍という呼称は、口にするだにおぞましかった。

「陸軍省からも参謀本部からも、押さえの利く者を出している。軍司令官と参謀長には、私が重々釘を刺しておいた。そうまで言うなら貴様が来いと言われたがね。あいにく体は二つない。まあ、関東軍も国際連盟を敵に回すほど馬鹿ではあるまい」

この際に言っておきたいことや問い質したいことは山ほどある。しかしこうも突然では頭の整理がつかなかった。

永田は庭先の彼岸桜に目を細めた。

「いい花見になったな。この木は昔と変わらんね。育たぬわけじゃあるまいが」

「陽が翳(かげ)るので、枝を詰めています」

「ああ、そうか――」

この人は花も紅葉も気付かぬくらい、働き続けてきたのだろうと思った。

「桜切る馬鹿、梅切らぬ馬鹿、という言葉があります」

他意のない思いつきで言ったのだが、永田は考えこんでしまった。

「桜でも梅でも、陽が翳ると思えば切りどきはあるだろう。そのあたりの決断がつかなかった」

永田は坊主頭を掻いた。

「人事は軍事課長の権限ではないでしょう」

「たしかに権限外だがね。しかし、私がやらずに誰ができるものか。越権だろうが下剋上だろうが、力のある者が率先してやらねばならんのが軍隊というものだ」

吉永はひやりとして盃を持つ手を止めた。言いようから察するに、やはり永田は職責にかかわらず、満洲で惹起(じゃっき)された一連の事件に関与していたのではなかろうか。

「お言葉ですが、越権や下剋上がいいことだとは思えません」

「いいことではない。だが、上官が無能であった場合は、はたからどう思われようがかわって指揮を執らねばなるまい」

「軍規に反します」

永田の眼鏡が光を映して翻(ひるがえ)った。

「吉永中佐――」

思わず背筋が伸びた。

「軍規というものは、平時において全うすべきだ。世界の趨勢はすでに次の大戦に向かっている。ワシントン体制を保つことはもはや難しい。そうとなれば、国力をつけた日本が大戦に巻きこまれることは必至だ。よって、たとえ軍規に反しても、戦争に勝利しうる国家を作らねばならない」

「すでに戦時であるというのですか」

「そうだ。しかも科学兵器の飛躍的な発展により、戦争のかたちは一変する。ナポレオンやクラウゼヴィッツの時代のような、損得の戦などはこのさきありえん。勝敗は国家の存亡を意味する。越権だの下剋上だのと言っている場合ではない。正しく危機感を抱く者が、保身にのみ汲々とする上官を押しのけて指揮を執らねば、日本は滅びる」

理解と反感とが相なかばした。永田の言わんとするところは、もっともであると思う。しかし、それではまるで暴走せる関東軍と同じ理屈ではないかと思えば、言葉にならぬ怒りも募った。

吉永は息を入れて酒を勧めた。

「私は二十何年も支那にあって、難しい話はさっぱりですが、御説はいくらか急進的に思えます」

「いや、急を要すると判断している」

「永田さんの時代になるのも、そう先の話ではないでしょう」

「上はつかえているよ」

永田は声を立てて笑った。陸軍大将の現役停限は満六十五歳である。つまり、いかに次世代の期待を托されているとはいえ、永田の上には十六年か十七年分の先輩が詰まっていることになる。たとえどれほど超越的な出世を果たしたところで、士官学校や陸大の卒業年次を重んずる軍隊の実権を掌握するためには、少くとも十年の歳月を要するであろう。昨今の欧州情勢や日支関係を考えれば、たしかにその十年が平和に過ぎるとは思えない。すなわち、急を要するのである。

「とりあえずは来月、参謀本部の第二部長に出ると決まったのだがね」

「ああ、そうですか。おめでとうございます」

第二部は情報を担当する。部長は少将である。四十八歳の将軍は、おそらく同期の一番出世であろう。

「しかし、参本二部長では軍を動かせませんね」

永田は肯いた。

「自分で決めたようなものだ。関東軍の板垣や石原を押さえるためには、土肥原をどうにかしなければならん。みなまで言わずとも、君にはよくわかるだろう」

今となってはどの名前もけがらわしい。張作霖を殺し、この体を傷つけ、さらに同様の手口で満洲事変を惹き起こした一味である。

「はい。よくわかります」

見上げた青空にふたたびあの日の閃光が甦って、吉永はきつく目を閉じた。

満洲事変は特務機関長の土肥原大佐が謀略の絵図を描き、板垣高級参謀と作戦主任参謀の石原中佐が実行した。軍司令官も参謀長も彼らに引きずり回された。彼らが越権と下剋上によって支配する関東軍は、もはや満洲の野に放たれた猛獣である。

永田大佐が陸軍省軍事課長の立場でできうることは、せいぜい予算の削減や機密費の制限であろう。しかし彼らはおそらく、満洲に権益を持つ財閥や南満洲鉄道から、軍資金を調達するくらいの知恵はあるはずだ。

つまり、情報や謀略を統轄する参謀本部第二部長に就任すれば、軍令上特務機関を制御できる、と永田は考えたのである。

「よろしく願います。おっしゃる通り、特務機関は諸悪の根源です」

「誤解なきように言っておくがね、私はやつらを悪党だとは思っていない。方法が悪いのだ。あんなやり方をしていたのでは、欧米諸国が許さぬ。やつらは国際感覚をまるで欠いている。とどのつまりは、国連調査団を受け入れねばならなくなった」

やはり永田大佐は、関東軍の連中よりもずっと広い視野を持っている、と吉永は思った。

「国家に不利益をもたらす者は、悪党であります。陽を翳らせる枝は切っていただきたい」

「さて、そこが難しい。土肥原と板垣と私は士官学校の同期だ。世間では花の十六期なんぞと言われておるがね。兵科も同じ歩兵で、若い時分から知らぬ仲ではない」

士官学校同期の連帯は靱(つよ)い。同じ釜の飯を食い、同じ軍人の道を歩み、しかも同じ世界観を共有するのである。陸大に進んで軍の根幹となった彼らにも、たがいの立場を斟酌する気持ちはあるのだろう。

長く大陸にあった吉永は、ほとんど同期生たちとの交誼が絶えていたのだが、それでも北京から帰って予備役となった折には、十九期生が二十人も集まって慰労の席を設けてくれた。

「ところで、石原中佐は何期かね」

「私より二期下の二十一期です。在校時から目立つ男でした。成績はすこぶる優秀なのですが、教官や区隊長にいちいち反抗する問題児というやつで」

「何だ、今と変わらんじゃないか」

永田がさもおかしそうに笑った。思うところを伝えておくのは今しかない。吉永は永田の笑いを遮った。

「やつは危険です。板垣大佐は器量人ですが理論はありません。石原に操られています。私なんぞとはそもそも頭の出来がちがうのでしょうが、個人的にはそう確信しております」

ほう、と永田は興味を示した。

「予備役となった今なら遠慮はいるまい。続けたまえ。個人的見解でかまわん」

石原莞爾という人物について、訴える機会はこの一度きりだと思った。関東軍の内部のみならず、陸軍中央においても彼の評価は高すぎる。その理論の信奉者が多すぎる。

「発想は天才的です。作戦参謀としても、すこぶる有能であると思われます。しかし、けっして実務家ではありません。石原の起案した作戦を実行した者は破滅します。なおかつ、その理論はきわめて魅力がありますが空想的です。誰彼かまわず馬鹿よばわりして、協調するということがありません。要するに、頭はいいが人間が駄目なのです」

永田は腕組みをしたまま、しきりに肯いた。

「よしあしというより、君は石原が嫌いなようだね」

「嫌いです。やつを英雄のように言う者の気が知れません」

おそらく永田大佐は、石原についてさほど知らぬふうを装いながら、自分の見解を聞き出しているのだろう。むろん、それはそれでかまわない。今の陸軍において、石原に対抗する実力とその理論を批判できる能力のある人物は、永田のほかにはいないと思う。

「君の指摘はおおむね誤りではない。私からもうひとつ付け加えておこう。石原はファナティックだ。君の言う石原中佐の欠点は、ことごとく彼が国柱会(こくちゅうかい)の狂信的な会員であることに由来する。戦争は一種の科学なのだから、当事者たる軍人は理知的でなければならぬ。しかし理詰めの教育を受けてきた将校たちは、彼のファナティシズムをエモーションと混同して憧れる。それは危険なことだ。多くの軍人がそうした混同をすれば、やがてわが国の国体についても、そっくり援用されてしまうからな。すなわち、戦争がファナティックにエモーショナルに始まるかもしれぬ。そうした戦争は国家が破滅するまで終わらんよ。石原はたしかに一個の天才ではあるが、みずからの危険性に気付かぬところが愚かしい——どうだね、吉永君。君の指摘を合理的に補えば、そういうことになるんじゃないか」

石原中佐に対する悪感情は、皇姑屯の恨みばかりではなかった。自分自身でもよくわからぬ、混沌とした嫌悪感とでもいうほかはない。それが永田の解説によって、完全に整理されたように思えた。

「ところで、永田さんは柳条湖（りゅうじょうこ）の一件にかかわっておられたのですか」

吉永は単刀直入に訊ねた。

「関与はしていないが、同意はしていたよ」

ためらわずに永田は答えた。

「——ただし、時期尚早であると反対はした。やりとりは暗号電だ。しまいに石原は何と言ったと思うね。永田大佐の同意を得られぬのなら、日本国籍を捨てると言ってきた」

「どういう意味でしょうか」

「まさか石原ひとりが馬賊になるわけではあるまい。つまり、関東軍が独断でことを運ぶという意味だ。日本のために、日本から独立して、関東軍が支那軍閥のひとつになるというわけだ」

「叛乱ではありませんか」

「そうだ。暗号電で長い説明はできぬから、日本国籍を捨てる用意がある、とだけ言ってきた。簡潔すぎるが、ほかに考えようはあるまい」

「脅しでしょう」

「いや。石原ならやりかねん。軍司令官や参謀長が反対すれば迷わず抹殺するだろう。そうとなれば、やつには関東軍を掌握する実力があるかもしれぬ。同意するほかはなかった」

永田の表情は淡々としていた。関東軍に引きずられているわけではあるまい。いずれは手の内に入れる自信があるのだろう。

「さて、そろそろ本題に入るとするか」

永田が将棋盤を引き寄せて膝前に据えた。

嫌な話はこれぐらいにして、将棋を指すというのは名案である。縁側はころあいの陽だまりだった。

「望むところです」

吉永が駒を並べ始めても、永田はむっつりとして動かなかった。

「私はさほどヘボだとは思わんのだが、君にはかなわなかったな」

「そうでしたか。しばしばお相手をした記憶はありますが、勝ち負けは忘れました」

「負け将棋は指さんよ」

息を詰めて永田の顔色を窺った。学者のような風貌が吉永を厳しく見据えていた。

指先にやおら駒を挟むと、着物の袖をたくし上げて、永田はパシリと盤上に小気味よい音を立てた。

まず、「龍」。次に「玉」。

考える間もなく膝が震え、義足がことことと鳴った。

「これが本題だよ、吉永中佐」

「意味がわかりません」

日が急激に昏れて、たそがれが落ちてきたような気がした。思わず柱時計を見上げたが、時刻は真昼である。

「とぼけられては困る。関東軍の連中が知っている話を、張作霖の側近だった君が知らぬはずはない」

龍玉。天命の具体。太古から中華皇帝の手を巡り続けてきた、神秘のダイアモンド。

永田大佐は盤上に両肘をついて身を乗り出した。声をひそめたのは初めてだった。

「いいか、吉永。俺は伝説を信じない。しかし、ファナティックなやつらは信じ切っているんだ。その龍玉とやらを手に入れれば、支那全土が日本のものになると、まともに考えている。放っておけば、このさき何をしでかすかわからんぞ」

「張作霖の乗った列車を爆破したのも、目的はそれでありますか」

「さて、それはどうかわからんが、張作霖が隠し持っていたのはたしかだそうだ。だから柳条湖事件の直後には、北大営やら奉天城内の要所に兵を出して捜索した。土肥原を奉天市長に据えたのも、目的は徹底捜索だ」

「重ねてお訊きします。永田さんはまさか信じてはおられますまいね」

「信じるものか。だが、どうにかしなければやつらの暴走は止まらんぞ」

すべてが覆ってしまった。だとすると関東軍の謀略も、中央省部との軋轢も、何から何までが茶番だったことになる。

「どうにかするというのは、関東軍より先に中央が手に入れるという意味ですか」

聡明な永田が答えに窮した。よもや龍玉の威力を信じているわけではあるまい、と吉永は疑った。

「もし手に入ったとしても、けっして献上はしないと約束して下さい」

「玉体が砕け散るとでも言うのか。畏れ多いにもほどがあるぞ」

「いえ。来たるべき大戦に備えて、いかほど資源が必要であるとしても、日本が満洲を支配する道理はありません。無理を通せば、陛下の御身にかかわるほどの国難が待ち受けております。そうした意味では、伝説は真実だと思われます」

しばらく考えこんでから、永田は「よし」と肯いた。

「そのときは俺が偵察機で飛んで、太平洋に投げ棄てようじゃないか」

「では、私の知る限りをお伝えします。龍玉は張学良（ちょうがくりょう）の手元にあるはずです」

「そうかね。あれが天下を取るとも思えんが」

「しかし、体は砕け散りません」

「阿片中毒になるのも、そのせいじゃないのかね。よし、ともかく答えはいただいた。二度は訊かぬ。貴様も忘れろ」

永田は並べた二枚の駒を払って立ち上がった。両手で天を突くような伸びをし、大あくびを重ねてから、声も相も改めて言った。

「なあ、吉永君。その齢で下宿屋のおやじでもあるまい。陸大で支那語を教えてくれんかね」

これは駄賃かと思って、注文をつけた。

「予備役としてでありますか。それとも、現役復帰でしょうか」

永田は目を合わせて苦笑した。

「そりゃあ君、現役復帰だよ。陸軍に支那通はいくらでもいるが、君よりも支那語の達者はないだろう。どうだね、陸大教官吉永中佐殿。悪くはないぞ」

「ありがたく承ります。何よりの親孝行です」

さしあたっての問題は、すっかり身についてしまった満洲訛りだが、未来の参謀たちにとってはむしろ好都合だろうと吉永は思った。

「張作霖は、あなたの考えているような人物ではなかった」

言いたいことはいくらでもあるが、思いのたけをこめて、吉永中佐はそれだけを呟くように言った。

彼岸桜の枝に、鶯の影は見当たらない。

二十三

「認輪了(レンシューラ)——」

林(リン)先生は袍(パオ)の腕を組んでさんざ長考した末に、ひとこと潔く投了の宣言をした。

「何だよ、先生。まだ勝負はついてねえじゃねえか」

この一番に小金を賭けている野次馬たちは口々に文句をつけるが、いくらか将棋を指す者には結果が見えていた。

揉めごとにならぬよう、審判役の長老が駒を動かして解説し、人々は歓声を上げたり溜息をついたりして納得した。

「さあさあ、本日の勝負は老先生の投了で、紅巾(ホンジン)の勝ち。いいかね、どっちに張ったかはこうして書き付けにしてあるから、今さら四の五のは言いっこなしだぜ」

そう呼ばわりながら賭け金を分配するのは、酒場の亭主である。テラ銭をはねるわけではないが、勝ち負けにかかわらず野次馬どもはあらまし目の前の店に流れるので、公平な胴元にはちがいない。

什刹海(シーシャハイ)の氷はゆるみ、岸柳の若葉が芽吹いている。北京の春は驢馬(ろば)の歩みのようにゆっくりと、それでも日ごとたしかに人の心を解していた。

「わからんねえ、あなたという人は。軍人あがりに将棋の強い者はいないはずなのだが」

白くて細い顎鬚を撫でながら、林先生はしみじみと好敵手の顔を眺めた。

若くして科挙試験に合格し、大清の官吏を務めた林先生は、頭を使う勝負事が得意だった。将棋でも囲碁でも麻雀でも、まず負け知らずと言っても過言ではない。

ところが、近ごろ野次馬の中から手合わせを名乗り出たこの男とは、勝ち負けがなかばするのである。五分五分の将棋には自然に金が賭かる。それもまこと五分五分の勝負を毎日くり返すうちに、水辺の公園は黒山の人だかりとなった。

もっとも、将棋を指す当人たちは金など賭けてはいないから、つまるところは酒場の亭主の一人勝ちである。

「軍人と言ったって、弾の飛んでこねえところで飯炊きばかりしてりゃあ、将棋も強くなるってもんさね」

紅巾が苦笑した。齢のころなら六十のあとさきと見え、巨漢だが肥えているわけではない。軍服を着せれば、さぞかし立派な武者ぶりであろう。少くとも飯炊きの兵隊には見えぬ。

姓は「李(リイ)」と称し、このあたりの胡同(フートン)に住んでいるらしいが、深い交わりを持つ者はなかった。季節にかかわらず、いつも頸(くび)に色褪せた赤い布を巻いている。「紅巾(ホンジン)」の渾名(あだな)の由来である。

「どこの軍隊にいらしたんだね。大清の新軍かね、それとも革命軍かね」

悲しいことに、林(リン)先生の正しい知識はその時代で終わっている。それからの軍閥の合従連衡たるや奇怪千万でわけがわからず、北京の覇者もいったい何人入れ替わったか知れない。

紅巾は質問から顔をそむけ、什刹海(シーシャハイ)の春景に目を細めた。

「兵隊は三度の飯が食えりゃいいのさ。てめえの御大将が誰だろうと、知ったこっちゃねえ」

現実はそういうものにちがいない。だが、林先生の目には、この男が忠節の心を持ったひとかどの人物に見えた。正体を知りたいのだが、紅巾は無駄口を叩かない。林先生は水を向けた。

「革命のあと、民国政府からの誘いもあったのだが、私はどうしても二君(じくん)に仕えることができなかった。孫中山(スンチョンシャン)や袁世凱(ユアンシイカイ)に服(まつろ)うのではなく、新しい国家に尽くすのだとわかっていても、良心が許さなかった。文武のちがいこそあれ、あなたも同じ輩(やから)なのではないのかね」

みなまで聞かずに、紅巾は立ち上がって天を押し上げるような大あくびをした。

「あいにくだが、先生。俺はそれほどたいそうな人間じゃねえんだ。きょうはいい勝負をしたな。それじゃまたあした。明天見（ミンテイエンチエン）」

襟に巻いた赤い布は、関帝様を気取っているのだろうか。うなじで束ねた蓬髪（ほうはつ）も、頰を被う豊かな髯（ひげ）もなかばは白いが、十年も前ならまさしく関羽そのものであったにちがいない。

手を挙げて立ち去る紅巾の言葉のはしばしには、きつい東北訛りがあった。

什刹海のほとりには公園が長く延び、自転車や洋車（ヤンチャ）の行き交う通りを隔てて、安酒場が軒を並べていた。

たまには野次馬どもと一杯やりたいと思うのだが、あれやこれやと素性を詮索されたくはなかった。嘘をつけば口が腐る。

湖畔の夕景色を眺めながらぶらぶらと歩くうちに、春の日は急に昏れて、酒場の軒先には紅いぼんぼりが灯もり始めた。北京は動乱のさなかにあっても、ふしぎなくらい戦火と無縁だった。

林(リン)先生が勘繰るほど、自分は偉そうな顔をしているのだろうか、と李春雷(リイチュンレイ)は思った。何を怖れているわけではないが、それは恥ずかしいことだった。

総攬把(ツオンランパ)の葬儀をおえたあと、春雷は東北軍を離れた。口に出すほどの理由はないから、誰にも相談せず、ただ少帥(シャオシュアイ)に別れを告げただけだった。むろん引き止められたが、聞く耳は持たなかった。

かりそめにも東北軍の一個師団を率いる将軍であったのだから、職を辞するにはそれなりの礼を尽くさねばならないのだろうが、辞表を書こうにも字を知らなかった。

なぜだ、と漢卿(ハンチン)は訊ねた。父親を喪(うしな)った私に背を向けたのでは、卑怯者の譏(そし)りを免れまい、と。

懦怯的(ヌオチエダ)人(レン)——その一言は胸に応えた。

百の命を奪い、千の体を傷付けてきたが、卑怯者と呼ばれたためしはなかった。

何もかも嫌になった、と答えれば、漢卿は気の毒なほど落胆した。そんなことを言える雷哥(レイコオ)がうらやましい、と嘆いた。そしてその先はもう無理強いをせず、錦の袋に入った宝物を春雷に托したのだった。

明日の命も知れぬ私が持っているわけにはいかない。どうか護り続けてほしい、と漢卿は言った。

龍玉（ロンユイ）。遥か大昔から、この国を統（す）ぶる皇帝の手をめぐってきた天命の具体。しかるべき大王のもとにあれば天下は平安に定まり、行方の知れぬときは不穏に乱れる。また、ふさわしからぬ者が私（わたくし）せんとすれば、その体は粉々に砕け散る。

春雷がためらいつつ龍玉を受け取ったとき、漢卿はいかにも重い荷を下ろしたかのように、軍服の肩を落とし俯（うつむ）いて、深い溜息を洩らした。

明日をも知れぬ命なら、自分も同じだと春雷は思う。人の恨みはいくらも買っている。だが、東北軍を離れて姿をくらましてしまえば、護り通すことができるかもしれぬと思った。

たそがれの湖と別れ、胡同（フートン）に歩みこむと、薄闇に投げられた街灯の光の中に、文瑞（ウエンルイ）と恋人が佇（たたず）んでいた。

黒い煉瓦塀に立てかけた自転車のハンドルを、二人の手が分かち合っていた。大学から連れ立って帰り、家の近くで自転車を降りてつかの間の別れを惜しんでいる、というところであろう。

夕まぐれとはいえ、知らんぷりで通り過ぎるには胡同が狭すぎる。とっさに踵（きびす）を返そうとして、「爸爸（パアパア）」と呼び止められた。

「やあ、お帰り」

野卑に聞こえぬよう言葉遣いに気をつけながら、春雷(チュンレイ)はほほえみ返した。

「こんばんは、李老爺(リイラオイエ)」

伜(せがれ)の恋人はべつだん驚くでも羞(はじ)らうでもなく、明るい声で挨拶をした。実に新時代の娘である。色白で別嬪で、背丈も伜と変わらぬほど高かった。洋装がよく似合う、いかにも北京大学に通うお嬢様の趣きだが、性格は如才なかった。あえて難癖をつけるとすれば、美人も台なしの眼鏡をかけていることと、もうひとつ――林明雪(リンミンシュエ)はあの林先生の孫娘だった。

ふと思い当たった。近ごろ林先生が自分の素性をあれこれ訊ねるのは、文瑞(ウエンルイ)と孫娘の間柄に気付いたからなのではあるまいか。先朝の役人は気位が高いから、嫁に出すには家の格がどうのこうのと、こだわるにちがいない。もしその段になったら、いよいよ正体を明かすほかはなかろう。林先生がどれほどの大官であったかは知らぬが、東北軍の退役将軍ならば、釣り合わぬはずはないと思う。

「立ち話などしておらずに、寄っていったらどうだね」

若い娘の表情が眩(まぶ)ゆくてならず、春雷は視線をそらして言った。

「でも、日のあるうちに帰らないと、叱(しか)られるんです」

「目と鼻の先のご近所なのだから、心配などなさるまい。家内がご挨拶に伺えばすむ話だ。夕食もどうかね」

この娘を嫁に貰(もら)えば、日がな一日こんな物言いをしなければならないのだろうか。相談するでもなく、ひとしきり見つめ合ってから、恋人たちは自転車を中に挟んで歩き出した。

北京の胡同(フートン)はさながら迷路である。もともとは規矩とした大街(タアジエ)を東西に結ぶ路地であったらしいが、元、明、清の三代の王朝を経るうち、まるで蜘蛛(くも)の巣のように細密になった。

とりわけ清朝の役人が多く住んでいたこのあたりは、立派な屋敷を何家族もの庶民が分かち、さらには中庭にも一棟を建てて暮らす者もいて、四合院(スーホーユアン)ならぬ「雑院(ザーユアン)」という名まで生まれた。

雑院には、没落した官員様から屋敷を買い取った商人が、廂房(シアンファン)ごとに家賃を取っている場合もあり、あるいは借主がまた貸しをしている家もあったが、いきさつがさまざまの割には悶着がなかった。どうやら北京人は、窮屈な暮らしに不満を覚えぬらしい。

町なかの周旋屋から言い値で買った家は、そうした雑院ではなかった。値切れば半分になったのだろうが、懐に不自由はなかった。

小さいながらもいにしえの四合院(スーホーユアン)そのままで、塀は高く、門は頑丈だった。暮らしを覗き見られる心配も、面倒な近所付き合いをする必要もなさそうに思えた。

胡同(フートン)のたたずまいも気に入った。すりへった石畳が東西に延びると見せて、少し歩けば鉤(かぎ)の手に曲がったり、膨(ふく)れたり縮んだりした。

その表情だけでも趣きがあるのだが、数知れぬ戦場を駆け抜けてきた春雷(チュンレイ)にとって、弾丸がまっすぐに飛ばぬ路地のかたちは安心だった。

むろん、この閑(のど)かな胡同が戦場になることはあるまいし、刺客がやってくるとも思えない。だが、豁(ひら)かれた場所を怖れ、常に弾丸から身を躱(かわ)す心構えが、春雷の習い性になっていた。

胡同には夕飯を炊(かし)ぐ煙が流れている。おのれは齢なりに老い、もう何も急ぐことのない歩みに合わせて、恋人たちの押す自転車の車輪の軋(きし)みが背を追ってくる。

どうしてあのとき、漢卿(ハンチン)から托された龍玉(ロンユイ)を拒まなかったのだろうと、春雷は今さら悔いた。あらゆるしがらみから免れて、遁世したというのに。護持者としての使命さえなければ、この平安は全(まった)きものであるはずなのに。

鉤の手の辻を曲がると、薄墨色の胡同の空に棗(なつめ)の大樹がそそり立っていた。いったいいつの時代からそこにそうしているのか、この古い胡同はその大木にちなんで「棗(ツァオ)

樹胡同」と呼ばれている。

北京の人々は樹木を大切にする。幹が太くなれば塀を壊し、新築した廂子の屋根を抜いて大木が伸びる風景も珍しくはない。

長城を越えたモンゴル人の王朝が初めて都を営んだころ、ここは砂漠のオアシスだったらしい。だから北京人は今も樹木に愛着し、人造湖の水辺に群れるのだと、林先生が言っていた。

棗の木下道は小さな広場のように膨らんでいて、物売りが店開きをするささやかな市が立っている。饅頭売りや豆腐屋が唄うように客を呼び、鋳掛屋は鍋の尻を叩き続けてはいるが、声も音も耳には障らない。

彼らは午下りにやってきて、日が昏れるといなくなった。物ぐさなわけではなく、朝のうちは別の場所で商いをしているらしいのだが、そこがどこであるのかは誰も知らなかった。

雑院に住まう女房たちに混じって、銀花が卵を選っていた。

「おかえりなさい」

春雷が声をかけるより先に、妻は気配に気付いて振り返った。それから、息子と恋人に向かってほほえみかけ、卵をひとつ買い足した。何を考えているわけではなかろうが、銀花は勘の働く女だった。

「お客さんだ。親御さんが心配なさるから、そうと伝えてこい」

銀花は嬉しそうに笑った。口には出さぬが、明雪は女房のお気に入りだ。

「うちでお勉強の続きね」

「ああ、そうだ。夕飯もごちそうする」

嘘にはあたるまい。明雪はたまに家に立ち寄ると、小難しい議論を伜とかわしたり、わけのわからぬ外国語で話し合ったりしていた。

「ご迷惑じゃないですか？」

明雪が遠慮がちに言った。

「任せときな。あんたのおかあさんとはまんざら知らぬ仲じゃない」

銀花は四つの卵を夫の大きな掌に載せて、胡同の奥へと歩み去った。春雷の家は棗の大樹にほど近く、そこから雑院を十軒ばかり隔てた先が、林先生の立派なお屋敷である。

妻の後ろ姿が若やいで見えた。

あいつは幸せなのだろうか、と春雷は考えた。どうしようもない人生を、俺の手で取り戻すことができたのか、と。

まさかそうと訊ねるわけにはいかぬから、答えはない。ただ、百の命を奪うよりも、ひとつの命を救うことのほうが難しかったのはたしかだ。

夕空から時ならぬ氷の屑が舞い落ちてきたような気がして、春雷は門前に佇んだまま目をとじた。

「李老爺(リイラオイエ)。どうかなさいましたか」

明雪の手が、俯いた袍(パオ)の背中をねぎらってくれた。

「使い立てしてすまんが、茶を淹れてくれるか」

妻が戻ってくるまで、ここで待とうと春雷は思った。

忘了(ワンラ)。忘一切了(ワンイーチエラ)。

忘れろ。みんな忘れちまえ。何もかもだ。

二十五年の間に、いったい何百回そう言い聞かせただろう。春雷は妻を慰める言葉を、ほかに知らなかった。だからずっと、そればかりを言い続けた。

飯をこしらえながら、繕(つくろ)い物をしながら、夫に抱かれているさなかにさえ、銀花の魂は天に飛んだ。目がうつろになり、唇が震え、手足は凍りついてしまうのだった。そのまま心臓を止めてもおかしくはないほどだった。

忘了(ワンラ)。忘一切了(ワンイーチエラ)。

経文も聖言も知らないから、魂をこの世に繋ぎ留めるつもりで、懸命にそうくり返した。

正気を喪った亭主が二人の子供を絞め殺し、目の前で撃ち殺された。銀花(インホワ)は無理心中の生き残りだった。

過年(グオニエン)の夜の、雪と氷に被われた天主堂のマリア様の前で、夫婦(めおと)の誓いを立てた。奉天郊外の新民府は、若き張作霖(チャンツオリン)の根城だった。

「あたしはあんたを憐れまない。だからあんたも、あたしを憐れまないで」

天窓から射し入る星明りに溺れながら、銀花は言った。それが誓いの言葉だった。

二十五の歳月をともにするうち、その誓いがどれほど虚しいかを思い知った。不幸と貧乏を舐め続けてきた二人には、愛し合うことと憐れみ合うことの区別がつかなかった。

富も名誉も手に入れた。しかし、百万元の財産も陸軍中将の階級も、春雷(チユンレイ)の心を満たしはしなかった。

忘了。忘一切了。

日ごと夜ごと、銀花の体を抱きしめてそうくり返した。叱るでもなく、励ますでもなく。ただ、おろおろと。

門楼の石段に腰を下ろしたまま、袍（パオ）の袖をたくし上げて両掌（りょうて）を開いた。もう二度とふたたび拳銃を握ることもなく、馬を追うこともない、穏やかな老人の掌だった。この掌で百人の命を奪い、幾千幾万の兵をあの世に送り出したかしれないが、ひとりの女を幸せにできたのだろうかと思った。

胡同（フートン）の奥から妻が帰ってきた。

貰ったのか辻売りから買ったのか、青菜と葱の束を両脇に抱えていた。新民府にいたころからずっと、肥えもせず痩せもしない。いくらか薹（とう）が立ったけれど、三十歳のあいつよりもいい女になったと、春雷は思うことにした。

「あちらのおとうさんもおかあさんも、文瑞（ウエンルイ）のことはまんざらじゃないのよ」

この胡同に住まうようになってから、妻は若やぎ、息子は大学に進んで恋人を得た。この幸せはもしや、龍玉（ロンユイ）の功徳ではあるまいか。

北京に移り住んでから四年の間に、父はめっきり老けこんでしまったような気がする。

大きな体がすぼんだわけではなし、顔かたちも変わってはいないと思うが、近寄りがたいほどの覇気は喪われてしまった。

官を辞した役人や、身代を譲った商人ならば、無聊を慰めるさまざまの趣味がある。だが退役した軍人には、余暇を楽しむ術がない。しかも父は、まさしく一介の武弁で、口数が少いうえに他人の顔色を窺うということができない性分だった。

かつて東北軍の主力部隊は北京に進駐しており、父も家族を奉天に置いたまま赴任していた。だから知人も多いはずなのだが、交誼は絶えてなかった。来客といえば、あの西太后(シータイホウ)様のお側近くに長く仕えていたという叔父が、月に一度か二度、何だか世間の目を憚(はばか)るようにして訪ねてくるくらいだった。

「さあ、いただきましょう」

食卓から溢れんばかりの大皿を並べおえて、母がようやく腰を下ろした。

「すごい。これ、みんな太太(タイタイ)がこしらえたんですか」

眼鏡を湯気に曇らせて、明雪(ミンシュエ)が頓狂な声を上げた。

母は料理の達人だ。だから文瑞(ウエンルイ)は町なかの食堂の味に満足したためしがない。

「媽媽(マアマア)はその昔、白虎張(パイフーチャン)の食事を作っていたんだぞ」

つい口が滑ってしまった。子供のころから、白虎張の名を軽々しく口に出そうものなら、たちまち父に怒鳴りつけられたものだ。

「えっ。白虎張って、東北王の張作霖大元帥のことですか」

張作霖は北京市民の伝説になっていた。もし白虎張が紫禁城の玉座に昇っていたなら、こんなことにはならなかったと人々は言う。

父は文瑞の失言を咎めようとはせず、それぞれのコップにビールを注ぎながら、妙な言いわけをした。

「いやいや、私も妻も東北軍の飯炊きだったんだよ」

父の嘘を聞いたのは初めてだった。いや、謙ってそんな言い方をしたのかもしれないが、ゆくゆく話がややこしいことになりはすまいかと文瑞は気を揉んだ。

どうして父は、名誉ある軍歴を隠そうとするのだろう。サーベルを吊り、勲章をこれ見よがしに佩いてのし歩いている将校など、たちまち直立不動にさせる将軍であったというのに。

「まずは、乾杯だ」

父がコップを掲げた。

「さあ、何に乾杯しましょう」

母は文瑞と明雪の顔を見つめてほほえんだ。

「何だかんだは学問をおえてからだ。乾杯」

父は一息でビールを飲みほした。

このごろ父は、強い酒を口にしなくなった。文瑞（ウエンルイ）が物心ついたときから、晩酌といえば燃えるような高粱酒（ガオリヤンジュウ）ときまっていた。正しくは「燃えるような」ではなく、マッチの火先を向ければ卓の上でたちまち青い炎を上げて燃える、東北の白酒（パイジュウ）である。燃える酒を飲み続けてきた父の体は、ビールなど水としか思えまい。だとすると、軍服を脱いだ父は、酒までやめてしまったことになる。

文瑞も明雪（ミンシュエ）も、ひとくち舐めたきりコップを置いた。おたがい酒の味は知っているが、「太陽牌（タイヤンパイ）」は北京大学の学生たちが意気盛んな、経済絶交運動の品目に入っていた。

もともとはドイツ租借地の青島（チンタオ）で製造が始まったのだが、のちに日本のビール会社が買収したから、中国人向けの「日貨」にはちがいなかった。

父は日本を憎んでいる。もしその事実を知れば、酒どころかビールまでやめてしまいそうな気がするので、口に出すことはできなかった。

「おや、飲まんのか」

「ごめんなさい、李老爺（リイラオイエ）。勉強をしなければならないから」

言おうとしたことを、明雪が先に答えてくれた。

「ああ、そうか。文瑞はビールが嫌いで、いつも乾杯の一口だけだ」

母の淹れてくれた茶を飲みながら、夕食が始まった。

父はほとんど口を利かなかった。もともと無口な人だが、思い出話や武勇伝や、それに触れてしまいそうな政治向きの話を避ければ、話題になるものは何もないからだった。

こんな具合では食卓を囲む意味がない、と文瑞は苛立った。

「李老爺のご出身は東北ですか」

「いや。静海（チンハイ）だ」

「ああ、そうだったんですか。北京からも遠くはないですね」

「もう縁もなくなった」

父の物言いには険があった。せっかく明雪が持ち出した話材も、それで終わってしまった。

直隷（ズーリー）省の静海県が父の生まれ故郷だということぐらいは知っているが、思い出話のひとつも聞いたためしはなかった。

だが、知らぬわけではない。李家の故地について気がかりでならず、家を訪ねてきた叔父を送りがてら、問い質したことがあった。

什刹後海(シーシャホウハイ)に涼やかな風が渡る、夏の宵だった。叔父は公園のベンチに文瑞(ウエンルイ)を誘い、やさしく肩を抱き寄せて、にいさんにはけっして訊いてはいけないよ、嘘のつけない人なんだから、と言った。

静海の梁家屯(リアンジアトン)は貧しい村で、日照りのたびに村人が死んだ。おまえのおじいさんも、麦や高粱(ガオリヤン)のように乾いて死んでしまった。おばあさんも二人のおじさんも、やっぱりひからびて土に返ってしまった。そんな話、誰が口にできるものかね。のちのち笑い話になる苦労なんて、たかが知れている。にいさんは、思い出したくもないんだ。だからおまえも、けっして訊ねるんじゃないよ。

おじさんはどうしたの、と文瑞は訊ねた。

すると叔父は、何かを言おうとしてためらい、文瑞の手を握って褲子(クウヅ)の股倉(またぐら)に導いた。叔父の体には男のしるしがなかった。

それからたったひとこと、命と体を引き替えたんだよ、と叔父は言った。

「おまえたちに見せたいものがある」

食事の途中で、父はふいに立ち上がった。わけもわからずに、文瑞と明雪(ミンシュエ)は父に従って中庭に出た。

夜空は藍色に霽（は）れ渡り、こぼれんばかりの星が満ちていた。振り返ればガラス窓の向こうで、母が食卓に両肘をついたまま顔を被っていた。それで文瑞は、父が何かのっぴきならぬことをしようとしているのだと知った。ささやかながらも伝統的な四合院（スーホーユアン）の体裁を持つ家は、たとえば貧しくとも庶民とは階層を異にする、先朝の小役人の住居だったのだろうか。

　父は四合院にはお定まりの、石榴（ざくろ）の植栽や星空を映す水瓶（みずがめ）のほとりをめぐって、西側の廂房（シアンファン）に入った。

　もとの住人は何かの事情で急な家移りをしたとみえ、家具調度類はそのままの居抜きで買った。身ひとつで北京に上った家族にとっては、お誂（あつら）え向きの家だった。だから、父母が寝室に使っている西の廂房の入口には、線香に燻（いぶ）されて黝（くろず）んだ関帝像が鎮座している。父には信仰心のかけらもなく、母はごくたまに、天主教の北堂に詣でて寄進をしていた。

　文瑞もその関帝像には手を合わせたためしがない。住み始めたころは、いつも闇の奥から中庭を見つめている黒い神像が怖くてならなかった。家族の誰も香花（こうげ）を手向けず、埃をかぶったままにしておくぐらいならどうにかしてもよさそうなものだが、関帝様は今も不平ひとつこぼさずお鎮まりである。

神前には香の炷(た)かれぬ香炉があり、灯りのない燭台と、花のない花瓶(かびん)が置かれていた。

まさか今晩に限って、関帝様に二人の行末をお願いするわけではあるまい。そう思うそばから、父は綿のはみ出た蒲団に膝を揃えて、神前に額(ぬか)ずいた。

「お祈りするわけじゃねえよ。関帝様に宝物を預っていただいてるんだ」

父は東北訛りの伝法な口調で言いながら、神像の台座に潜りこんで重たげな木箱を曳(ひ)き出した。

「大切なお品なんですね」

明雪(ミンシュエ)が屈みこんで手を合わせた。

「ああ。たぶん、世界で一等大切なお宝さ」

文瑞(ウエンルイ)も膝を抱えた。触れ合う恋人の腕が震えていた。

「蓋(ふた)を開ける前に訊いておくが、あんたはうちの倅に惚れていなさるか」

はい、と明雪はきっぱりと肯いた。

「だったら、こいつの嫁になってほしい」

深く息をつき、明雪はいっそう力をこめて、「はい」と言ってくれた。

「爸爸(パアパア)、それを言うなら、僕が先だよ」

父は文瑞の声に耳を貸さず、明雪を見据えて続けた。

「これは、俺の宝物じゃあねえんだ。いずれ持主が現れるんだろうが、それまでは大事に預っていなけりゃならねえ。承知しておいてくれ」

父は古い黒檀と見える箱の蓋を開けた。たちまち七色の耀い(かがよい)が廂房(シアンファン)の闇を照らした。驚きはしたが、怖くはなかった。何という美しい光だろう。

「どうして、これを爸爸が持っているの」

父はこともなげに答えた。

「若い時分、白虎張(パイフーチャン)と墓荒らしに出かけた。満洲の長白山(チャンパイシャン)に近い、皇帝の墓さ」

「泥棒じゃないか」

「いや、そうじゃねえよ。白虎張は乾隆様の御みたまから、この宝物をお預りしたんだ」

それから父が語った話は、科学とはまるで無縁の、壮大な神話だった。

信じようにも信じられぬ。だが、父は嘘をつかない。

あらまし語りおえたあとで、父は二人の頭を撫でてくれた。明雪を嫁としてではなく、わが子として迎えたのだと思った。

「俺には白虎張のような度胸がねえから、体が粉々になっちまう心配はあるめえ。ただこうしてじっと、天命ある人間を待つほかはねえのさ。それにしたって、目の黒いうちにどうにかなるとも思われねえから、おまえさんたちに教えておくことにした。可喜可賀。おめでとう。仲良くやれ」

文瑞は恋人の顔色を窺った。こんな話を聞かされたのでは、すべてがご破算になっても仕方なかった。

「李老爺は、東北軍の将軍だったのですか」

「不是。飯炊きだよ」

「そうかなあ」と、明雪は膝を抱えたまま小首をかしげた。

「どっちでもいいです。とても格好がいいから」

不是、不是、と言いながら、父はわさわさと頬髯を掻きむしった。

文瑞は胸を撫で下ろした。どうやら恋人の心変わりはないらしい。

家族の顔を七色に照らし上げながら、龍玉は命あるもののように、低い唸り声をたてていた。

夫が若い二人に何を見せているのか、銀花にはわかっていた。

息子の恋人を招いた楽しいはずの夕食なのに、夫はふだんよりも口数が少なく、不機嫌そうだった。嫁取りに何か不安があるのか、それともどこか体の調子でも悪いのではないかと気を揉むうちに、銀花はふと思い当たったのだった。

少帥から預かったというあの奇妙な宝物を、二人に見せるつもりなのではないか、と。

もし事前に相談されていたなら、もちろん反対していた。あなたは張学良の部下だったけれども、文瑞はあなたの子供なのよ、と説得したはずだ。

夫は銀花の人生を取り返してくれた。将軍と呼ばれる男ならば、何人もの妻を娶り多くの子をなしても当たり前だが、銀花と文瑞だけを愛し続けてくれた。

その恩は海のようで、今となっては感謝の言葉も思いつかない。だが、銀花にはもうひとつだけ、どうしても叶えてほしい夢があった。

それは文瑞に、硝煙とは無縁の人生を送らせることだった。

もし文瑞が父親から、あの龍玉とやらを相続すれば、銀花の夢は壊れてしまう。天命の具体を持つ者が、平穏に生きてゆけるはずはない。

食べかけの夕食を前にして、銀花は袍の胸を探った。首から下げた銀の十字架を握りしめて、文瑞と明雪の平安な人生を祈った。

洗礼は受けていない。聖書も読めないし、讃美歌も唄えないから、キリスト教徒ではない。でも新民府のマリア様は、この救いようのない女に、李春雷という目に見える神を引き合わせて下さった。だからもういちど、あの子たちが龍玉の守護者になどならぬよう、心をこめてお願いした。

「人を憎まず、人と争わぬ人生を、どうかあの子たちにお恵み下さい」

銀花は声に出して呟いた。

もっとも、その思いは夫も同じだろう。世間との交わりを絶った夫には、宝物を託す人がいないから、しかるべき人物が現れるまで護り続けるよう、言って聞かせているにちがいない。

それを身の不幸のように考えてはなりませんよと、マリア様が耳元で囁きかけたような気がした。

きっといつか、徳の高い、龍玉を抱くにふさわしい人が現れるのだ。だが夫も銀花もすっかり年をとってしまったのだから、文瑞と明雪には知っておいてもらわねばならない。

どうか一日も早く、と銀花は祈った。

新聞は読めないけれど、胡同の噂話によると、少帥は大東北軍を蔣介石に託して下野してしまったらしい。そして、民国は東北の地を見捨ててしまった。

夫とともに戦った仲間たちは、いったいどこでどうしているのだろうか。お国は大変なことになっているらしいのだが、戦火から離れた北京の胡同には、彼らの消息すら伝わってこなかった。

　このままずっと、夫ばかりか息子までもが、あの宝物を人知れず抱えて暮らしてゆくのかと思うと、銀花の心はすっかり塞いでしまった。

　夫はなかなか戻ってこなかった。夜の更けるほどに、居間はしんしんと冷えてきた。椅子から立ち上がって温床（オンドル）に掌（てのひら）を当て、竈（かまど）の火が落ちていることに気付いた。

「あら、寒いはずだわ」

　このごろ鋳物のストーブで暖を取る家は多いが、夫も銀花も、昔ながらのやさしい炕（カン）の温もりが好きだった。ただし、竈は建物の外に設（しつら）えてあるから、ときどき石炭を焼（く）べに出なければならない。

　きっと火種も落ちてしまっているだろうと思い、焚きつけの古新聞を探した。夫も銀花も字は読めないから、文瑞の持ち帰る新聞の使い途はそれしかなかった。まだ読みかけの新聞を燃やしてしまって、文瑞に叱られたこともある。

「これならいいわね」

　厨房の調理台の下から、黄ばんだ一枚を抜き出した。居間に戻って、何とはなしに拡げると、紙面に大きく掲げられた写真が銀花の目を奪った。

重要な会議の記念写真であろうか、盛装をこらした六人の男が、椅子に腰をおろして並んでいる。印刷が粗くてはっきりとはしないが、中央の背広姿が張景恵であるとわかった。

寝室の姿見の前から老眼鏡を持ってきた。近ごろ繕い物が不自由になったので、夫に笑われながら眼鏡を誂えた。

灯りの下でふたたび新聞を開き、「あら、まあ」と声を上げた。

熙洽。臧式毅。袁金鎧。趙欣伯。いずれも夫とともに白虎張の幕下にあった、銀花も顔見知りの人々である。そして、中央に座る張景恵の隣で、ひときわ貫禄たっぷりにカメラを見据えているのは、ただひとり抗日戦を続けているはずの馬占山だった。

「あなた、大変よ！　二当家が日本をやっつけた。秀芳が東北を奪い返してくれたわ！」

銀花は中庭に飛び出して叫んだ。ちょうど折よく、西側の廂房から三人が戻ってきた。

「喂、喂、何の話だね」

笑い返す夫を居間に引き入れ、新聞を目の前につきつけた。

「ほら、見てちょうだい。とうとう総攬把の仇を討ったのよ。民国は何もしてくれなかったけれど、みんなで満洲を取り返したんだわ」

夫は新聞にちらりと目を落としたきり、驚く様子もなく銀花の肩を抱き寄せた。

「それほどめでてえ話じゃねえのさ。何があったか知りてえのなら、文瑞に読んでもらえ」

喜ばしいどころか、きっと自分には聞かせたくないくらい悲しい話なのだろう、と銀花は思った。

「少帥が俺に宝物を預けたのは、天のお導きだったのかもしらねえな。危いところだったぜ」

夫は新聞を文瑞の胸に押しつけると、まるで戦場から帰ったように疲れ果てた様子で、寝室に入ってしまった。

それから、冷え切った炕に腰をおろして文瑞の語ってくれた顚末は、さほど悲しい話ではなかった。ただ、余りにも思いがけなく、余りにも突飛にすぎて、まるで他国の出来事でも聞くような気がした。

むしろ、龍玉の秘密を知って声もない明雪の心が、息子から離れてしまうのではないかと危惧した。

怒りと憂いをこめた文瑞(ウエンルイ)の熱弁を聞きおえたなら、氷に鎖(とざ)された新民府の過年(グオニエン)の夜の物語を、この娘に包み隠さず伝えようと銀花(インホワ)は思った。

たとえふるさとが喪われても、思い出まで奪われるはずはないのだから。

二十四

黒龍江省の省都チチハルにも、遅い春が訪れようとしていた。

広大な湿原は氷の中から甦(よみがえ)り、渡河の危険を示す赤い旗が、嫩江(のんこう)の岸のあちこちに翻(ひるがえ)っている。

しかし、春を待つ心とはうらはらに、人々にとっては厄介な季節でもあった。道路がぬかるんで、自動車も荷車も往生してしまうのである。だから荷運びや軍隊の移動は、道が緩まぬ朝のうちか、ふたたび凍りつく夕方に行われ、昼日中はむしろ街衢(がいく)が閑散としていた。

そうした街路を見おろす茶館の二階に、志津邦陽中尉が張り込んでから三日が経つ。店が開く午前九時には窓辺の卓につき、向かい側の満鉄クラブに紅灯がともされると、チチハル特務機関の官舎に引き揚げた。

小便が近くなるので、茶はなるべく飲まぬようにしている。饅頭もうどんも食い飽きた。奉天やハルビンに比べると、北満のチチハルには食材が乏しかった。ましてや冬の保存食を食いつくした季節である。

満鉄クラブの石段を、渡辺曹長が降りてきた。長袍の上に毛皮の外套を着た恰幅のよい姿は、どこから見ても地元商工会の顔役である。曹長は晴れ上がった空を仰ぐふりをしながら、街路を隔てた二階の志津に目配せを送った。

黒龍江省公署にほど近い満鉄クラブは、名士の社交場である。日本人ならば、関東軍の将校、南満洲鉄道の社員、領事館員、民間企業の関係者等、おおむね自由に利用できるが、支那人は公署の役人か商工会員に限られている。館内にはダンスホールも小劇場もカードルームもあり、娼妓の出入りも黙認されていた。

満洲国軍政部総長兼黒龍江省長――すなわち満洲国軍の総司令官であり北満の支配者である馬占山が、この満鉄クラブにとじこもってから、志津中尉は変装をしてその動向を監視しなければならなくなった。

クラブの中で張り込むのなら何の苦もないが、志津は馬占山に顔を知られている。そこで、チチハル特務機関の渡辺曹長を地元名士に仕立てて送りこみ、自分は茶館の二階で出入者に目を光らせることにした。

渡辺は二階に上がると、まず気の利いた冗談で女給をひやかし、外套とチップを手渡して志津の向かいに座った。

女給が遠のくまでは、けっして日本語を使わない。いかにも戦争で干上がってしまった商人が二人、満鉄クラブや茶館で暇を潰している、というふうを装う。

渡辺曹長は関東軍情報部に長く勤務したあと、昨年十一月のチチハル開城後に、特務機関員として当地に転じた。そのわりには、志津ですら聞き取りづらい北方の方言を流暢に使うのだから、熟練のスパイというのは大したものである。

しかし諜報員の心得として、二人はたがいの経歴を明かさなかった。たぶん自分が退役将軍の倅(せがれ)であることも、軍法会議にかけられた過去も知らないだろうと思えば、曹長はそれだけでも好感の持てる人物だった。

どうでもよい時候の話のあとで、渡辺曹長は窓の下に目を向けながら、言葉を日本語に改めた。

「相変わらず何ごともありません。従卒はおらず、副官の鄭薫風(ていくんぷう)少佐が身の回りの世話を焼いております。昨夜は劇場でアメリカ映画を少し観たきり、つまらなそうに退席しました。まあ、弁士は日本人ですし、英語の字幕に乗せてある漢字も読めやしないでしょうから、ちんぷんかんぷんなのでしょう。その後、副官としばらく球を撞(つ)いておりましたが、こちらの腕前はなかなかでした」

　曹長は支那人のしぐさで茶を啜った。

「鄭少佐が馬占山の実子だという噂があるが、本当かね」

「はい。それはたしかなようです。まず面ざしが似ております」

「苗字がちがうのはなぜだろうか」

「理由は二つ考えられます。ひとつは家族の手前、庶子に姓を名乗らせない。もうひとつは、倅に張学良のような苦労をさせたくない。しかし、軍人としては優秀だと思われます。張作霖政権下に、東三省講武堂の砲兵科を出ております」

　戦わずして故地を捨てた張学良を、軽侮しているようにも聞こえた。たしかに鄭少佐は、堅長いがっしりとした顔が馬占山に似ているが、貴公子には見えなかった。常に馬占山のかたわらにあっても、挙措動作は軍司令部の事務を管掌し、軍司令官に副うて秘書役に任ずる、副官のそれである。

「球を撞いたあと、二階の貴賓室に戻りましたのが二十一時十五分、それから一時間ばかりは阿片を喫っていたと思われますが、二十二時過ぎに娼妓を呼びました」

「倅に命じて女を買うのか」

「そういうことになりますが、何しろ馬占山でありますから、特段驚く話でもありますまい。父親が女を抱いている間、鄭少佐は廊下に椅子を据えて、警戒をしておりました。馬占山は拳銃を常に所持しておりますが、さすがにそのときばかりは丸腰ですからな。しかも、阿片中毒者はことが長い」

豪傑というべきか、ひとでなしと呼ぶべきか。曹長がいみじくも言った通り、「何しろ馬占山」なのである。

「女は泊まりかね」

興味ではない。夜ごと買う女が、密命を帯びた伝令かもしれなかった。

「いえ、〇一三〇（まるひとさんまる）に帰りました。女は毎晩代わっておりますから、特定の任務はありますまい」

「すると、酒色と阿片に溺れているだけ、と考えていいか」

「そのように思います。油断は禁物ですが」

「何ごとも思うようにならんので、サボタージュしている、と」

「いえ、日本人の目にはそうも映りましょうが、支那の感覚では当然の休養というべきでしょう。この一月半ばかり、馬占山の気苦労といったら、大変なものだったでしょうから、骨休めもしたくなるのは人情です。それにしても――」

と、渡辺曹長は何やら気の毒そうに志津の顔を見つめた。

「馬占山が大変なら、中尉殿もさぞかしくたびれておられるでしょう。しかも、骨休めなどできない」

曹長は手を叩いて女給を呼び、二人前の春餅(チュンピン)を注文した。

昭和七年二月十六日午後一時。馬占山将軍は奉天飛行場に降り立った。それは東北において、中華民国正規軍が組織的抵抗をおえた瞬間でもあった。奉天は快晴であったが、気温は零下十四度の寒さであった。

張景恵(ちょうけいけい)の説得に応じて、馬占山は奉天を訪れた。軍服は着用しておらず、上等な黒(くろ)繻子(じゅす)の袍(パオ)に熊皮の帽子を冠(かぶ)っていた。

その行動を監視し、逐一報告するという志津中尉の任務が始まった。馬占山は降伏したわけではない。新国家に迎えられるのである。本拠地の海倫(かいりん)には、いまだ二万の軍隊を擁していた。

その夜、大和(やまと)ホテルで歓迎夕食会が催された。主催者は奉天省長の臧式毅(ぞうしきき)と、奉天市長の趙欣伯(ちょうきんはく)である。祝杯を挙げた面々の多くも、かつて張作霖政権を支えた同朋であった。

馬占山は終始不機嫌だった。とりわけ、本庄繁関東軍司令官とその幕僚たちに対しては、まるで視野になきがごとく無表情で通した。なおかつ席上、酒も食事も一切口にしなかった。

その夜、市内の張景恵公館において、満洲国建国会議が開かれた。会議は紛糾した。中華民国からの独立と新国家の建国に、馬占山が同意しなかったからである。あくまで民国の一部としての東北自治を、彼は明け方まで主張して譲らなかった。

明確な結論を見ぬままその翌日、張景恵、臧式毅、熙洽（きこう）、馬占山の四人は、関東軍司令部において本庄軍司令官と会見した。

「新国家建設大綱」が採択され、「東北行政委員会」が発足し、国家人事もその場で決定された。

しかし馬占山は頑として、「満洲国独立宣言」には署名しなかった。そして翌二月十八日早朝、奉天発の列車で海倫へと帰ってしまった。

馬占山が省都チチハルに来着したのは、二月二十三日である。待ち受けていた志津中尉は、ふたたび監視を始めた。

馬占山の立場は不明瞭だった。建国には不同意だが、東北行政委員会委員であり、黒龍江省長の役職は受諾したのである。

三月七日、馬占山は満洲国の首都に定められ、「新京」という名称も用意された長春に向かい、九日の執政就任式に何ごともなく臨席して、溥儀から改めて軍政部総長兼黒龍江省長に任命された。

政府を宰領する国務総理には、清朝の遺臣であり多年にわたる溥儀の股肱たる、鄭孝胥が任じられた。

張景恵は参議府議長兼東省特別区長官、臧式毅は民政部総長兼奉天省長、煕洽は財政部総長兼吉林省長である。彼らは言わば「建国の元勲」だった。

三月十二日、式典に続く行事を無視して、馬占山はチチハルへと戻った。その帰途、いったい何があったものか、腹心の謝珂参謀長が脱走した。足どりを追った特務機関員からの報告によると、謝珂少将および同腹の幕僚三名は、東清鉄道を東にたどり、綏芬河から国境を越えてソ連邦ウスリー州に入ったという。

チチハルに帰ると、馬占山は空席となった参謀長に王静修少将を据え、新京に向かうよう命じた。同時に満洲国政府に対し、彼を軍政部次長に推挙した。黒龍江省軍参謀長兼軍政部次長という肩書は、馬占山の代理人として十分な資格である。この措置により、馬占山は当分の間、新京に赴く必要がなくなった。

だが、ことほどさように黒龍江省の政治に専心したわけではない。公署の執務室で真昼間から酒をくらい、阿片に酔う日々を過ごしたあげく、とうとう周囲の諫言を振り払って満鉄クラブの貴賓室に籠ってしまったのである。

「謝珂の離反が、よほど身に応えたのかな」

春餅(チュンピン)を食べながら、志津は渡辺曹長に訊ねた。下士官の分限を弁(わきま)えている渡辺は、めったなことを口にはしないが、的確な分析をしているはずである。

「額面通りに受け取ってはならんと思います。何しろ馬占山ですから」

「と、言うと？」

「狂言かもしれません」

「いや、列車の中ではずいぶん真剣に議論をしていたらしい。謝珂は馬占山に翻意を促し、しまいには男泣きに泣いていたそうだ」

「あの白虎張(パイフーチャン)の子分どもですよ。特務機関の目がどこかで光っていることぐらい、承知しているはずです」

顔を知られている志津は、三等車に乗っていた。様子を逐一報告してきたのは、三井物産の社員になりすました特務機関員と、日本人の車掌である。

この際、最悪の事態といえば、謝珂が海倫に入って挙兵することだが、やはりそこまでの肚(はら)は括(くく)れなかったのだろう。

「ソ連邦に逃げたというのは、すなわち亡命でありますが、だから一安心というわけでもありますまい。日本の士官学校を出て、なおかつ日本軍と戦った将軍です。ソ連のスパイが手引きをしたとしても、ふしぎはありません。しかも、馬占山と袂(たもと)を分かったことも狂言だとしたら、海倫の挙兵以上に背筋の寒くなる話です」

ふと思い当たることがあった。謝珂が綏芬河から国境を越えたという報告を受けたとき、チチハル特務機関長の林(はやし)少佐は激怒して、「逃げたですむ話か。なぜ車内で射殺しなかった」と、諜報員を叱りつけた。

そこまでできるものか、と志津は思ったものだが、渡辺曹長の説明を聞けば機関長の怒りはもっともである。

「しかしまあ、馬占山のていたらくを見れば、よもや大計があるとは思えませんな」

渡辺曹長は茶を啜りながら、満鉄クラブに目を向けた。晴天は薄墨色に翳(かげ)り始めている。この不確かな時刻が過ぎると、湿原の彼方に沈む夕陽が、やがて大街や城壁を鮮やかな柿色に染める。

莨(タバコ)を志津に勧めて、渡辺は言った。

「例の馬占山タバコは、販売を中止したそうです。救国の英雄が寝返ったとあっては仕方ないが、上海(シャンハイ)はそれどころではありませんから、会社にしてみれば、むしろ好都合だったでしょうな」

上海事変のどさくさに紛れて、満洲国は性急に建国されたのだと、支那の新聞はこぞって非難する。だが真相は、満洲国建国の国際世論をかわすために、上海事変を起こしたのである。

かくも壮大な謀略のさなかに、上海製の馬占山タバコが踊っているのは、考えるだにおかしかった。

「馬占山の家族は、一足先に引越しだそうです」

「新京はもう春だろうからな」

老頭児（ラオトウル）の曹長から、くたびれていると見えるのも癪である。紅灯がともったならば、今宵は茶碗を盃に替えるとしよう。

二十五

父がよほどの大枚をはずんだのであろうか、部屋から出てきた女は喜色満面で、薫風（シュンフォン）にまでていねいな謝辞を述べた。

年齢はまだ十七、八と見えた。西洋服に毛皮の外套を羽織り、耳隠しの毛糸帽を斜に冠っているさまは、アメリカの映画から抜け出たようだった。

満鉄クラブに出入りする娼妓は、どれもこの手合いである。傍目には会員の家族か連れとしか見えないだろう。

「客が誰だかわかったかね」

薫風はほほえみながら、軍服の腹の銃嚢にさりげなく触れた。女はぎょっとして、

「いえ」とだけ答えた。

「ならばいい。見聞きしたことは、けっして口外してはならない。すべて忘れなさい」

日本の十円紙幣を握らせると、女は目を丸くした。値打ちはわかっているらしい。このところの政情不安で、それまで流通していた数種類の通貨は一斉に下落したが、そのぶん日本円は価値を高めていた。

関東軍は父に対し、二月分として五十万円、三月分として六十万円の軍費を与えていた。兵員たちの給与は江省大洋票とハルビン大洋票で支払ったので、日本円はそっくり保管してある。父は金銭に無頓着そうに見えるが、実はすこぶる思慮深かった。

「多謝、多謝。感謝不尽」

女は膝を屈めて両手の甲を重ね、垢抜けた請安の礼をした。もしかしたら、没落した満洲旗人の娘なのかもしれない。

「鄭少佐」

父の濁声に呼ばれて、薫風は貴賓室に入った。

寝台は乱れており、女の残り香が部屋に満ちていた。父はたくましい裸体の肩に東北軍の灰色の軍服を羽織り、緋色の蒲団を敷いた黒檀の椅子に腰かけていた。

襟の階級章は、金地に三つ星の大将に付け替えられている。満洲国の軍制は定まっていないが、総司令官ならそれしかあるまいと、父は自分自身を大将に任命したのだった。

「一服なさいますか」

「いや、やめておこう」

閨事のあと、阿片を喫いながら眠りにつくのは父の習慣だった。棚の上の置時計は午前二時をさしていた。

「東洋鬼どもは何をしている」

黒龍江省において、馬占山将軍は神に等しい。公式に面会を許される日本人は、三人しかいなかった。すなわち、父の言う「東洋鬼們」とは、チチハル駐屯の混成第四旅団長鈴木少将、チチハル特務機関長の林少佐、そしてチチハル駐在の清水領事である。

「特段の動きはありません。それぞれが官舎で寝入っております」

「密偵はどうだ」

「それが、きょうに限ってまだ門前の茶館に詰めております」

「ほう。何か嗅ぎつけたか」

「いえ。女給の話では、正体もないほど酔っていると」

父は鼻を鳴らして嗤った。

「使えんやつらだ。日本人はよく働くが、働きすぎて仕事にめりはりがない。だから肝心なときに失敗する」

父のくわえた莨にマッチの火を向けた。似ても似つかぬ馬占山の肖像を描いた、上海製の莨だった。

煙に顔を顰めながら父は訊ねた。

「公館の様子はどうだ」

「午前一時に予定通り作業を開始いたしました。完了は午前三時であります。日本軍の一個小隊と警察官が立会しておりますが、護衛隊長のほかには真の目的を知りませんので、問題はありません」

公館に住まう家族が、父に先行して長春へと引越す。家財が多いので、黒龍江省軍の車両を大小とりまぜて、三十台も動員した。

夥(おびただ)しい家財に紛れて地下室から運び出される箱の中味は——公金一千四百万元、そのほか鉄道借款金と収税を併せて七百万元あまり、しめて二千万元を越す。黒龍江省が向こう一年間に要する巨額の金である。

そしてチチハル駅で貨物を積みかえ、二百人の親衛隊員を乗せた列車は、ハルビンにも長春にも向かわず、逆方向の克山(コーシャン)、北安(ペイアン)を経て、小興安嶺(シャオシンアンリン)の山ぶところの海倫(ハイルン)をめざす。

「おまえも行くがいい」

軍袴(ぐんこ)をはきながら父は言った。

「いえ。自分は行きません」

「俺の家族と同じ汽車には乗りたくないか」

薫風(シュンフォン)は軍靴の踵で床を蹴った。

「ちがいます。自分は副官でありますから、軍司令官のおそばを離れません」

「俺が他人でも、同じことを言えるか」

「当然であります」

すると父は、じっと薫風を見据えて、「いい軍人になった」と言ってくれた。褒められたのは初めてだった。

「では、こちらからお訊ねします。閣下はどうして汽車に乗られないのですか」

父は磨き上げた長靴(ちょうか)をはくと、拍車を鳴らして立ち上がった。それから、陸軍大将の軍装にそぐわぬ緑林(りょくりん)の声で、咱家(ザアジア)――俺様は、と言った。

「俺様は、馬占山(マーチャンシャン)だ。いっぱしの軍人なら汽車で逃げもしようが、東洋鬼(トンヤンクイ)どもに仁義を切らずば背中は向けられねえ。ご挨拶のあとは、馬で走ろうじゃねえか。海倫まで俺の尻についてきたなら、そのときはあっぱれな壮士(チョアンシ)だと褒めてやるぜ」

父に痛いほど肩を叩かれると、薫風の胸にわけのわからぬ炎が燃え立った。ほんの子供のころ、白虎張(パイフーチャン)とともに長城を越えた。あのときと同じ炎が、胸の底から噴き上がったのだった。

父に百万の兵はない。めざすところは中原の沃野(よくや)ではなく、雪と氷に鎖(とざ)された北満の曠野(あれの)だった。そして、あのときともに馬を追った仲間たちは、みないなくなってしまった。

戦わずに満洲を捨てた漢卿(ハンチン)も、東洋鬼に魂を売った張景恵(チャンチンホイ)も熙洽(シーチア)も臧式毅(ザンシイイ)も、あの大軍のどこかにいたはずなのに。

彼らの言う建国の大義はわからぬでもない。だが、親を殺された恨みを、なぜ忘れることができるのだろう。自分がこの立派な父親を父と呼べない理由も、一にかかってそれだけだった。

「おともさせていただきます」

直立不動の敬礼をして、薫風は言った。父がいったいどんな仁義を切るのか、たとえ命と代えてでも見届けたかった。

「生き死にを考えるな」

「はい」

「ついでに、勝ち負けもだ」

「はい」

「男の喧嘩は数の多寡じゃねえぞ」

「はい」

父の訓えを、薫風は胸に刻んだ。この言葉に比べれば、講武堂で学んだ先端兵学の、何と虚しいことだろう。

父はモーゼルの弾倉を検めた。やがて星ぼしの満ちる夜空を、刃のように澄んだ汽笛が渡っていった。

二十六

怖気をふるって志津中尉は目覚めた。

茶館の二階は静まり返っており、酔い潰れていた卓の上にだけ、紅色のぼんぼりが灯っていた。

ガラス窓は氷の板になっている。煉瓦積みのペーチカは燃えているが、氷点下の冷気が足元から這い上がってきた。

懐中時計をたぐり寄せれば、時刻は二時を回っていた。手を叩いて人を呼んだが、答える声はなかった。女給も店の者も、飲んだくれを放って帰ってしまったのだろうか。

渡辺曹長は小帽の頭を壁に預けて、高鼾をかいていた。一日の終わりには白酒を酌みかわすのが二人の習いだが、きょうに限ってウオッカを重ねたのがいけなかった。寒さのせいか客の引けが早く、話がはずんでしまったのだった。

「起きろ、帰るぞ」

声をかけただけで頭が割れそうに痛んだ。飲みつけぬ酒が思いのほか効いていた。

渡辺は薄く瞼（まぶた）をもたげたきり、また大口を開けて鼾をかき始めた。どうやらこの大兵を曳いて、官舎に帰らねばならぬらしい。密偵が二人、張り込み先で酔い潰れたとあっては懲罰ものである。ならば肩を抱き合って路上に凍え死んだほうが、まだしもましだと思った。

「さあ、帰ろう」

「不要（ブーヤオ）、不要。你能喝酒（ニイナンフージユウ）」

「もう誰もいないぞ。日本語でいい」

もう飲めん、あんたは酒が強いな、と渡辺は言った。これほど正体をなくしても支那語をしゃべるのだから、大したスパイである。

鼾の合間に、寝言のような日本語で渡辺曹長は続けた。

「中尉殿のおっしゃる通り……この話には無理がありますな」

志津はひやりとした。きっと酔いに任せて、肚の虫を吐き出したのだろう。

「何の話だね」

「満洲国ですよ……日本の領土にするなら、まだしもわかりますが……」

満洲国という親日政権をでっち上げるのは無理がある。たしか、そんなことを言った記憶があった。

親日政権を欲するのであれば、張作霖こそが正当な権力者にふさわしかった。日本の支援のもとに、彼が東北を独立国たらしめれば、国際世論もこれほどは紛糾しなかったはずである。

その張作霖を謀殺したところに、およそ常識にはかからぬ飛躍があった。関東軍の暴走と言ってしまえばそれまでだが、あまりに常軌を逸した事件であったから、政府ははなから後手に回って、事態の収拾を計るほかはなかった。

少くとも満洲国の建国は、熟慮の末の結論ではない。満蒙領有を国際社会が許さぬのなら、張作霖の幕僚たちを懐柔し、清国の廃帝を頭首に据えた親日政権を樹立しようという、一種のアイデアを実現してしまっただけである。

もしや自分は、そうした意見のみならず、けっして口外してはならぬことまでしゃべったのではないか、と志津は肝を冷やした。

「すべては酒の上での話だ。聞かなかったことにしてくれ」

「はい……自分も分限を弁えず、勝手な意見を述べました……聞かなかったことにして下さい」

渡辺曹長はようやく重たげな瞼を上げた。

「ところで――」

冷え切った茶を飲み、正気を取り戻したように渡辺が訊ねた。

「畏れ多い話ではありますが、中尉殿は陛下にお目通りしたことがあるのですか」

やはりあらぬことまで口にしたらしい。しかし相手も酔っているのだから、失言は取り返せると思った。

「将校ならば、誰でもお顔ぐらいは拝しているよ。士官学校の卒業式にも、観兵式にも、間近にお出ましになる」

「ああ、そうでしょうな」

渡辺の表情に疑念の色はなかった。

「父が侍従武官を務めていたから、親しく玉音を拝したこともあるんだ」

それは嘘である。いかに将軍の倅でも、軍隊が特別な扱いをするわけはないし、ましてや陛下のお声を賜わるはずもなかった。だが、おそらくこの嘘によって、酔眼朦朧とした渡辺の記憶は曖昧になるだろうと思った。

「それは知りませんでした。どこかで耳覚えのある苗字だとは思っておりましたが、志津閣下のご子息でしたか」

「不肖の倅だがね。父にも兄にも、ずいぶん迷惑をかけた」

「そのあたりは、小耳に挟んでおります。いえ、だからどうだなどとは申しません。

昨今の有様を見れば、黙っているほうが腰抜けであります」

だいぶ過ごしはしたが、きょうはいい酒を飲んだ。軍隊を知りつくした下士官の中にも、渡辺のような憂国の士がいるのは心強かった。

「さて、帰るか」

「その前に、気付けの一杯」

二人は咽の灼けるようなウオッカを飲み下した。たちまち寒気の消し飛ぶ、これはたしかに気付けの酒である。

「勘定はどうしようか」

「明日でよろしいでしょう。しばらくは馬占山との根比べです」

「それにしても、やっこさん、いったいいつまで穴熊を決めこむつもりかね」

「さあ、見当がつきませんな。なにしろ馬占山ですから」

志津は厠に立った。満鉄クラブの待合に使われるせいか、この茶館の造作はすこぶる上等で、二階にも便所が設えられている。吹き抜けには一抱えもある大黒柱が通っており、それを巻くようにして一間幅の螺旋階段が上がっていた。

いくら何でも飲みすぎた。吹き抜けの闇を見下ろしたとたんにめまいを覚え、手すりに頼りながら厠へと向かった。

飲んだくれた客を放り出して店を閉めるとは、鷹揚なお国柄である。むろん声ぐらいは掛けたのだろうが、志津には記憶がなかった。

「喂、没人嗎！」

階下に向かって人を呼んだが、やはり答えはなかった。

厠で用を足しながら、またしみじみと、この建国には無理があると思った。満洲はたしかに、日本の生命線にちがいない。だが、そうと公言してしまったあとで、満洲国が支那人の発意による独立国家であるなどと、いったい誰が信じるだろうか。国際連盟が調査団を派遣したのも当然だし、日本にとって好もしくない結論が出ることも、また目に見えている。

国際連盟からその結論をつきつけられたとき、日本はいったいどうするのであろうか。武力占領した満蒙ならば、連盟の意志を考慮する余地はある。だが、満洲国は今さら動かしようがない。渡辺曹長が言った、「満蒙を日本の領土にするならまだしも」というのは、つまりそうした意味なのであろう。

一見して「領有」よりも穏当な「独立国家」は、国際世論に対して譲歩も妥協もできぬ、危険な方法であった。

屋内の便所のおかげで、小便の氷柱を見ずにすんだ。

手洗いの瓶の薄氷を割って、火照った顔を洗った。

あれこれ考えるうちに、馬占山という男が横紙破りの梟雄などではなく、理を弁えた人物のように思えてきた。無理な現実に抗い続けてきたのだから、理というほかはない。

しかし、満洲国の大官となることを承諾しながらも、独立宣言にはついに署名をしなかった。そして今も、のらりくらりとするばかりで、任務に就こうとはしない。意を決して奉天における建国会議に臨んでから、すでに一月半が経っていた。渡辺曹長の口癖を借りれば、「何しろ馬占山」なのだからと思いはしても、そのあたりがやはり釈然とはしなかった。

燻んだ鏡に向き合って背広の衿を正し、蝶ネクタイを斉える。特務機関の官舎にも衛兵は立っているから、居ずまいは正さなければならぬ。

そのとき、ふいに黙を裂いて一発の銃声が轟いた。耳鳴りかと疑うほど、間近に余韻を曳いて。

とっさに内懐から小型拳銃を抜いて厠から転げ出た。体を床に沈め、肘と膝を漕いで吹き抜けまで匍匐した。

ぽつんと灯る紅色のぼんぼりのまわりに、硝煙が縞紋様を描いて漂っていた。装薬の匂いが鼻をついた。

その先に、袍（パオ）の両袖をだらりと下げた渡辺曹長の姿があった。眠っているのではないと、ひとめでわかった。

「誰呀（シエイヤ）？」

柱に身を隠して折敷（おりし）き、銃口を闇に向けた。二度目は「誰（たれ）か！」と日本語で威嚇した。

拳銃の暴発か、それとも忍びこんだ匪賊のしわざか。

人の気配はない。立ち上がろうとしたとたん、熱い銃口がうなじに押しつけられた。刺客が耳元で囁（ささや）いた。

「我（ウオ）、叫（ジャオ）、馬（マー）、占（チャン）、山（シャン）――」

そんなはずはない。物盗りの匪賊が騙（かた）っているのだ。

引鉄（ひきがね）が軋（きし）み、志津はきつく奥歯を嚙みしめた。

「嗳（アイ）？　――おめえ、どこかで見かけた面（つら）だな」

刺客は中腰に向き合ったまま、志津の顎をつまみ上げた。

「ああ、思い出したぜ。ハルビンの会見場にいた、通訳だろう」

馬占山だ。東北軍の軍服に外套を羽織り、軍帽も冠っていた。

「閣下は何をなさったのですか」

咽を引きつらせて、志津はようやく言った。

「見ての通りだ」

「われわれは日本軍の特務機関員ですぞ」

「だからどうした。そう言うおめえらこそ、ここで何をしてやがった」

馬占山は硬直した志津の手から、まるで玩具でも取り上げるように拳銃を奪い、吹き抜けから投げ捨てた。

「酒を飲んでいたのです。閣下は大変な誤解をなさった」

「落ちつけ、小僧」

馬占山は莨を勧めた。何も考えられぬまま、志津は震える唇にくわえた。マッチの炎が浅黒い髯面を照らし上げた。

「朝から晩まで、三日も居ずっぱりで酒をくらっていやがったか」

「閣下の護衛を命じられたのです」

「ほう。そいつはご苦労だったな。だが、俺は頼んだ憶えがねえぞ」

「閣下の命を狙う者はいくらでもおります」

「あいにく、俺様の護衛はこの大前門一丁で間に合っている。つまらん言いわけはたいがいにせえ」

まちがいなく命を取られる。たぶん阿片の毒で頭がどうかなっているのだろうが、生き証人さえいなければ匪賊のしわざになる。

「殺(シャー)」

殺せ、と志津は馬占山の顔を睨みつけて言った。

「肝の据わった野郎だ。見張りや通訳にはもったいねえ」

「閣下には、満洲国の軍政を担い、黒龍江省を統治する務めがあります。殺して下さい」

へたりこんだ志津の目の高さに屈んだまま、馬占山は吹き抜けから唾(つば)を吐いた。

「なるほど。俺が見張りに腹を立ててぶち殺した、と読んだか。大ごとにしたくねえから、てめえまで殺せとは、見上げた心がけだぜ。おまえ、名は何という」

「志津邦陽(チージンバンヤン)。陸軍中尉です」

名乗りを上げると体の震えが止まった。これが覚悟というものなのだろうか。

「チージン・バンヤン。いい名だ。蒙古の勇者のようだ」

馬賊出身の馬占山は、読み書きができぬと聞いている。漢字が頭になければ、そんなふうに聴こえるのだろう。

志津は吹き抜けの向こう側に目を向けた。紅灯の笠に隠れて顔は見えないが、渡辺曹長は壁に背中を預けたまま、ぐったりと手足を投げ出していた。

馬占山は闇の底から現れて、拳銃を抜き合わせる間もなく、頭か心臓を撃ち抜いたのだろう。銃声は一発だけだった。

「くたばった野郎の名は聞きたくねえ」

今の今まで語り合っていた部下が死んでしまった。四十年の人生が、まるで幕でも落ちたかのように終わってしまった。

これまで人の死に目に遭ったためしがないわけではないが、戦争というものがこうした突然の死の集積であることを志津は知った。戦場を駆け続けてきた馬占山にとっては、死が日常であり、死者の名は穢(けが)れなのだろう。

モーゼルの銃口が首筋から離れた。

「あいにくだが、志津中尉。俺は正気だぜ」

ほのかな紅灯に染まりながら、馬占山はぬっと立ち上がった。

「満洲国(マンジョウグオ)なんざ糞くらえだ。興安嶺(シンアンリン)に還る。だからって、見張りを血祭りに上げたわけじゃねえぞ。裏切り者の馬占(マーチャンシャン) 山を見逃したとあっちゃ、おまえらは立つ瀬がなかろう」

狙い定める間もなく、モーゼルが爆(は)ぜた。弾丸は正確に志津の左腕を砕いた。

「殺(シャー)！」

志津は胸を反り出して叫んだ。馬占山には殺意がなく、軍人にとって最も支障のない左腕を狙ったとわかったからだった。

「足らねえか」

二発目が右肩を貫いた。体が壁際まで弾き飛ばされた。

モーゼルを銃嚢に収め、馬占山は長靴(ちょうか)を軋ませて志津に歩み寄った。

「これでおまえは卑怯者にならずにすむ。うまくすりゃあ勲章ものだ」

「なぜ殺さない」

「俺はやみくもな人殺しじゃあねえよ。ところで——」

と馬占山は、長靴の裏で志津の傷ついた左腕を踏みつけた。いたぶっているのではなく、血止めをしているのだとわかった。

「おめえも特務機関の将校なら、俺に訊いておきたいことはあろう」

志津は意図を知った。満洲国に帰順したと見せて、ふたたび叛旗を翻(ひるがえ)す理由を、自分の口を通じて伝えようとしているのだ。

しかしそうとはわかっても、術中に嵌まるほかはなかった。満洲国と日本に対する、馬占山からの伝言なのだ。

床に横たわったまま志津は訊ねた。

「黒龍江軍の帰順は、偽装工作だったのですか」

「対（トエ）。はなからそのつもりさ」

「理由をお訊かせ下さい」

「時間を稼いだ」

所以争取時間了（スオイーヂョンチュシージエンラ）――その言葉に、志津は耳を疑った。問い質すまでもない。馬占山は黒龍江軍の兵力を温存したまま、国際連盟調査団の到着を待ったのである。

日本と国際連盟は、息詰まる時間の駆け引きを続けていた。紛争の実態を明らかにせんとする国際連盟と、満蒙に既成事実としての満洲国を打ち立てんとする日本は、「撤兵勧告」と「建国」というまったく異なった結論を見据えながら、ほとんど同時に行動を起こしたのだった。

馬占山が建国会議に列するため奉天へと向かったのは、二月十六日である。そして同月二十九日には、リットン伯爵を首班とする国連調査団が東京に到着した。満洲国の建国宣言はその直後であった。さらに、三月十四日にようやく大陸へと渡った調査団は、上海事変の事実調査と休戦の方途を模索するため、二週間の滞在を余儀なくされた。その間にも満洲国は、あわただしく国家の体裁を整えていった。

調査団は現在、南京政府要人との会見をおえて漢口に滞在している。今後、北京を経て満洲に入るまでには、少くとも半月を要するであろう。しかし、満洲国の大義を覆すには、今が絶好の機会であるにちがいなかった。調査団は北京において、張学良（ちょうがくりょう）から事情を聴取する。

そして、国際連盟調査団がやがて目のあたりにするのは、けっして五族が協和する理想国家ではない。あろうことか、軍政部総長兼黒龍江省長が大軍を率いて抗戦する、未成の国家なのである。

「どうやら、わかったようだな。日本人にしては頭がいい。そのまんまを、土肥原（トウフエイユアン）の腐れ卵野郎に伝えておけ」

馬占山は拍車を鳴らして、悠然と螺旋階段を下っていった。

「勝てるはずはない」

吹き抜けまでにじり寄って、志津は言った。

「負けもしねえよ」

外套の背中が闇に紛れると、やがて嘶（いなな）きが聴こえて、氷を踏む蹄（ひづめ）の音が遠ざかっていった。

二十七

訊問調書

供述人　陸軍歩兵中尉　志津邦陽

昭和七年四月二日未明惹起（じやつき）シタル馬占山脱走事件及ビ渡辺勝治（かつじ）曹長殺害事件ニ付、同年四月四日齊齊哈爾（チチハル）市内日本赤十字病院ニ於テ右供述人ニ対シ訊問ヲ為（な）ス事左記ノ如シ。

問　氏名、年齢、所属部隊、官等級、族称、本籍地、出生地、住所及職業ハ如何（いかん）。

答　氏名ハ志津邦陽
　年齢ハ二十八年
　所属部隊ハ齊齊哈爾特務機関
　官等級ハ陸軍歩兵中尉

族称ハ平民
本籍地ハ長野県松本市
出生地ハ東京市四谷区
住所ハ満洲国黒龍江省齊齊哈爾市
職業ハ陸軍軍人デアリマス。

問　位記、勲章、記章等ヲ有セザルヤ。

答　従七位勲六等単光旭日章、昭和大礼記念章等ヲ拝受シテ居リマス。

問　刑罰ニ処セラレタル事アリヤ。

答　嘗テ軍規紊乱ノ罪ニテ、禁固六月ニ処セラレマシタ。詳細ニ付テハ本件ト関リナキユヱ差控ヘマス。

問　四月二日未明ノ事件ニ付キ貴官ノ知ル所ヲ述ベヨ。

答　自分ハ齊齊哈爾特務機関長ノ命ニ依リ、三月三十日カラ市内「龍門茶館」ニ於テ馬占山ノ監視ニ当タッテ居リマシタ。馬占山ハ向ヒノ「満鉄倶楽部」ニ起居シ居リ、主トシテ渡辺曹長ガ内部ノ探索ヲ致シ、自分ガ出入者ノ監視ヲ致シテ居リマシタ。

問　貴官ガ内部探索ヲセザル理由ハ如何。

答　自分ハ去ル二月八日、哈爾浜市内ニ於ケル多門師団長閣下ト馬占山ノ会談ニ立会シテ居リ、面相ヲ知ラレテ居ルカラデアリマス。渡辺曹長ハ満人商工会員ニ変装シテ倶楽部ニ出入シ、内部ノ状況ヲ逐一自分ニ報告スル任務ニツイテ居リマシタ。

問　左様ナ事デハ監視任務ヲ察知サレルノデハナイカ。

答　若シ馬占山ニ咎メラレタラ、私服ノ護衛ト答フレバ良シ、無論ソノ任務モ嘘デハアリマセヌ。恰モ自分ガ馬占山ト宜ヲ通ジテ居ルガ如キ推論ハ、甚ダ心外デアリマス。疑念アラバ新京ノ関東軍司令部ニ御照会下サレ度ク。

問　満鉄倶楽部ニ於ケル馬占山ノ動向ヤ如何。

答　専ラ酒色ニ溺レ阿片ヲ吸飲シ、終日正体ナキ有様デシタ。従卒ハ無ク、副官ノ鄭薫風少佐ガ常ニ付キ従フテ居リマシタ。公館トノ連絡モ鄭少佐ガ務メテ居タト思ハレマス。電話回線ノ傍受、及ビ鄭少佐ノ外出時ニ尾行ヲセザルハ手落デアリマスガ、特務機関モ人手ガ足ラズ、マタ馬占山ノ突然ノ行動ハ予見致シ難カツタユヱ致シ方アリマセヌ。

問　馬占山ニ先行シテ妻妾家族ノ逃亡セル件ニ付テハ如何。

答　当夜ノ内ニ新京ニ引越ス旨ノ情報ハ得テ居リマシタ。馬占山公館ハ日頃ヨリ警戒ガ厳重デ、特務機関モ其ノ内情ハ知リマセヌ。二千万元余ノ省市公金ガ公館内ニ保管サレテ居タトハ意外デシタ。「龍門茶館」ハ齊齊哈爾駅カラ離レテ居ルノデ、卸下(しゃか)積載ノ物音等ハ伝ハリマセヌ。深夜ノ出発モ、新京到着時刻ヲ考ヘレバ当然デアラウト考ヘマシタ。家族ガ公金諸共(もろとも)逃亡スルナド、予測不可能デアリマス。

問　渡辺曹長殺害ト逃亡列車出発ノ時刻ハ一致ス。何ラカノ拘(かかわ)リアリヤ如何。

答　重ネテ申上ゲマス。自分ハ抗日不逞分子ノ一味等デハアリマセヌ。両事件ノ同時ニ惹起シタルハ全クノ偶然デアリマス。馬占山家族ノ引越ノ件等モ当夜ハ左程念頭ニ無ク、「家族ガ引越シタナラバ馬占山モ公務ニ復帰シ、一両日中ニハ新京ニ向フデアラウ」ト考ヘマシタ。渡辺曹長ト自分ガ未明マデ痛飲致シマシタノハ、見張ノ任務モ今夜限リヤモ知レヌト思ツタカラデアリマス。然(しか)シ乍(なが)ラ些(いささ)カ酒ヲ過ゴシマシタノハ不徳ノ致ス所デアリマス。

問　貴官ノ実見セル犯行ノ仔細ヲ問フ。

答　午前三時頃迄「龍門茶館」二階北側ノ席ニテ飲ミ、自分ガ厠ヲ使フテ居リマシタ所、突然銃声ガ聞コエタノデ飛ビ出シマスト、イキナリ至近距離カラ二発ノ銃弾ヲ食ラヒマシタ。暗闇ノ事ユヱ賊ノ風体ハワカリマセヌ。店員ハ自分ト渡辺曹長ヲ置イテ帰ツテシマツテ居タノデ、忍ビ込ンダ匪賊ノ仕業ダト考ヘマシタ。

問　渡辺曹長ハ前額部ニ一発命中シアルニモ拘ラズ、貴官ノ負傷部位ハ左下腕及ビ右肩ノ二箇所デアル。賊ハ複数名デアツタカ如何。

答　記憶ニ有リマセヌ。狂言モシクハ自傷ヲ疑フノデアレバ、弾痕ヲオ調ベ下サイ。渡辺曹長ト自分ガ携帯シタルハ、十四年式拳銃デアリマス。賊ノ使用シタル拳銃ハ明ラカニ撃発音ヲ異ニシテ居リマシタ。不意ノ襲撃ユヱ、渡辺曹長モ自分モ反撃シテ居リマセヌ。帝国軍人トシテ不覚悟デアリマシタ。

問　事後ノ行動ヤ如何。

答　取落シタ拳銃ガ見当ラヌユヱ反撃ノ方途ガ無ク、ジツトシテ居リマシタ。賊ハ直(じき)ニ退散致シマシタ。懐ヲ探ラウトモシナカツタノハ、賊モ気ガ動顚シテ居タノダト思ハレマス。ソレカラ自分ハ、傍ノ茶器棚ニ敷カレテアツタ布ヲ裂イテ応急ノ血止メヲ施シ、気ヲ取リ直シテ渡辺曹長ノ様子ヲ見ニ行キマシタ。左程ノ出血ガ無イ様ナノデ大丈夫カト思ヒ抱キ起シマシタ所、支那帽ノ額ニ弾丸ノ射入口ヲ認メ、呼気ヲ確カメマスト既ニ死亡シテ居リマシタ。ソコデトモカク救援ヲ呼バウト思ヒ、階下ニ下リテ筋向ヒノ「満鉄倶楽部」ニ至ツタノデアリマス。同倶楽部ハ宛ラ不夜城ノ如クデアリマスガ、午前零時ニ門扉ヲ閉シタ後ハ、門衛モ館内事務室ニ戻ツテシマヒマス。呼鈴ヲ押シ続ケル内ニ、漸ク門衛ガヤツテ来テ大騒ギトナリマシタ。以後ノ事ハ記憶ニアリマセヌ。意識ヲ取リ戻シマシタノハ、コノ赤十字病院ノ手術室デ、既ニ傷ノ処置ヲ了ヘ、輸血ヲ施サレテ居リマシタ。真先ニ渡辺曹長ノ事ヲ訊ネマシタガ、医師ハ答ヘマセンデシタノデ、「ヤハリ駄目ダツタノカ」ト思ヒマシタ。手術室カラ出マスト、林機関長ト旅団ノ週番将校ト、アト一人タブン領事館員ラシキ人ガ居ツテ、アレコレ訊カレマシタガ、質問モ回答モ大体同様デアリマス。ヤハリ誰モ彼モガ自分ヲ疑ツテ居リ、恰モ自分ガ馬占山ニ気脈ヲ通ジタ一味ノ如ク疑ツテ居ルノハ誠ニ思ヒガケ無ク、心外デアリマシタ。確カニ自分ハ嘗テ謂ル「怪文書」ヲ撒布シ、軍法会議ニカケラレタ者デアリマスガ、其ノ行動ハ日本国ヲ憂フルガユヱデアリマシテ、前科者ダカラ奔敵モ有ラウ等ト云フ疑ヒハ、正ニ味噌モ糞モ一緒クタニシテ居ルノデアリマス。天地神明ニ誓フテ左様ナ事ハアリマセヌ。アラヌ嫌疑ヲカケル前ニ、自分ノ品行ニ付テハ新京ノ軍司令部ニ問ヒ合セラレタシ。土肥原大佐殿ニオ訊ネ下サレバ話ハ早イ。

問　四月二日午前三時頃、馬占山ハ副官ヲ伴ツテ「満鉄倶楽部」ヲ退出シテ居ル。貴官ハ気付カナカツタカ。

答　自分等ハ不覚ニモ泥酔シテ居リマシタ。マタ夜半ニハ窓硝子ガ凍リ付テシマフノデ、外部ノ様子ハ見エマセヌ。自分トシテハ、通常ナラバ疾(と)ウニ帰営シテ居ル時刻ユヱ勤務外ノ様ナ気分デアリマシタ。然(しか)シ結果トシテハ馬占山ノ脱走ヲ看過シタ事トナリマスカラ、相応ノ処分ハ覚悟シテ居リマス。

問　貴官等ヲ襲撃シタルハ、鄭薫風副官モシクハ其ノ命令ヲ受ケタル護衛兵デハナイノカ。

答　闇ノ中ユヱ容貌風体等ハワカリマセヌ。声モ聞イテハ居リマセヌ。全テハ一瞬ノ出来事デアリマシタ。サウ云ヘバ、遠ザカル蹄(ひづめ)ノ音ヲ聞イタ様ナ気ガ致シマス。ソレデ命ガ救カツタト思ヒ、身ヲ起シタノデアリマス。

問　馬占山ノ其後ノ行動ニ付キ貴官ノ知ル所ハ如何。

答　斯(か)クノ如キ面会謝絶ノ体デ何ヲ知リ得マセウヤ。手術室カラ運ビ出サレタ折ニ質問ヲシタ人々モ、以降ハ接見ヲ禁ジラレテ居リマス。此(この)訊問ヲ受ケル迄ハ医師ト看護婦ノ他ニ誰トモ会ツテハ居リマセヌ。

問　本件ニ付キ他ニ陳述スル事アリヤ。

答　奔敵ノ事実ハ断ジテ無シ。他ニ述ブル事ハアリマセヌ。

供述人　志津邦陽

右録取シ読ミ聞カセタル所、相違ナキ旨申シ立テタルニ付キ署名拇印セシム

昭和七年四月四日
陸軍司法警察官　齊齊哈爾（チチハル）憲兵分隊長
陸軍憲兵大尉　酒井（さかい）豊（ゆたか）

「誰だって君をそこまで疑っているわけじゃないよ。ただ、話が余りに突飛すぎるだけさ」

訊問をおえ、書記の下士官が退室してしまうと、憲兵分隊長は妙に俗な言葉で語りかけてきた。明治の法科出身の幹候だそうだ。

「責任は認めます。逮捕されないのがふしぎなくらいです」

寝台に身を起こしたまま、志津中尉は言った。

「まだ安心はできんがね。しかし、特務機関の不手際を表沙汰にすることはできまい。今は責任の追及よりも事態の収拾だよ。国際連盟の調査団はもうじき北京に入る。その後は満洲だ。ことが重大すぎて隠蔽のしようもない」

分隊長は立ち上がって枕元の窓を開けた。満洲の乾いた風が、ここちよく志津の頬を撫でた。

じきに莨（タバコ）の匂いが漂ってきた。一服つけたいとは思うが、左手は吊ったままだし、右手は肩からギプスで固定されている。

「くわえさせていただけますか」

分隊長は苦笑しながら、喫いさしの莨を志津の唇に押しこんでくれた。

「命が助かったというのに、贅沢な男だな、君は」

階級は上なのだが、士官学校卒の将校に対する立場を計りかねているのだろうか。

「その後の情報を知りたくあります」

志津は唇の端で訊ねた。

「行方不明さ。二千万元を積んだ列車も、馬占山もどこかへ消えてしまった。小興安嶺の麓まで逃げれば、そうそう手出しはできない。もともと馬占山の領地だし、背後にはソ連軍もいる」

志津の口元に灰皿を添えて、分隊長は続けた。

「まあ、そんなことはもうわれわれが考えても仕方あるまい。それより、君に見せたいものがあるんだがね」

「何でしょうか」

「面会謝絶は君の体の都合ではなく、憲兵隊が命じたのだ。歩くのには支障があるまいから、きょうかあすのうちに公署までご足労ねがいたい」

「黒龍江省公署でしょうか」

「そうだ。蛻（もぬけ）の殻になった省長執務室を、君にも見てもらいたい」

「まだ訊問の続きがあるのですか」

「いや。君に見せたいだけさ」

分隊長は志津の膝の上に莨を箱ごと置いて、「うまくはないが、喫いつけると癖になりそうな味だ」と、背中で言った。

軍服の上に厚い外套を着こみ、毛皮の帽子を冠った馬占山の肖像が志津を見上げていた。

脱走でも逃亡でもない。馬占山はあの晩、あの足で、公署に登庁したのだ。

いったい、何のために。

二十八

ようやく厠（かわや）に通えるようになった四月六日の午後、酒井憲兵大尉が病室に現れた。

医師と押し問答のあげく、けっして無理な歩行はさせずに車椅子と公用車で移動する、という条件で折り合った。その間は赤十字病院の日本人看護婦が付き添う。

傷は左の下腕と右肩である。歩行に支障はないが、両手は使えない。弾丸はともに動脈を避けて貫通しており、銃創としては始末がいいらしい。三ヵ月も養生すれば軍務に復帰できると医師は言った。

糊の利いた病衣に着替え、将校外套を羽織って車椅子に乗る。黒龍江省公署の省長執務室で、いったい何が起こったのかは知らない。酒井大尉は「君に見せたいだけさ」と言ったが、立前はあくまで重要参考人の現場立会であった。

北満の空は一片の雲もなく晴れ上がっており、風が春を兆していた。

公用車は小型の貨車で、助手席に補助憲兵が乗り、志津中尉は車椅子のまま荷台に押し上げられた。看護婦と酒井大尉が、後ろ向きに固定された車椅子の両袖を支えた。

「強運なのか、それとも匪賊がよほど腕達者だったのか」

車が走り出すと、酒井大尉は独りごつように言った。道路がぬかるんでいるせいで、荷台はひどく揺れた。

「拳銃は狙って当たるものではありません」

ぎろりと睨み返された。士官学校出身の将校が、大学出の幹候を侮ったように聞こえたのだろう。むろん志津に他意はない。命中精度の悪い拳銃が、護身用の武器に過ぎぬというのは常識だった。

しかし、馬占山はたしかに狙い撃ったのである。あの闇の中で、志津中尉の左腕と右肩を。しかも、よほど手慣れていなければ振り回されるにちがいない、大型のモーゼル拳銃で。

神出鬼没。神騎神槍。支那の新聞はそんな言葉で馬占山を讃える。まさしくその通り、と言うほかはない。

「いずれにせよ、ころあいの負傷じゃないか。虎の子の特務機関員を、チチハルで三ヵ月も養生はさせせまい。奉天か大連の満鉄医院に後送されるか、うまくすれば内地送還だ」

憲兵はさまざまの特権を持つが、士官学校出の将校が志望する兵科ではない。いきおい一般大学の法科を出た幹部候補生出身者が多くあった。それにしたところで、大方は官庁や大会社の就職にあぶれた口であろう。

軍人としてはいかにも膂力を欠き、少くとも十年の軍歴を持つであろうにどことなく娑婆ッ気の抜けぬ酒井大尉は、そうした憲兵将校の典型に思えた。

後送だの内地送還だのを天恵のように言われるのは心外だが、反論する気にはなれない。

公用車は志津の傷を疼（うず）かせながら、正陽大街の公署に向かった。

黒龍江省は古来「東三省」と呼ばれた中国東北部の一省である。

しかしその総面積は五十七万平方キロに及び、日本本土の三十八万平方キロを遥かに凌（しの）ぐ。

北西に大興安嶺、北東に小興安嶺が横たわり、北辺はソヴィエト連邦に接していた。省内には黒龍江、嫩江（のんこう）、松花江の三大河が流れている。ただしそうした地勢は、地図上で理解することはできても、ことごとく日本人の感覚を超えていた。そもそも日の出から日の入りまでを視認できる大地など、日本人は知らないからである。

省都チチハルは、清朝の康熙（こうき）年間に帝政ロシアの侵入に備えた城砦をその起源とする。爾来（じらい）、ここに黒龍江将軍が常置されて省内を所轄した。

酸性土壌で耕作に適さぬうえ、周辺を巨大な湿原に囲まれたチチハルが省都とされた理由は、そうした地勢によって、攻むるに難く護るに易き条件が整っていたからであろう。事実、昨年の十一月には、関東軍の精鋭たる第二師団が、戦力上は歯牙にもかけぬはずの馬占山軍を攻めあぐねたのである。

チチハルという名称は、満洲語で「辺境」もしくは「自然の牧地」を意味する。すなわち満洲族から見ても辺境であり、かつてはオロチョンやコザックやモンゴルの小部族が、狩猟と遊牧を生業として暮らす、最果ての地だったのであろう。

清末に帝政ロシアが東清鉄道を敷設したことにより、チチハルは軍事上の要衝というより物流の拠点として繁栄した。

しかし、そうした一都市の成立過程も、日本人の想像は及ばない。たとえば、北海道の開拓史と照らし合わせても、まるでちがう。いわば日の出から日の入りまでを見はるかす大陸の視野がなければ、とうてい理解はできぬ。

病床に身じろぎもできず横たわっている間、さまざまのことを考えた。両手を固定されて読書もできぬのでは、あれこれと不毛な想像をめぐらすほかはなかった。

少しは有益なことを考えようとして、頭の中に満洲の地図を拡げた。

特務機関に配属されたとき、まっさきに命じられたのは地勢の暗記だった。まずは三百六十万分の一に縮尺した満洲全図を何日も睨み続け、次に百万分の一の地域図を記憶した。いまだに暇さえあれば、事務室の壁に貼られた何種類もの地図を眺めている。

日本列島に較べると、満洲は広大で平坦で、茫洋としている。各都市の位置関係は、鉄道路線を基準とするほかはない。第一、「三百六十万分の一」などという縮尺は、日本本土の地図にはありえないのである。

目をとじると、まずは大連から北に延びる南満洲鉄道の路線を引く。次にハルビンから東西に、東清鉄道を描く。すると少しずつ、そのほかの路線や沿線の諸都市が焙(あぶ)り出されてくる。

かつて日本が支配していたのは、渤海湾(ぼっかい)に突き出た遼東半島の先端と、そこを起点とする満鉄の沿線だけであった。つまり、関東州という「点」と、旅順から大連、奉天を経て長春に至る「線」である。

それらの地域は、日本人の狭い視野にも入り、日本本土の感覚で捉えることができたと思う。

「線」の範囲は、線路を中心にした幅六十二メートルである。そのほかに諸駅の鉄道施設や駅前広場も、満鉄付属地として日本の管理下にあった。

やがて具体的な規約を欠く「駅前広場」は、なしくずしに拡張されて日本人街を構成するのだが、それでもまだ日本人の視野と感覚の範囲内であったと思う。

しかし、昨年九月の満洲事変勃発により、日本は理解の及ぶ範囲を見失った。居留民保護という名目で、満洲全域を武力制圧したのである。

たしかに、諸都市における抗日排日の運動が、日本人居留民の生活を脅かしていたのは事実であった。だが、いかなる事情であれ「点」と「線」を維持するために駐留していた関東軍が、全満洲を占領できるはずはない。兵力の問題ではなく、関東軍将兵ひとりひとりの、日本人の視野と感覚において、である。

そうした意味で、満洲国の建国は賢明な方法であったと思う。もっとも、そこまでして列強に伍する必要があるかどうかは、根源的な別問題であるのだが。

かにかくに、病床で満洲の地図を思いうかべるほどに、志津の心は暗澹となった。

「ところで、自分に対する嫌疑は晴れたのですか」

荷台に折り敷いて車椅子の袖を支えながら、酒井大尉は俗な言葉で答えた。

「なに、はなから疑っちゃいないよ。君が勝手にそう思っているだけじゃないか」

「いや、分隊長殿は疑っておられます」

酒井大尉は眼鏡の縁を指先で押し上げて苦笑した。軍服を脱いで背広を着れば、満鉄か三井物産の社員に見えそうな、白皙の面立ちである。

「まさか奔敵行動を疑ったわけじゃない。ただね、あの日のあの時刻に、たまたま押し入ってきた匪賊のしわざだとするには、あまりにも間がよすぎるだろう」

志津中尉は口を噤んだ。嘘の上塗りをしたくはない。

真実を語らぬのは、馬占山が自分にとどめを刺そうとしなかったからだった。命を救われた恩義と、それと等量の屈辱と、なおかつ馬占山の名を口に出せば話が大きくなって、特務機関員としての今後の任務にも影響するだろうと考えたからである。

しかし、理由はそれだけではない。いまだそのあたりの気持ちの整理はつかぬのだが、たぶん自分は心の奥底で、満洲国の大義と、馬占山の正義とを秤にかけている。

「死んだ部下の身にもなってみたまえ。飲んだくれたあげく、押しこみの匪賊に殺されたなどと、遺族には聞かせられん話じゃないか。調書を取り直すつもりはない。ただ、真実を知りたいだけなんだ」

志津は答えなかった。おそらく職務上の甘言ではあるまい。憲兵どころか帝国軍人にもなりきれぬこの半ちくな将校は、いつか渡辺曹長の遺族を訪ねて、真相を告げるのではなかろうか。

そうまで思いはしても、志津には真実を語る勇気がなかった。

正陽大街は何ごともないように賑やいでいる。日章旗を立てた公用車は、ぬかるみで往生する馬車や、振り分けに荷を背負った駱駝の隊列をよけながら走った。物売りの声や大道芸人の打ち鳴らす鐘鼓の音が、澄み上がった空を押し上げるようだ。

やがて車は、古めかしい清代の建物と、張作霖政権の時代に建てられた瀟洒な西洋建築の混在する官庁街へと入った。省の政庁たる黒龍江省公署は、わけても立派な石造りである。

玄関には小銃に着剣した旅団の衛兵が立っており、訪問者は誰かれかまわず、剣つくで尋問を受けていた。もし満洲国の法整備が進んでいれば、市内に戒厳令が布告されている事態であろう。

「憲兵分隊長！」

と叫んで、助手席の補助憲兵が駆け出すと、衛兵たちは一斉に姿勢を正して道を開いた。

「省長室の現場検証である。手を貸してくれ」

衛兵たちはたちまち剣付き銃を負(お)い銃(つつ)にして荷台に飛び上がり、志津を車椅子ごと担ぎ下ろした。

「重傷者です。も少していねいに扱って下さい」

看護婦の忠告はありがたかった。若く屈強な旅団の現役兵たちは、その一声で力を緩めた。

「特務機関の中尉殿だ」と、補助憲兵が言葉を添えてくれた。髪をたくわえているうえ、将校外套の上から毛布を被っているので、民間人だと思われたのだろう。車椅子はそのまま玄関に担ぎ上げられ、まるで御輿のように大階段を上がった。

　至るところに、制定されたばかりの国旗が掲げられていた。黄色の地に、紅、青、白、黒の縞を描いた満洲国の五色旗である。それは、満、日、漢、蒙、朝、の「五族協和」を意味する。

　それはそれでよい。しかし、ならばどうしてその五色旗に、いちいち日章旗をクロスさせて飾るのだろう。これでは「五族協和」どころか、そうと見せかけた日本の傀儡国家だよ、と本音を吐いているようなものではないか。国際連盟の調査団が長城を越えるまでに、この日満国旗の掲げ方だけは改めさせねばならぬ。

　省長室の大扉の前には、腕章を巻いた二人の憲兵が立っていた。「ご苦労、復帰せよ」と、酒井大尉は衛兵たちに命じた。車椅子は看護婦が引き取った。

「君も席をはずしてくれ」

　酒井大尉が言い、看護婦は拒否した。

「患者から離れてはならないと、先生から命じられています」

「では、改めて命ずる。下で待機したまえ。心配は何もない」

　看護婦は頑なだった。

「わたくしは陸軍病院の看護婦ではありません。日本赤十字社の医師の命令にのみ従います」

看護婦は毅然として、帽子に戴いた赤十字の徽も誇らしく答えた。

「道理です」と、酒井大尉は呆気なく了簡した。吹き抜けの天井に声が谺するほど、公署の中は静まり返っていた。特定の吏員のほかは、出入りを禁じられているのであろう。その静謐さが、かえって非常事態を感じさせた。

「では、こちらからお願いする。ここで見聞したものは、けっして口外せずにあなたの胸に収めて下さい。赤十字病院の上司にも、何ひとつ見なかったことにしていただけますか」

酒井大尉の懇ろな物言いにむしろたじろいでから、看護婦はきっぱりと、「はい。お約束いたします」と言った。

大興安嶺の巨樹で設えたにちがいない、立派な大扉が左右に開かれた。深い絨毯の上を車椅子は進んだ。

志津は見るに堪えぬ惨劇の現場を覚悟していた。しかし、広い執務室を繞る白壁には、一点の血染みも見当たらなかった。

そのかわりに、鎖を断ち切られたシャンデリアが部屋の中心に落ちており、天井といわず窓といわず、あたりかまわぬ弾痕が無数に穿たれていた。砕かれた漆喰のかけらが、赤い緞通の上に鏤められていた。

息をつめて頭をめぐらす。レースのカーテンをそよがせて吹き入る風の中に、まるで幼な子がたどたどしく筆を執ったような文字が、それでも墨痕淋漓として、純白の壁に書き列べられていた。

還我河山

一瞥したとたん、傷の痛みと胸の苦しみが体の芯から噴き上がったような気がして、志津中尉は息を吐きながら俯いた。

還我河山。我に山河を返せ。

彼の生い立ちや人生は、何も知らない。ただ、そこには満洲の風を吸い、満洲の水を飲み、満洲の土を食らって生き延びてきた人間の、深い悲しみが滲み出ていた。

看護婦は啜り泣き、酒井大尉は軍刀を杖にして、ようやく身を支えるように佇んでいた。

「なあ、志津中尉。俺たちはいったい、何をしたんだ。このさき、何をしようとしているんだ」

安直に答えてはならぬ。志津は顔をもたげて、壁を睨みつけた。

「妙なヒューマニズムに絆されてはなりません」

「なるほど。それが士官学校出の模範解答か」

黒龍江省長の執務机の上には、乾いた硯とひしゃげたまま固まった太筆が置かれていた。

「そのヒューマニズムとやらはさておくとしよう。話を蒸し返すようですまんが、真実を聞かせてくれるか。調書を取り直すつもりはない。あくまで俺の胸に収めておく」

そのために、酒井大尉は自分をここに連れてきたのだと志津は思った。彼は憲兵として真相を究明しようとしているのではない。ひとりの人間として、馬占山を知りたいのだ。

「犯人は匪賊ではありません。馬占山将軍です」

看護婦が小さな驚きの声を上げ、酒井大尉は深く肯いた。

「その先は申し上げません。ご了解下さい」

「訊ねる気にもなれんよ」

自分たちが今、わけのわからぬ狼藉の現場にいるのではなく、満洲の曠野のただなかにぽつんと佇んでいるような気がした。

「ここで、いったい何があったのですか」

「見ての通りさ。衛兵にも当直の守衛にも、拳銃は向けなかった。むろん、誰が文句をつけられる相手でもない。ならばなぜ、君と渡辺曹長が不幸な目に遭ったのかと考えても、わからないんだ。阿片のせいで正気を欠いていたのか、それとも見張られていたことが、よほど癪（しゃく）に障ったのか」

それはちがうと思った。あのとき馬占山は、はっきりと言った。「俺は正気だぜ」と。「俺はやみくもな人殺しじゃあねえよ」と。

志津にはわかっている。馬占山は謀略をこととする特務機関が許し難かったのだ。

「少々もったいない気もするが、見せ物にしておくわけにもいくまい」

酒井大尉は補助憲兵を呼んで、現場の撤収と清掃を命じた。

還我河山。子供のような文字は漆喰に塗りこめられるのだろうが、見た者の心から消えることはあるまい。

軍人の体からあらゆる虚飾を去れば、ああいうかたちの男になるのだろうと志津中尉は思った。

挙手の敬礼はままならぬ。志津は精いっぱい背筋を伸ばして、壁に向き合った。

二十九

「ばばあの言った通りだ」

樅（もみ）の巨木が繁る森の中で火を焚き、凍った饅頭（マントウ）を焼きながら父は言った。

「何の話でしょうか」

少し考えてから薫風（シュンフォン）は訊き返した。いきなり「老婆子（ラオポーヅ）」と言われても、思い当たる人はいない。

「まだ白虎張（パイフーチャン）の子分だったころ、満洲族の薩満（サマン）が俺の卦（け）を見た」

「占い、ですか」

父は占いどころか、縁起かつぎのひとつもせぬ現実主義者である。戦は臨機応変に運ばねばならない。諸葛孔明（しょかつこうめい）や司馬仲達（しばちゅうたつ）の昔ならいざ知らず、やれ暦日がどうの方位がどうのと言っていたのでは、戦にもならんというわけだ。

森はいまだ雪を被っている。夜の涯（は）てから、ときおり狼の遠吠えが聞こえた。枝を揺るがせて雪の塊が落ちるたびに、薫風は拳銃を握った。

「やつらは火を怖れる。今も遠巻きにしているのだろうが、心配することはない」

そうした野獣の習性を知っているのであろう、馬たちも焚火のほとりに寄って下草を喰(は)んでいた。

チチハルを出発してから、夜を徹して駆けるかと思いきや、父は日が昏れれば村にとどまるか露営をするかして、夜明けとともにまた進み始めた。

父も四十七になって、体力が衰えたのだろうと思ったが、そうではなかった。北満の森に群れる狼に食われぬための、馬賊の知恵だった。

「火は絶やすな。軍人は弾に当たって死ぬものだ」

四日の間、街道を避けて進んだ。薫風はしばしば磁石と地図で座標を確認したが、父の選ぶ道筋には誤りがなかった。

オロチョン族の村と、牧畜で自活する白系ロシア人の集落に泊まった。どちらもほとんど言葉が通じなかったが、父を指さして「馬占山将軍(マーチャンシャンジアンジュン)」と言うと、誰もが仰天して心からの歓待をしてくれた。父は英雄だった。

匪賊の一団と遭遇したこともあった。弊衣蓬髪(へいいほうはつ)の背に青竜刀を担いだ、まったく絵に描いたような馬賊だった。

草原の一本道で、あたりには身を隠す場所もなかった。馬賊たちは拳銃を抜いて近付いてきた。父は怯(ひる)まずに馬を進めながら、「不射(プーシャ)、不射」と呟き続けた。馬賊たちに向かってそう念じているようでもあり、薫風に命じているようでもあった。

彼らにとっては、黒龍江軍であろうが日本軍であろうが、正規の軍人はみな天敵である。無辜(むこ)の村々を襲い、甚(はなは)だしきは列車強盗まで働くのだから、軍隊は匪賊の討伐に躍起だった。

父の馬が近寄ると、馬賊らの御す馬は頭(こうべ)を垂れ、尻尾を巻いて後ずさった。馬は主の貫禄を察知するのである。父は頭目と見える男の前で馬をとどめた。

百万元の懸賞首だぜ、どうする、と父は言った。

とたんに頭目は、転げ落ちるように馬を下りた。子分どももみな片膝をついて拳を握りしめ、抱拳(パオチユエン)の仁義を切った。「兄弟の健康を祝す。兵馬を壮揚せよ」と。

海倫(ハイルン)に来い、飯は食わせてやる。父は馬を進めながらそう言った。

厳しい旅だが、逃避行だとは思えなかった。山も河も森も草原も、二人の行手に道なき道を拓(ひら)いた。父は抗日将軍ではなく、押しも押されもせぬ満洲の総攬把(ツォンランパ)だった。

「閣下に占術など似合いません」

薪(たきぎ)をくべながら薫風は言った。

「対(トエ)。たしかに似合わねえ」

父はころあいに焼き上がった饅頭(マントウ)を、「燙(アッチツ)！　燙(チ)！」と言いながら投げてよこした。

「だが、その通りになっちまったんだから仕方なかろう」

それから父は、若き日に満洲族の薩満（サマン）が告げた予言を、とつとつと語り始めた。

吹雪に巻かれて転げこんだ廃屋に、齢もわからぬほどの老婆が棲みついていた。白い衣に飾り物をごてごてと付けた、流浪の薩満だった。

老婆は行き昏れた若者たちに高粱粥（ガオリヤン）をふるまって、いきなり妙なことを言った。

「いい若い者が、命の順に歩いてきおって」と。

「そのとき連れていた四人の子分どもは、やがてひとりずつ戦で死んだ。それも、あのとき馬を並べていた順番通りにな」

だが父は、そんなお告げなどずっと忘れていた。

「俺には熒惑（けいこく）の星がついているそうだ。だから仲間が、王になったり将軍になったり、大臣になったりしても、俺ひとりは戦い続けなければならんらしい。どうだ、とうてい銭金欲しさのご託宣じゃあるめえ」

戦の星、熒惑。父は赤き火星に守護されている。張作霖（チャンヅオリン）は「東北王（トンペイワン）」と呼ばれ、やがて兄貴分たちは満洲国の大臣になり、あるいは民国の将軍として迎えられた。しかし、父は戦い続けた。

「いずれは俺も、一国の将相として迎えられる、とばばあは言った。だが、そのときこそこのお告げを思い出せ、と。けっしていい話じゃねえから、さっさと尻をまくってずらかれ、だとよ」

薫風は顎を振った。父がご託宣を信じたわけではない。

「いえ。閣下は日本の謀略をあばくために、帰順を装いました。国連調査団に対し、欺瞞国家の実態を明らかにするために」

「是的。だが、ばばあはその未来を見通していやがった。一国将相。たしかにそう言ったぜ。俺が満洲国とやらから頂戴したのは、軍隊の総司令官と、黒龍江省長の地位だった。一国の将軍と大臣。好、将相にちがいなかろう」

強い人だと思った。予言を心に留め置きながらも、父の行動はけっしてそれに振り回されてはいない。天の定めと人の行いが、正しく合致しているだけだった。

人間も国家も、みな運命に流されてゆく。だが父は戦い続ける。

「あなたを、尊敬しています」

閣下とも将軍とも、むろん今さら父とも呼べずに、薫風は思いのたけをこめてそう言った。

「よせやい」

まるで子供のように羞(はじら)って、父は饅頭(マントウ)を齧(かじ)った。どこで生まれ、どのように育ち、いったい何の因果で母や恩人まで手にかけたのか、薫風は知らなかった。

そして、もうそんなことはどうでもいいのだと、薫風は初めて思った。

「俺ァ、骨の髄まで貧乏人だ」

饅頭を食いおえたあと、指をねぶりながら父は言った。

「ところで、薫(シュン)。おまえはいくつになる」

名を呼ばれたのは嬉しかった。任官してからというもの、父は必ず「鄭(チョン)」という育て親の姓に階級を付けて呼んだ。

「三十二になります」

倅の齢を知らぬ、というのは心外だ。

「いいかげん嫁を取ったらどうだ」

「ご心配は無用であります」

薫風は父が十六の齢の子である。もっとも、生まれたときには父の姿はなかったのだが。

水筒に詰めた白酒(パイジュウ)を呷(あお)って、父は毛布にくるまった。

「火は絶やすなよ。軍人は弾に当たって死ぬものだ」

あたりにはまだ狼の気配があった。しばらく眠ったかと思う間に、父の鼾（いびき）が止まった。

「やかましいな。どれ、追っ払ってくるか」

父は身を起こして、モーゼル拳銃を手に取った。

「自分が行きます」

「そうか。殺す必要はないぞ。空に向けて十発も撃てば退散する。これを使え」

撃発音は大きいほうがいいのだろう。父は安全装置を確認してから、両手で捧げ持つようにして拳銃を薫風（シュンフォン）に托した。どのようなときでも、父は拳銃をぞんざいに扱わず、手入れも欠かさない。むろん、他人の手にはけっして触れさせなかった。

長い銃身と十発入りの箱弾倉。木製の握把（あくは）までが黒々と磨き上げられていた。これはただのモーゼルではない。馬占山（マーチャンシャン）の大前門（ダアチエンメン）だ。

「よろしいのですか」

「好（ハオ）。追っ払ってこい」

深い闇に歩みこみ、樅の木の高みに銃口を向けて引金を引いた。とたんに、わなわなと体が震え出した。もしやこの拳銃が、母を殺したのではないか、と考えたのだった。

歩きながら二発目を撃ち上げた。強く重い反動が骨を揺るがした。自分をわが子のように慈しみ育ててくれた、養父の俤(おもかげ)がありありと甦(よみがえ)った。たぶんその命も、この拳銃が奪った。

薫風は歩きながら泣き、泣きながら叫んだ。

「好打(ハオダー)！　好打！」

「好打！　好打！」

ふいに森が切れて、星明りの草原に出た。吹き寄せる風は温(ぬる)く、地平遥かに小興(シャオシン)安嶺(アンリン)の山なみが望まれた。

見上げれば天河は濤々(とうとう)と流れ、そのほとりには天の尽きるまで、沫(しぶ)きを撒いたような星ぼしが鏤(ちりば)められていた。

その夜空のありさまは、父が穴だらけにした公署の省長室を思い起こさせた。

弾倉をいくつも替えて、窓も天井もぼろぼろにしたあげく、父は撃ち残した白壁に「還我河山」と書いた。筆順も何もない絵のような字だった。

父はやることとなすことわけがわからないけれど、穴だらけの天井は星空のようで、絵のような字は小興安嶺の山なみそのものだった。

百発百中の投げ撃ちを真似て、薫風は夜空の高みにありったけの弾丸を撃ちこんだ。赤い熒惑（けいこく）の星を狙ったつもりだが、届くはずもなく、中（あた）るはずもない。

明日は海倫（ハイルン）の根城で、二万の軍隊が馬占山（マーチャンシャン）の帰還を待っている。父を神とする人々の歓呼の声を、薫風（シュンフオン）は深い黙（しじま）の中に聞いた。

弾丸を撃ちつくすと、大前門（ダアチエンメン）を抱いて草原に寝転び、大声を上げて泣くだけ泣いた。恨みを滅す苦しみは、それぐらいつらかった。

母も、養父も、この拳銃に命を奪われて幸せだったのだと、思うほかはないからだった。

だが男ならば、大東北軍の血を繋ぐ将校ならば、おのが恨みはこの満洲の土に埋めねばならない。

「請饒恕我（チンラオシユーウオ）！」

僕を恕（ゆる）して下さい。

薫風は満天の星に向かって、母の名を呼んだ。

三十

昭和七年四月、予備役待命中であった吉永将中佐は、陸軍大学校教官として現役復帰した。

四十五歳という年齢に加えて、軍人としては致命的な傷を負っている。予備役にとどまっているだけでも心苦しかったところに、「補陸軍大学校教官」という紛うかたなき辞令が下りたのだった。

今年は春が遅く、四月もなかばだというのに士官学校の塀を見越して花吹雪が舞っていた。青山北町の陸軍大学校に向かうには、牛込の自宅から四谷塩町の停留場まで歩き、市電に乗るという道筋である。あとは左門町、信濃町、権田原で、四つめが青山一丁目の十字路に近い「陸軍大学校前」の停留場であった。塩町までは士官学校の西側を三十分ばかりも歩かねばならないが、足に応えるのは距離よりもむしろ階段なので、バスや市電を乗り継いだり、省線を使ったりするよりはよほど楽だった。

体力を使わぬ任務とはいえ、待命中にすっかり鈍ってしまった体も鍛え直さねばならぬ。朝夕三十分の徒歩は、ころあいの運動だった。

葉桜の中からとめどなく溢れる花に巻かれて歩いていると、次第に脳味噌も活躍してくる。士官生徒として過ごした青春の日々や、その勃興から末期までを見届けた張作霖の思い出が、次々と甦った。そして塩町への登りにかかって義足が軋みを上げるほどに、なおざりにしてきた疑問のくさぐさが、頭の中をめぐり始める。

関東軍はなぜ、東三省の事実上の主権者たる張作霖を殺したのか。いったい誰々がその暴挙に加担しており、誰々が無関係であるのか。

親を殺されたうえ、満洲事変を仕掛けられても、張学良が戦わずに兵を引いたのはなぜか。

そして、空白地帯となった東三省に突如出現した満洲国とは何だ。巷間伝えられるごとく、日本と中国を父母とした「東洋のアメリカ」なのか。それとも、日本が次なる世界大戦に勝ち残るために必要不可欠な、資源の供給地に過ぎぬのか。

四谷塩町から市電に乗ると、たちまち注目の的になった。陸軍中佐の階級章がまず人目を引く。しかもその中佐殿が、電車のステップに往生して、軍刀をがちゃがちゃと鳴らしふんばり棒にしがみつきながら、ようやく乗りこむのである。

義足と知って席を譲ってくれる人もあるが、軍人が座るわけにもいかない。「名誉の負傷」などという囁きが、耳に届くこともあった。

つい先ごろまでは、軍服に敬意を払う者などいなかった。とりわけ東京には、ワシントン体制下の軍縮の空気があって、軍人は存在そのものが軽侮されていた。ところが昨年九月に勃発した満洲事変以来、新聞がこぞって書き立てる「暴戻なる支那を膺懲せる我が皇軍」として、軍人は復権したらしいのである。

こっちから喧嘩を売っておいて、「懲らしめる」も糞もあるまい。そして誰が何と言おうと吉永は、幼い時からその成長を見守ってきた張学良が、「暴戻」とされるほど道理をたがえる人間ではないと知っていた。

そう思えばこそ、畏怖と敬意のこもった乗客たちの視線はつらかった。できることなら義足を晒け出して、これはまかりまちがっても名誉の負傷などではなく、「我が皇軍」によって張作霖の命もろとも吹き飛ばされたのだと、叫びたい気分だった。

ふたたび注目を集めながら陸軍大学校前の停留場に降り立ったとき、軍人が国民から敬せられる悪い時代になったと、吉永はつくづく思った。

陸軍大学校の正門の対いは、電車通りを隔てて青山御所の楠の森である。

堂々たる三階建の本館は虚飾がなく、いかにも帝国陸軍最高の教育機関たるにふさわしいたたずまいであった。

士官学校を卒業した将校のうち、難関を突破したほんのひとつまみがここに学ぶ。受験資格は隊付二年以上で、三十歳未満が要件となる。その限りにおいては、所属部隊長の推薦さえあれば何度でも受験できるが、多くの者は諦めるか力尽きるかして、三十歳の定限を迎えてしまう。つまり学生とはいえ、その身分は各兵科から選抜された、若い大尉か中尉だった。

おおむね三ヵ年の教育を修了すると、中央省部の幕僚や師団以上の高等司令部の参謀職が約束される。むろんその階梯を踏まなければ、「将軍」と呼ばれる地位に昇ることはできない。

選良中の選良たる彼らは、ひとめでそうとわかる卒業徽章を軍服の胸に飾った。その楕円の形状が、江戸時代の天保通宝に似ていることから「天保銭組」と呼ばれ、一方の「無天組」は大佐か中佐で実役停年となった。

今にして思えば、吉永にも人並の出世欲がなかったわけではない。支那語に堪能であったせいで、軍隊の右も左もわからぬうちに大陸への出張を命じられた。張作霖の軍事顧問といえば聞こえはいいが、新品少尉の任務は通訳と、北京の日本公使館に情報をもたらす諜者だった。

軍事顧問であろうが公使館付であろうが隊付勤務ではないのだから、陸大の受験資格たる「隊付二年以上」という要件は満たさない。そうこうするうちに交替もないまま、年齢定限の三十歳を迎えてしまった。実に異例の軍歴である。

構内を歩みながら、ふと気付いた。

陸大では主として、戦略戦術や参謀要務といった高等用兵を教えるから、教官はみな上級司令部の参謀職を歴任した佐官である。つまり軍服に「天保銭」をつけていない教官は、吉永だけだった。

にもかかわらず、学生たちは吉永に格別の敬意を払っているように思える。将校だらけの構内は礼儀にやかましくはないが、多くの学生たちは吉永に行き合うと、まるで一兵卒のように直立不動の姿勢をとって敬礼をした。

長く張作霖の幕下(ばくか)にあって、内戦の指導をした帝国軍人。ついには奉天郊外において国民革命軍のテロに遭い、片足を失った。

そうした伝説を信じてしまえば、天保銭とも出世とも無縁の中佐であっても、おのずと背筋が伸びるということなのだろう。

四年前の爆殺事件も、昨年九月の柳条湖(りゅうじょうこ)事件も、新聞はこぞって「南軍便衣隊の仕業」と書き立てた。しかし、陸軍省の発表がそうなっているというだけで、あんがいのことに巷(ちまた)では、真実に近い噂が蔓延していた。国民の少なからずが、その方法の是非はともかく、関東軍の謀略であると知っている。

ところが、兵営の中にはそうした噂が届かない。耳にしても拡散はしない。ましてや隊付勤務のかたわら日に夜をついで机にかじりついてきた陸大の学生たちが、悪い噂を信ずるはずもなかった。

そこで、良くも悪(あ)しくも純潔な彼らエリートたちは、真実を探求する気はないが事実には心からの敬意を表して、吉永中佐と行き合えば一兵卒のような敬礼をするのである。

幼年学校から陸軍大学校まで、ほとんど世事にかかわることなく生きてきた彼らを、吉永はこのごろ、純粋培養された異種の生物のように感じ始めている。

語学教官室の席について講義の準備をしていると、庶務掛の下士官がやってきて伝文を手渡した。

〇七三五永田閣下ヨリ電アリ。本日下校後、参謀本部ニ立寄ラレタシ。

「ご本人からの電話かね」

吉永は下士官に訊ねた。時刻からすると、登庁前に自宅から電話を入れたことになるが、いかにも働き者の永田らしいと思った。

副官でも当番兵でもなく、いきなり「参本の永田」というから仰天した、と下士官は答えた。

「着任早々でよほどお忙しいはずだが、かまわんのかな」

時刻の指定はない。時間割を検めて、下士官に指示をした。講義は午後三時に終わる。三宅坂の参謀本部には三十分もあれば着く。あらかじめ伝えておかなければ、永田の予定は分刻みであろう。

ところが、教官室を出た下士官は、忘れ物をしたかと思えるほどじきに戻ってきた。

副官からの伝言で、一五〇〇に公用車を差し向けるという。

「おいおい、副官は何か勘違いをしているんじゃないか」

いえ、永田閣下のご指示だそうです、と下士官は答え、何やら怖いものでも見るように吉永を見つめた。

自分の不自由な体を慮ってくれたのだろうが、きっとまた伝説が生まれる。あの永田鉄山でさえ、吉永中佐には礼を尽くすのだと。

語学教官室にはコの字に机が並べられており、現役将校の最先任である吉永の席は、窓を背にした上座だった。これればかりは伝説のせいではあるまい。天保銭の有無にかかわらず、士官学校の卒業年次がそのまま教官の席次になっていた。

一時限目に支那語の講義はない。始業のベルが鳴ると、室内には吉永のほかに、ひとりの教官が残った。

「永田と申されますと、永田鉄山氏のことですかね」

書物から目を上げて、老教官が訊ねた。

吉永とともにこの春から採用された、民間の学者である。東京帝国大学を定年退官したのち、しばらく私学の教壇に立っていたというから、見かけよりも齢は行っているかもしれない。銀髪を撫でつけ、口髭を立て、三つ揃いのチョッキに金時計の鎖を垂らし、その風貌だけでも正体が知れてしまいそうな老学者だった。

長身痩軀からおのずと滲み出る貫禄は大したものだが、武張った陸軍大学校の空気にはいまだなじめぬらしく、そうして末席に腰かけていても、どこか居場所を探しているように見えた。

「はい、たしかにそうですが——」

と吉永は、永田と自分との関係を、まるで言いわけでもするように説明した。

永田は小学校の先輩であり、生家が士官生徒の日曜下宿であったから、幼なじみのようなものだった。陸大教官の職は永田の恩情なのだが、着任の挨拶もしていないので、心配しているのだろう、と。

老教官はふむふむと肯いた。

「それはあなた、不義理をしておったわけではありますまい。先方もご栄転早々で忙しかろうからと、気を回されたのでしょう」

「たしかにそうですが、直々に電話までいただいて、のみならず公用車を差し向けられるとなれば、立つ瀬がありません。機先を制せられた、というところでしょうか」

メガネに春日を映して、老教官は窓を見上げた。

「永田鉄山という人は、陸軍大臣はむろんのこと、末は首相まで約束された逸材と聞いております。たしかにそうした人物ですかな」

質問の真意はわからないが、吉永はためらうことなく「さようです」と答えた。永田が関東軍の行動にどこまで関与していたかはともかく、暴走列車を制御できる機関士はほかにいない。

「文民の立場で僭越を申し上げるようだが」

と前置きをして、老教官はためらった。

「どうぞご遠慮なく。私もご覧の通りの体で、すでに軍人とは言えません」

「では、簡潔に。いかに有能であれ、一人の人間に権力が集中するのは、国家にとっていいことではありません。むろん、ご本人にとっても。そうしたご関係ならば、永田さんを孤独な英雄にしないよう、留意なさって下さい。ああ、ところで――」

老人はにっこりと相を改め、声まで弾ませて思いもよらぬことを言った。

「あなた、吉永扶先生のご子息でしょう。うすうす考えてはいたのですが、こうしてお話ししてみると、声音も物の言いようもうりふたつです」

吉永は驚いて、今さらながら机上に置かれた名札に目を向けた。英米語教官、田辺(たなべ)寅太郎(とらたろう)。名前に記憶はない。だが考えてみれば、父も東京帝大で長く教鞭を執っていたのだから、さほど年齢のちがわぬこの人物とは交誼があったのかもしれなかった。

「父をご存じなのですか」

「そりゃあ、もう——」

そう言ったきり、田辺教官はじっと吉永の顔を見つめた。言葉にはつくせぬ誼(よしみ)でもあるのだろうか。

「それで、支那語を？」

「はい。とどのつまりは、こんな体になりましたが」

噂は耳にしているのだろう。田辺は義足の来歴を訊ねようとはしなかった。

公用車の車窓から眺める春景色は、まさしく花の大東京である。今年は桜の散り終わらぬうちに八重(やえ)が咲いた。

それにしても、大正九年に着工した新国会議事堂が、いまだに完成を見ぬというのはどうしたことであろうか。

指折り算(かぞ)えれば、今年で足かけ十三年にもなる。機械のない昔に天守閣を建てるにしても、まさかこうまではかかるまい。

関東大震災で工事が中断したからだという話もあるが、帝都はすっかり復興している。ましてや満洲国の国都新京では、日本の国会議事堂にまさるとも劣らぬ巨大な官衙が、昼夜を分かたぬ突貫工事で続々と完成しているという。

もしやわが国では、国会という機能そのものが、さほど重視されていないのではあるまいか。「世界の一等国」としての体面を保つための、シンボルに過ぎぬのではないかと思う。

陸軍省と参謀本部は、その国会議事堂と宮城との間を遮る壁のように、並んで建っていた。俗に「三宅坂」といえば、これらの陸軍中央省部を指す。

軍政を司る陸軍省は官庁であり、陸軍大臣は内閣の一員である。しかし一方の参謀本部は、大元帥たる天皇陛下に直属する軍令の最高統帥機関であり、政治から超然とした参謀総長がこれを管掌する。

帝国憲法に基くそうした軍隊のかたちを考えれば、陸軍省は首相官邸や議事堂に近く、参謀本部は宮城に向き合った場所に、相互の業務の便宜性と法的合理性をふまえて並び建っている、とも言える。

永田鉄山は四月十一日付をもって、陸軍省軍事課長から、参謀本部第二部長に転補された。

実務でいうなら、陸軍の予算を掌握する要職から、作戦上必要な情報を収集分析する担当官への異動である。階級は大佐から少将へと昇進したが、下馬評によれば左遷だといわれていた。大方の予想では、永田少将は陸軍省の最重要職たる軍務局長に上がると目されていたからである。

しかし吉永は、ふいに自宅を訪ねた本人の口から、その部署への異動は自身の希望だと聞いていた。もはや予算の面から関東軍を制御することはできない。参謀本部第二部長として軍事情報のすべてを統監すれば、関東軍の優位に立つと読んだのである。

第二部は情報の収集分析のほか、宣伝謀略をも担当する。すなわち、謀略によって満洲をいいように変えてきた関東軍は、このさき永田の手の内に入る。彼らの勝手な行動を追認するほど、永田は甘くない。

第二部長室の前には莨(タバコ)の煙が立ちこめていた。軍服もあり背広姿もあるが、いずれも「栄転」を祝福する、永田詣での人々である。

隣の副官室で来意を告げると、順番を待つまでもなく扉続きの部長室に通された。

「吉永中佐、入ります」

言い終わらぬうちに、永田の声が返ってきた。

「やあ。青山の住みごこちはどうかね」

金色の階級章がよく似合った。将軍だの閣下だのと呼ばれることは軍人の等しい夢だが、永田の表情は少しも変わっていない。昇進したというより、本来かくあるべき地位についたように見えた。

「このたびは、おめでとうございます、閣下」

腰を折って簡潔な挨拶をした。

「ありがとう。それより、校長にも幹事にもよく言ってあるが、何か気にいらんことがあったら遠慮なく私に言いたまえ」

永田は席を立って、応接椅子に吉永を招いた。給仕が茶を運んできた。吉永に勧めても自分は口にしようとしない。朝からひっきりなしに来客が続いているのだろう。

「ご挨拶が遅れました。ご連絡を頂戴しまして、汗顔の至りです」

「なになに、君のことだから気を回していたのだろう。学生たちの出来はどうだね」

私情を持たぬ人だと思った。自身の立場や面子(メンツ)はまるで頭にはない。旧知の吉永にだけ格別の配慮をしているとも思えなかった。人が永田の権力に阿(おもね)るのではなく、永田の人望が人を引き寄せている。

「聞きしにまさる秀才揃いでありますが、支那語については基礎のある者とない者がおりますので、分割講義の要ありと認めます。すでに幹事には意見具申いたしました」

士官学校予科では、五十分間の外国語教育が年間二百回、本科では百回と定められている。とりわけ二年間で四百回を超える予科の外国語は、どの教科よりも重きを置かれていた。しかし、英、仏、独、露、支那の五ヵ国語から一ヵ国語のみを選択するから、少尉任官時の語学力はいわゆる、「オール・オア・ナッシング」であった。当然、この語学の選択は将来の進路に影響する。中央省部での出世を望むのであれば、駐在武官としての外国勤務が必須だからである。

いきおい士官生徒たちは、入学時の国際情勢に基いて外国語を選択する。かつてはドイツ語を希望する者が多かったが、現在の陸大在校生はおおむね日英同盟の時代に幼年学校や士官学校に入校しているので、英語の履修者が多かった。

昨今の大陸情勢に鑑みて支那語は大人気なのだが、「オール・オア・ナッシング」を一緒くたにして講義することは難しかった。

「なるほど。だが、個々の学力を斟酌する必要はあるまい。やる気のある者は独習をしてでもついてくる。そもそも学問は他者が与えるものではなく、みずから求めるものだろう」

永田の一言には得心させられた。本業の戦技戦術ならばまさかそうとは言えまいが、語学は純然たる学問なのである。

「ところで、君の耳に入れておきたいことがある。わざわざ呼び立てた理由はそれだ」

永田少将は丸メガネを外して瞼を揉みながら、ふいに話頭を転じた。

「先日、お宅に伺ったとき、君はいいことを言った。覚えておるかね。桜切る馬鹿、梅切らぬ馬鹿、という言葉がある、と」

「生意気を申し上げました。ご放念下さい」

「君を現役復帰させたのは、桜を切ってはならぬと考えたからだ」

「自分はそのような意味で言ったわけではありません」

「わかっておる。だが、君はここ二十年間の満洲を、つぶさに見てきた。日本の国益のみを考えず、公平に客観する視野を持っている。叶うことなら私の幕僚に欲しいのだが、そうもいくまい。せめてこのように、電話一本で呼びつけられる場所にいてもらいたい」

ありがたい話だとは思うが、自分が公平な客観を持っているはずはなかった。日本よりも満洲を愛しており、張作霖将軍に対する畏敬の念は、今も錆(さ)びてはいない。

永田は続ける。

「桜は切らぬ。しかし、梅の枝は切らねばならんね。君に言われて決心がついたよ。いっぺんに鋏(はさみ)をふるうわけにはいかぬが、まずは目に余る一枝だ」

その一枝が誰をさしているかはわかった。満洲における謀略のすべてにかかわった土肥原大佐は、永田と同じ四月十一日付で少将に昇進し、広島の第九旅団長に転補されていた。

先日の話によると、永田は特務機関を制御するために、参本二部長を希望したのではなかったか。

吉永が訊ねるより先に永田は答えた。

「どうだ俺の下に直るか、と言ったら、やっこさん苦虫を嚙み潰したような顔をして、それだけはご免こうむると答えた。何も士官学校の同期だからではあるまい。お家芸の謀略が不自由になれば、中央と出先の板挟みになって身動きが取れぬようになる。そこで水を向けた。君もよく働いたのだから、しばらく内地で骨休めをしたらどうかね、と。この永田と一緒に少将への一番出世、生まれ故郷の岡山に近い広島の旅団長ならば、悪い話ではなかろう」

土肥原の内諾を得ると、永田は陸軍省人事局に掛け合って、この昇進と転補を実現させた。組織上は越権も甚だしいところだが、人事局長の松浦少将は士官学校が永田より一期先輩、逆に陸軍大学校は一期後輩という昵懇の仲であった。

吉永の胸は轟いた。梅の枝が剪定される。日本を引きずり回してきた関東軍の幕僚たちが、ようやく切り離される。

「どうだね、吉永中佐。満洲国が建国されて、土肥原の仕事も一区切りだろう。私と板垣の二人の同期から責め立てられるよりは、いったん郷里の旅団長閣下に納まったほうが得だ」

「板垣大佐の去就は」

身を乗り出し、小声で訊ねた。板垣は昇進もせず、異動もしていないはずである。

「いっぺんに枝を切るわけにはいかない。永田の策略だと悟られれば、命などいくつあっても足らんよ。それに、現今の満洲国にとって、板垣は欠くことができまい。次の人事で少将に上げ、関東軍の参謀職を解いて満洲国顧問とでもしたほうが据わりはよかろう。どうだね」

板垣が満洲の風を吸っているというだけでも我慢がならないのだが、建国されてしまった満洲国から誰も彼も抜くわけにはいくまい。

「致し方ないと考えます」

「致し方ない、か。あまりいい返答ではないが、君の心情は察するよ」

腰抜けの政府や省部のように、関東軍の行動を追認するわけではない。満洲国という壮大な既成事実は、もはや覆せるはずはなく、今となってはどうにか形にしていくほかはないのである。

気がかりがひとつあった。

「石原はだめです」

語気を強めて吉永は訴えた。関東軍作戦課長の石原中佐は、階級こそ板垣や土肥原の下だが、一種のカリスマだった。その神がかりめいた思想に板垣がのめりこみ、土肥原が実行した。少くとも吉永はそう確信している。

「問題はそれだよ。やつに限っては、はっきりとした懲罰をくらわせて、陸軍の威信を恢復させなければならぬ」

「懲罰といっても、事由がありません」

「さよう。軍法会議にかけるに足る事由はない。よってこれもやはり、次の異動で閑職に追いやるほかはない。たとえば、兵器本廠付などというのはどうだ。参謀としての仕事は何もない。実役停年を待つ老将校の身の置き場だ。もっとも、やつには省部内にも少なからずのシンパサイザーがおるから、あからさまな懲罰人事と思われても困る。大佐に昇進させればよかろう」

共鳴者（シンパサイザー）という言葉は、共産主義者に対して使われる用語である。永田が石原を嫌っていることは明らかだった。

それにしても、永田の聡明さには舌を巻く。けっして急進的にことを運ぼうとせず、あらゆる均衡を保ちながら、最善の方法を選んでいるように思えた。

軍人には「職籍」と「階級」の二つの価値観がある。つまり、左遷されても階級が上がれば栄転と思えるし、階級を据え置いたまま任務にとどまり続けることも、考えようによっては懲罰と言えた。関東軍を私兵化した三人は、穏やかに処分される。

「次の人事は八月だ。夏には梅の剪定も終わる。その際には、武藤（むとう）閣下に関東軍司令官をお受けいただこうと思っている。ご老体に無理を申し上げるのは心苦しいが、軍司令部の残党どもを押さえこみ、なおかつ満洲国を育て上げる器量といえば、武藤閣下のほかには思いつかんな」

武藤信義（のぶよし）大将は江戸時代生まれの老将軍である。下士官から叩き上げたという異例の軍歴を持ち、その高潔な人柄はつとに知られていた。かつて参謀総長の職も固辞したといわれる武藤将軍が、この難局における関東軍司令官の大役を、はたして引き受けるだろうか。永田の説得に期待するばかりである。

「もうひとつ、君に前もって伝えておく」

「はい、何でしょうか」

「その八月の人事で、大佐に上げようと思っている」

「誰を、でありますか」

「ほかの誰でもない。君を、だ」

吉永は迷わずかぶりを振った。同期生はすでに大佐に昇進した者も多いが、自分は陸軍大学校を出たわけでもなく、永田の恩情によって現役復帰した傷痍軍人なのである。

「そこまでの恩情はご容赦下さい。人事の公正を欠きます」

「恩情ではないよ。私は君の知識が必要だから現役復帰させた。後輩の石原が八月に昇進するのなら、君もそうなっていなければなるまい」

「その理屈には納得できません。この足を奪った者が大佐になるのなら、奪われた自分も大佐にならなければ道理に合わんと申されますか。ならば恩情です」

「まあ、聞け。いいかね、私は情で物事を諮(はか)りはしない。いずれ石原と相まみえたとき、同じ目の高さで議論できる者は、陸軍広しといえども君をおいてほかにはおるまい」

「買い被っていただいては困ります」

「いや。君はおのれの能力に気付いていない。しっかりせんか。君はあの張作霖の霊(たま)代(しろ)でなければならんのだぞ」

永田が吐き棄てるようにそう言ったとき、吉永の瞼の裏にあの日の閃光が燃え上がった。

昭和三年六月四日午前五時二十三分。日本が国家の良心を捨てた瞬間だった。

「閣下——」

そう言ったなり声がつながらずに、吉永は口を被って俯いた。三途の川のほとりで、張作霖が自分を追い払ったのは、おのれの霊代たれと希(ねが)ったのだと思った。たとえ糞野郎と罵られても、彼の愛した日本人のひとりとして、精いっぱい生きねばならなかった。それは、あの皇姑屯(こうことん)のクロス地点にぶちまけてしまった日本人の良心を、一粒でも一滴でも拾い集めることだった。

ふと、永田の手が伸びて義足の膝に触れた。

「なあ、吉永。おまえはほんによくやったぞ。だあれもほめてくれんから、その偉さが自分でもよくわからんのだろうが、俺は承知している。実によくやった」

軍袴の膝をさすり続ける永田の手には、父のような情が通っていた。

三十一

奉天飛行場の空は一刷けの雲もなく晴れ上がっていた。

内地にはありえぬ爽やかな夏である。濾された微風が草原を渡り、太陽は正中にあってもなお柔らかく輝いていた。

到着予定時刻が近づくと、出迎えの人々は誰が命ずるでもなく廠舎や幕舎を出て、滑走路の際に集まった。かれこれ二十分もの間、ほとんど私語もかわさず莨も喫まず、みながみな時計を気にしながら南の空を見上げている。

監視所の櫓の上から声がかかった。

「南南東に機影。距離、一千。双発輸送機、一。戦闘機、三」

志津邦陽大尉は軍帽の庇に掌をかざした。肉眼では判然としないが、軍司令官の座乗する輸送機と、その護衛機にちがいなかった。

風に吹かれているうちに銃創が疼き始めていた。右肩の傷は予後がよかったが、左下腕は神経を繋ぐ手術を施したあと、首から吊ったままである。

ようやく軍務に復帰したとたん、軍司令官着任の通訳という大役を命じられた。八月一日（いっぴ）付で大尉に昇進したのは「名誉の負傷」のおかげではなく、通訳に箔（はく）をつけるためであろう。

昇進の辞令を受けたとき、あんがいいいかげんなものだな、と志津は思った。隊付勤務に精励している同期生の多くが中尉のままであるというのに、かつて軍法会議にかけられたほどの問題児である自分が、まっさきに昇進した。

満洲国が誕生し、関東軍の首脳がそっくり入れ替わる重大な局面において、通訳は中尉より大尉のほうがよかろう、という理屈である。成績も軍功も関係なく、こんなふうにして将校の序列が変わっていくというのは、まこと思いがけなかった。

むろん、星の数が増えるのは嬉しい。幸運であるとも思う。それでも志津の胸には釈然としないものがあった。

もしやこの望外の昇進は、特務機関員としての軍功ではないのか。直属上官の土肥原機関長が少将に進級し、その部下として一連の謀略に加わった自分も、それなりの評価をされたのではないのか。

だとすると、昇進はけっしていいかげんなものではなく、適切であったということになるのだが、志津にはその謀略の結論としての今日の状況を、正当なものとする自信がなかった。

どこかへ流されてゆく。かつてあれほど疑問に思っていた日本の国体とともに、抗うすべもなくいずこかへと。

志津が物思う間に、夏空の機影は次第に膨らんで、爆音が迫ってきた。

武藤信義大将は慶応四年、すなわち江戸時代の末年に生まれた陸軍の長老である。年齢はすでに六十四歳を算え、大将の実役停年である六十五歳には一年を残すのみであったから、このたびの関東軍司令官就任に際しては終身不滅の元帥号を賜わるのではないかと噂されていた。

めったに口をきかない武藤大将には、「沈黙将軍」の異名があった。功名心のかけらもなく、日清日露の両戦役における赫々たる武勲も、みずから語ることはなかった。

そうした人物が陸軍の要職を歴任し、当人が望まぬままに軍人としての位人臣をきわめたのは、ひとえに清廉高潔な人柄ゆえであった。

武藤は就寝前に、必ず端座して一日を省みた。そして言動の過分を悔いた。質素を旨とする軍人は、不要な言葉や行動を戒めなければならぬからだった。そのような自省をくり返すうちに、武藤はいっそう慎しみ深く、言葉少なになった。

栄達を望む周囲の軍人たちの目には、肥前佐賀の武士の子である武藤のそうした人となりが、葉隠武士道の体現者と映った。

一方、日露戦争後はモスクワのロシア公使館に勤務し、陸軍きってのロシア通としても知られていた。大正の末年には関東軍司令官として勤務した経験もあった。

そののちは教育総監を経て、参謀総長に推挙されたが、帝国陸軍の軍令を司る器にあらずとしてみずから辞退した。

本人が語らぬ分だけ、ひとつひとつの逸話は伝説になり、兵営の噂話にもなった。

武藤が下士官兵から神のごとく崇められたのには、もうひとつの理由があった。

軍人としての出自は、陸軍教導団出身の下士官だったのである。明治期の二等軍曹、すなわち伍長から一等軍曹に進んだところで一念発起し、陸軍士官学校に入校した。

いわば下士官兵からの叩き上げで、兵営の物相飯の味を知る将軍だった。時代のちがいこそあれ、兵営から巣立って陸軍大将にまで昇りつめた武藤将軍は、下士官兵たちの等しい夢だった。

政府と軍中央省部は、そうした武藤大将に絶大な権限を与えた。

関東軍司令官兼関東長官兼満洲国駐在特命全権大使。すなわち、軍事、行政、外交のすべての面から日本を代表し、ひいては満洲国を統御する大権である。この三位一体の権限は、実質的な統治権と言っても過言ではなかった。

かつて参謀総長の職を「わが器にあらず」と固辞した武藤大将が、なぜこれほどまでの大任を引き受けたのか、志津には納得がゆかなかった。

真昼の奉天飛行場に輸送機が着陸した。

「軍司令官閣下、ご到着です。満洲国関係者は前、次に日本人官吏、外務省、関東軍司令部の順に整列願います」

露払いの副官が言った。とたんに滑走路は混乱した。出迎えの人々は誰が指示するでもなく、まったく逆の順序で並んでいたからだった。

とりわけ満洲国の要人たちはとまどっていた。彼らの多くは日本語を解さず、また五ヵ月前に建国したばかりの満洲国が自分たちの国家だという自負を、いまだ持っていないように見えた。

プロペラが停止すると、草原に風の渡る音だけが残った。

「軍司令官をお迎えするのは、前任の軍司令官でなければならんだろう」

参謀のひとりが抗弁した。

「いえ、武藤閣下のご命令であります」

副官が毅然と答えた。その一言で、人々は整斉と列を作った。

志津大尉はそれでも先頭に立つことにとまどう張景恵(チャンチンホイ)を説いた。

「閣下(コーシア)。請立在舷梯的下辺(チンリーツァイシエンティダシアビエン)。武藤将軍は駐満大使と関東長官を兼務しております。まずは政府代表たる閣下がお出迎え下さい」

張景恵は参議府議長の要職にある。執政溥儀(プーイー)の政務を補弼(ほひつ)する六人の参議の筆頭であるから、格は「外交部総長」すなわち外務大臣の謝介石(シエジエシイ)より上位である。

「好(ハオ)」

ふくよかな顔をほころばせ、張景恵は後方に立つ関東軍の将校たちに軽く手を挙げてから、タラップの下に立った。

謝介石。清朝の旧臣で日本に留学経験もあり、むろん日本語にも堪能である。満洲国にとっての天敵たる蔣介石(ジャンジエシイ)と同名であるのは、気の毒な限りだった。

袁金鎧(ユアンチンカイ)。参議府参議のひとりである。こちらもまた、悪名高き袁世凱(ユアンシイカイ)とよく似た名前だった。かつては張作霖(チャンヅオリン)の幕下(ばくか)にあったが、息子の張学良(チャンシユエリヤン)政権下では遠ざけられていたらしい。その間に清史の草稿を書き上げたというから、ひとかどの文人なのであろう。ただし文人らしからぬことには、ひどくおしゃべりだった。日本語はからきしなので、志津もいくどか通訳を務めたことがあるが、いわゆる「通訳泣かせ」の軽口には往生させられた。

満洲国の要人たちが、どの程度日本語を解するか、というのは大きな問題である。特務機関員の志津が通訳を務める理由はそれだった。

つまり、今の場合でいうなら、張景恵と袁金鎧は気にかけなくてよいが、謝介石の前ではめったな日本語は使えない。通訳はそうした状況判断をしなければならなかった。

出迎えの整列を見届けたように、輸送機の扉から長身の将軍が姿を現わした。機内は冷えていたのであろうか、軍服の上に外套を羽織っていた。

武藤将軍の写真は少なかった。おそらく当人が目立つことを嫌うせいなのだろうが、それでもひとめでそうとわかる貫禄があった。

眼下から仰ぎ見る人々に対し、武藤将軍は一兵卒のように肘を張った敬礼で答えた。そのしぐさは、相手が誰であろうと、たとえ下士官兵であろうと同様であるように思えた。

重大な局面を迎えて、関東軍司令官は本庄繁中将から武藤大将に代わった。よって新任の幕僚たちもそれぞれ格上げとなった。

参謀長は小磯国昭中将。前任の橋本虎之助少将より格上である。本来ならば軍司令官であってもおかしくはない。前職は陸軍次官なのだから畏れ入る。中央省部の栄職を捨ててまで武藤将軍の参謀長に直るというのは、尋常の話ではあるまい。

小磯中将に続いて、丸メガネをかけた将軍がタラップを降りてきた。

参謀副長の岡村寧次少将。中央省部の実力者である永田鉄山少将の盟友であるという。関東軍の人事刷新には、永田少将が深く関与したという噂があった。

岡村。永田。土肥原。板垣。彼らは「花の十六期」と謳われる陸軍士官学校の同期生である。つまり、土肥原と板垣が作り出した満洲の情勢を、岡村と永田が引き継ぐという図だった。それが事態を収拾するためか、あるいはすでに離任している土肥原少将が捨てぜりふに言ったように、「手柄の横取り」なのかどうかは、志津にはわからない。

土肥原少将は信頼に足る上官であったが、志津はその考えを鵜呑みにしていたわけではなかった。関東軍の行動が、彼らよりずっと後輩の石原莞爾大佐の思想に基いていることは知っていた。板垣も土肥原も、その構想の忠実な実行者に過ぎなかった。

岡村少将に続いて、新任の関東軍参謀が機内から出てきた。八月の定期異動とはいえ、これほどそっくり入れ替わる人事など聞いたためしもない。

旧首脳部で満洲にとどまるのは、先日少将に昇進した板垣のみと言ってもよかった。それも「関東軍司令部付満洲国執政顧問」という、実権の伴わぬ役職である。ひとりぐらいは残しておかなければ勝手がわからぬ、という程度の意味であろうか。

志津は滑走路に降り立った武藤将軍に正対した。

「志津中尉――もとい、志津大尉であります。通訳を務めさせていただきます」

特務機関員は所属を申告してはならない。そのことにばかり捉われて、思わず言い慣れた階級を口にしてしまった。

武藤将軍は失言に苦笑してから、深いまなざしで志津の顔を見つめた。眉も口髭も白かった。

「おめでとう」

ひとことそう言って、律義な敬礼を返してくれた。実に「沈黙将軍」である。たぶん、この若い将校が八月の人事で昇進したばかりなのだろうと読んだ。「おめでとう」の祝辞はそれ以外にありえない。

「こちらは参議府議長の、張景恵(チャンチンホイ)閣下であります」

二人は固い握手をかわした。

「張閣下（チャンコーシア）、我姓武藤（ウォシンウートン）。請多多関照（チントウオトウオグアンジャオ）」

将軍が正しい北京語で言った。声調に誤りはなく、丸覚えした挨拶とは思えなかった。その発音から察するに、おそらく通訳は不要であろう。

言葉は通じぬほうがよい、と将軍が決めているような気がした。さすがに政府代表の張景恵には礼を尽くしたが、謝介石（シエジエシイ）にも袁金鎧（ユアンチンカイ）にも、将軍は「初めてお目にかかります。よろしく願います」と日本語で挨拶をした。

ほかの会話は何もなかった。日本語が達者な謝介石も、おしゃべりの袁金鎧も、将軍の貫禄に気圧（けお）されたように無言だった。通訳の出番はなかった。

満洲国の官吏と外交官の前は、挙手したまま素通りした。

将軍は正午の太陽が落とす小さな影を踏むように、やや俯きかげんに歩み、整列する軍人たちの前で足を止めた。

この先は通訳が不要でも、将軍のかたわらを離れてはならぬという役得があった。

本庄中将の表情は固かった。昨昭和六年八月に軍司令官として着任したばかりで、まさか任務をおえたとは言えまい。軍事参議官への転補は体（てい）のよい左遷と見られていた。

板垣や石原らは、この温厚な軍司令官の着任早々を狙って、満洲事変を起こした。

本庄中将は状況を摑みきれぬまま、事実を追認した。軍中央はそれを統率力の不足と見たのである。

「沢庵石(たくあんいし)になりそこねたな」

武藤将軍はぽつりと言った。周囲は息をつめた。急進的な参謀たちを押さえつけるはずの沢庵石が、用をなさなかったのである。

まるで刃物のようなひとことであった。並べ立てればきりがない叱責を、最も短い言葉にすればそうなるのだと志津は思った。

武藤大将の視線が、かたわらに佇立(ちょりつ)する橋本少将に向けられた。

「わずかな間だったが、ご苦労でした」

参謀たちを統御できなかった前任の三宅少将は、すでに離任している。橋本参謀長は先月着任したばかりだった。つまり、軍司令部の刷新に先行して参謀長に就き、部下たちを監督する役目だったことになる。

「ご苦労でした。細部についてはのちほど申し受けます」

後任の小磯が労(ねぎら)い、「よろしく願います」と橋本が答えた。

武藤将軍はひとつ肯いて歩みを進めた。

こうしたやりとりを見聞できるのは役得にちがいないが、志津は耐えがたい気分になった。将軍たちの研ぎ澄まされた言葉の奥底に、やるかたなき忿懣を感じ取ったからだった。

良識ある帝国軍人の、正当な怒りなのである。そして志津自身は、関東軍の方針に疑問を抱きながらも、土肥原機関長の命令を忠実に実行してきた。謀略に加担した自分も、叱責されているのだと思った。

「貴官には居残ってもらう」

武藤将軍は板垣少将をひときわ強いまなざしで見据えた。

「はっ。五族協和の実を挙げるよう、引き続き粉骨砕身の努力をいたします」

返答があったのはさすがである。板垣は関東軍高級参謀の立場で、軍司令官も参謀長も手玉に取った。

武藤将軍は物を言わなかった。沈黙が板垣を責めていた。岡村参謀副長が対峙する二人の仲に入った。

「五族協和の建国精神に則れば、日本人官吏の数は二割でなければなりませんな、板垣さん」

おや、と志津は岡村少将の横顔を窺った。かつて上海派遣軍の参謀副長の任にあった岡村には、前線部隊の参謀という印象があったのだが、厚いメガネをかけた表情は能吏を思わせた。

言い得て妙である。満洲国の人口は約三千万人、うち日本人は二十四万に過ぎず、わずか一パーセントにも満たない。しかし現実には官吏の過半数が日本人に占められている。

たとえば、リットン調査団の報告に基き、満洲国の正当性が国際連盟において問題視された場合、「人口比ではなく五族協和の建国精神に則り」という合理的な主張をするためには、吏員の定数を二割に押さえねばならない。岡村はその点を端的に述べたのである。

「岡村閣下。ここはそのような議論をする場所ではありません。お控え下さい」

板垣の隣りで、石原大佐が諫(いさ)めた。とたんに空気の色が変わった。石原らしいといえばそうなのだが、いかにも「下剋上」と思える物言いだった。

しかし、いくら何でもその言いぐさはあるまい。二人が今にも軍刀を抜いて切り結びそうな気がして、志津は思わず武藤大将の体をかばった。

石原大佐は悪びれるふうもなく傲然と立っており、岡村少将はメガネを陽光に輝かせて向き合っていた。

岡村少将が旧司令部の一同を見渡しながら言った。

「武藤閣下にかわって、岡村が物を言わせていただく。石原の拡げた大風呂敷を、閣下は畳みにこられた。その点を肝に銘じていただきたい」

石原大佐が言い返した。

「それは、参謀本部の永田閣下からの伝言ですな」

あたりは冷えびえとして、陽光も翳ったかのように思えた。

官吏や公使館員に聞かせる話ではない。ましてや日本語を解する中国人もいるのだ。

剣呑な空気を払ったのは、沈黙将軍の閑かなひとことだった。

「ところで、君は誰かね」

石原莞爾の名を知らぬ者はあるまい。だが、たしかにまったく知らぬような顔で、武藤大将は訊ねた。

虚を衝かれた石原大佐が、まともに名乗りを上げた。

「関東軍作戦課長、石原大佐であります」

「ああ、それは前職だな。現在はどのような任務についておるのか」

「もとい。八月八日付を以て、陸軍兵器本廠付を命じられました」

「そうか。ならばただちに出発せよ。申し送りの必要はない」

空とぼけてはいても、将軍の言葉に含まれた意味は重かった。

叱るでも責めるでもなく、将軍は石原莞爾の存在そのものを否定したのだった。

天才と呼ばれ、ともすると英雄扱いされる石原の思想を根本的に排除しなければ、満洲国の未来はないと暗に言っているようにも思えた。

「閣下――」

一歩進み出て、いったい何を言おうとしたのか、石原大佐の声を武藤大将はふたたび遮った。

「ああ、君は誰だったかね」

「石原であります」

「知らんな」

将軍は長靴を軋ませて立ち去った。滑走路の先には、日章旗と大将旗を前面に立てた黒塗りの公用車が待っていた。先回りをした副官が扉を開けた。

「志津大尉、同乗せよ」

将軍に誘われて志津はとまどった。

「いえ、本庄閣下が同乗されます」

「貴官に話があるのだよ」

振り返れば、純白の滑走路から立ち昇る陽炎の中に、人々は見送るでもなく佇んでいた。

「君は志津閣下のご子息だな」

車が走り出すとじきに、武藤将軍が語りかけてきた。

憲兵の乗る側車付きのオートバイが先導し、道路のあちこちに警察官と兵隊が立っていた。畑に農民たちの姿がないのは、外出禁止の命令が出ているのだろう。

運転手も助手席の副官も、木偶のように正面を向いたままだった。

「やはりそうか。珍しい苗字だからわかりやすい」

「はい。逃げも隠れもできません」

武藤大将が相好を崩した。

「お父上はお元気かね」

「便りがないのは達者な証拠であります」

志津はふと、この状況に既視感を覚えた。

雷鳴の轟く中を、代々木の陸軍刑務所からいずこかへと連れ去られた。乗用車の隣席には侍従武官長の奈良将軍が座っていた。

その夜の記憶が甦ると、夏の風景がふいに暗転して、東京の深い闇にくるみこまれたような気分になった。

遠い昔のように思えるのだが、まだ三年ばかりしか経っていない。退役少将の倅があろうことか怪文書を撒き、禁固六月の刑に処せられた。軍籍にある限り、志津という珍しい苗字は罪を背負い続けているようなものだった。

「奉天に到着して、初めて出会った人物が君だとはな」

前科者だとはな、というふうに聞こえた。整列に手間取っていたために、たまたま通訳の自分が真先に挨拶をすることになっただけだった。

しかし、それを不快に思っているのならば、どうして本庄中将の乗るべき車に、陪乗などさせたのだろう。

武藤将軍の寡黙さに、志津は苛立った。

「心外であります」

きっぱりと言った。助手席の副官が驚いて振り返った。

「かまうな。聞かなかったことにせよ」

実直そうな若い少佐は、志津の顔を睨みつけてから、また木偶のように正面を向いた。

「続けよ、志津大尉。いったい何が心外なのかね」

志津はためらわなかった。

「自分は、罪を得たことをいささかも恥じてはおりません。反省もしておりません。思うところを口にも出さず、保身に汲々としている軍人こそ卑怯者であります」

武藤将軍はしばらく目をとじて黙りこくった。

「どうした。続けよ」

「軍は憲法に定められた統帥大権を利用して、勝手放題をいたしております。天皇機関説をこぞって排撃しながら、畏れ多くも天皇陛下を国家の一機関に貶めているのはほかならぬ軍であります。良識ある国民は共産主義者とひとからげにされて、治安維持法のもとに弾圧されます。良心を持つ軍人はこの通りになります。沈黙する者が善であり、沈黙せざる者が悪とされるのであれば、自分は前科者でけっこうでありま す」

「それだけか」

「はい。ご無礼を申し上げました」

将軍はまたしばらく押し黙った。

関東軍の拡げた大風呂敷を、武藤大将とその幕僚たちが畳みにきたことはわかっている。だが、満洲事変勃発の時点ならばともかく、満洲国という既成事実を、今さら覆すことはできまい。わずか一年足らずの間に、事態は取り返しのつかぬところまで進化してしまっていた。「沈黙する者が善」は、いささか言葉が過ぎたが、将軍の胸のどこかにとどまってほしいと志津は願った。

「たしかに明晰で、弁も立つ」

将軍は独りごつように呟いた。妙な言い方である。ふと思い当たって、志津は背筋を伸ばした。

「しかも、遠慮を知らぬ」

誰かが将軍の耳に、そうした自分の気性を伝えた。

「閣下は、参内なさったのでありますか」

「当たり前だろう。辞令一枚で承るほど軽い任務ではない」

関東軍司令官、関東長官、特命全権大使は、いずれも天皇が親しく命令を下達する親補職もしくは親任官である。三つの大役を同時に拝命するなど、歴史上前例があるまい。

「畏れ多くも大元帥陛下におかせられては——」

将軍が厳かにそう言ったとたん、副官も運転手も凛と姿勢を正した。

「志津を宜しく頼むと仰せになった。むろん志津閣下の倅だからではない。聖上は貴官の働きを嘉しておいでだ」

飛行場で誰よりも先に名乗りを上げたとき、武藤将軍はさぞ驚いたにちがいない。通訳を指名したはずもなく、ましてや出迎えの序列の変更によって、たまたま志津が先頭にいたのである。偶然ではないとすれば、あるいは神意かとも思えた。

雷鳴の夜の出来事は、忘れようとつとめてきた。もしそれを事実であると信ずれば、おのれが変容してしまうと思うからだった。良識ある国民も、良心を抱く軍人も、けっして特別な人間であってはならなかった。

だのに、どうして陛下は、自分のことをいつまでも気にかけておいでなのだろう。ありがたさと訝しさが、胸の中で渦を巻いた。

「その傷はどうした」

今さら気付いたように、武藤将軍は肩から吊った志津の左腕に目を向けた。

「匪賊に撃たれました」

将軍が顔を顰めた。

「そのようなことでは、聖上に申しわけがたたぬ。討伐に出ておるのか」

「いえ。隊付勤務ではありません」

志津は繋ぐ言葉をためらった。

「――特務機関であります。満洲国官吏の顔をおよそ知っているので、通訳を命じられました」

車は唐黍がみっしりと実をつけた郊外の田園を走り抜け、奉天の市街にかかろうとしていた。沿道には日満の両国旗を打ち振る、子供らの姿があった。ロータリーを行き交う車は一台もなく、信号機は消えており、巡査や憲兵の吹き鳴らす警笛が、あちこちから聞こえた。

「生意気を申しました。悪くありました」

思いがうまく言葉にならず、志津は頭を垂れた。

「反省せぬと言った口が、詫びを入れるのか」

「軍を非難した自分が、軍命に従って数々の謀略に加担いたしました」

三年の間に、自分は穢れたのだと志津は思った。

胸に渦巻く、ありがたさと訝しさの正体はそれだった。陛下が気遣って下さる潔癖なおのれはとうに死んでおり、今ここに生きているのは、かつて最も忌避していたはずの、天皇を国家の一機関と定めて恥じぬ、関東軍将校のひとりであった。

「生真面目な男だ」

将軍はひとこと、溜息まじりに言った。軍人が軍命に忠実であるのは当然だ、と考えたのであろうか。あるいは、父の生真面目さをよく知る人なのかもしれなかった。

車は大広場のロータリーに入った。将軍の宿舎は、そのほとりに建つ大和（やまと）ホテルである。

「今後、君を危い任務につかせるわけにはいかぬ。本日付を以て、特務機関員の任を解く」

「それは、命令でありますか」

「関東軍司令官、関東長官、および駐満全権大使の通訳を兼ねよ。追って副官より沙汰する」

つまり、武藤大将の専属通訳ということになる。助手席の副官が「了解しました」と答えた。

口頭命令を復唱すべきかどうか迷ううちに、車は奉天大和ホテルの車寄せを駆け上った。

栄誉礼のラッパが嚠喨（りゅうりょう）と鳴り渡り、号令とともに一個小隊の儀仗が捧げられた。

車を降りたとたん居場所に迷って、車寄せの端から大広場を見渡した。夏の光に満ちたこの平安は、穢れてしまった自分の体を潔斎（けっさい）してくれるのだろうか。

「通訳官、前へ！」

副官が呼んだ。ホテルのロビーには日満の名士たちが武藤大将を待ち受けている。支那語が達者でもわからぬふりをする沈黙将軍の背中を追って、志津大尉は緋色の絨毯を踏んだ。

三十二

私は嘘をついたことがない。

おのれの心に蓋(ふた)を被(き)せて、同意や妥協はしてきた。だが、口に出せば嘘となるような付言はしなかった。

庶人の間には嘘がはびこっているという。欺(だま)し欺されつつ利害得失を定めてゆくことが、下々の暮らしであるらしい。

むろんそうした世の中のありようは、皇帝たる私の不徳とするところではあるが、天命を戴く中華皇帝が嘘をつくはずはない。

天は嘘をつかぬからである。夜明けとともに東から日が昇り、正確な躔度(てんど)をたどって移ろい、やがて西の地平に沈む。夜空を宰領する月の満ち欠けにも誤りはなく、星々は季節に順って回座する。

人間はもとより、草木に至るまで生きとし生けるものすべては、その天の掌のうちにあるのだから、世の中にいかほど嘘いつわりがはびころうとも、ひとり私は真実であらねばならぬ。皇帝が嘘をつけば、世界はたちまち滅びる。

偽。謊言。假話。

正しくは、そうした言葉の意味を私はよく知らない。物心ついてよりこのかた、私の財産の中に贋物が何ひとつなかったように、嘘もまた存在しなかったからである。

古代の玉斧。毛公の鼎。玄宗皇帝の鶺鴒頌。徽宗皇帝の聴琴図。清明上河図。王朝の興亡にかかわらず伝世されてきたそれらの宝物が、贋いであるはずはない。むろん王羲之の快雪時晴帖は精密な模写であり、蘭亭序は拓本であるのだけれど、真実をかくも追究した芸術を贋物と呼べるはずもなく、乾隆様はむしろ第一等の宝物と定めて珍重なされた。

そうした真と善と美とに囲まれて育った私の暮らしには、嘘のつけ入るすきがなかった。

偽。謊言。假話。

いや、もしかしたら——それらは存在しなかったわけではなく、皇帝たる私にとって存在してはならぬものであっただけなのかもしれないが。

書斎の回転椅子に身を沈めたまま私は呟(つぶや)いた。

「窓(チュアン)――」

たちまち御前太監(タイチエン)が駆け寄ってきて、私の目の高さを越えぬよう頭(こうべ)を垂れながら、ゆっくりと窓を開けた。

さわやかな風が私を窓辺に招き寄せた。長春(チャンチュン)の夏は、その名の通り長い春のようにここちよかった。極楽浄土もかくやと思えるほどに。だから私は日に幾度も窓を開け閉(た)てさせて、新調した軍服の胸一杯に澄んだ大気を吸いこみ、都を営む槌音に耳を澄ませる。

新京(シンジン)。復辟の都。私はこの地で大清の祖業を回復する。満洲国執政はひとときの仮の姿である。五族協和の理想国家が定まったならば、私は必ず満洲帝国皇帝として即位し、そして急ぎはしないがいずれ、国号も「大清帝国」に改めるだろう。すなわち私は三千万国民に推戴された執政ではなく、満洲帝国初代皇帝でもなく、清朝第十二代宣統帝(シュアントンディー)として全(まった)き復辟を果たす。

しかし今は、その志を露わにしてはならない。隣邦日本の援助を得て、一歩ずつ着実に段階を踏まなければ。

幸い天津（ティエンジン）における七年の間に、私は超然たる中華皇帝の権威を遠ざけ、良識あるひとりの紳士に生まれ変わった。日本の軍人たちと同じ目の高さで語り合うこともできるし、初対面の人間にみずから手を差し延べて挨拶もする。私の前で叩頭（こうとう）の礼を尽くすのは、皇族と旧臣と、身の回りの世話をする宦官（ホアンクワン）たちだけだと言ってもよい。だから誰に対しても、心に蓋を被せて願望を色に表わさず、時には意に反して同意や妥協をすることができる。ただし、嘘はつかない。天は嘘をつかぬからである。

まだ凍土もとけぬころ、私はこの地を踏んだ。

去年の十一月に天津を脱出し、湯崗子（タンガンヅ）の温泉にしばらく滞在してから大連（ダアリエン）に向かった。ようやく腰を落ち着けたのは、旅順（ルーシュン）の粛（スー）親王邸であった。

北京でのクーデター以来、皇族はばらばらになっていた。蔣介石（ジャンジエシイ）と話し合って北京に住み続ける者もあり、私に従って天津に移り住む者も、東北に逃れて日本軍に庇護される者もあった。

粛親王家は太宗皇太極（ホアンタイジ）陛下の長子である豪格（ホーゲ）殿下を祖とし、その肇国（ちょうこく）の功績により永代親王家とされていた。しかも旅順は日本の租借地であり、関東軍司令部のお膝下でもあるのだから、私と皇后が身を寄せるには格好の場所であった。

旅順で冬を越した。海辺の気候は温暖で湿り気があり、寒さに弱い私たちにとっては過ごしやすかった。

新国家の首都が長春(チャンチュン)だと聞いたときは驚いた。私の落ち着き先は、東三省の中心地であり、清朝の故地でもある瀋陽(シエンヤン)だとばかり思いこんでいたからである。

当然のことながら婉容(ワンロン)は、そんな北涯の地には行きたくないと駄々をこねて私を困らせた。

凍餒蛮野(とうたいばんや)というわけではあるまいが、長春は吉林(ジーリン)省内の小都市に過ぎない。かつて大清の督軍が置かれていた吉林ならばいざ知らず、どうして長春なのだろうと私も疑問に思った。

だが、答えは簡単だ。東三省の大都市には、張作霖(チャンヅオリン)政権の影響が色濃く残っている。大人気の「東北王(トンペイワン)」が何者かに爆殺されてからいまだ四年足らず、息子の張学良(チャンシュエリヤン)が東北を追われてからも、半年しか経ってはいない。新国家の首都は、まさか張作霖が本拠地とした瀋陽であってはならず、吉林もハルビンも好もしくはなかった。

そうこう考えれば、北のハルビンと南の瀋陽のちょうど中間にあたるこの地に、新しい都を営むというのはけだし名案であろう。土地はいくらでもあり、伊通河(イートンホー)の水も潤沢である。そして既存の勢力は皆無と言ってよい。すなわち国都新京(シンジン)は、父祖の駆けた大草原のただなかに、天から生み落とされた無垢の赤児のようなものである。一点の穢れもなく、嘘も知らず、玲瓏たる泣き声を上げつつ誕生した赤児の都。私は仮宮殿の窓の高みから、その姿を愛おしみ、その産声に耳を傾ける。

旅順の粛親王邸で迎えた二十六回目の誕生日は、かつてないほどささやかなものだった。

私の立場がどうなるかわからなかったから、誰も彼もおっかなびっくりで、祝賀にも来ようとはしなかった。ことここに至っても私と関東軍の間では、新国家の国体についての折衝が続いていたのである。

土肥原特務機関長と曖昧な妥協をして、私は天津を脱出した。しかし思いがけなくも、新国家に私を受け容れる準備は整っていなかった。年越しを挟んで四ヵ月近くも、旅順に逗留することとなった。

梁文秀はひそかに建言をした。国体について話を蒸し返す好機である、と。

ひとけのない粛親王邸のテラスに私を誘い出して、梁文秀はあの睫の長い、いつも眩しげに遠くを見つめているような目を海に向けたまま、きっぱりと私に告げた。

「よろしゅうございますか、万歳爺。心してお聞き下さい。旅順行在がかくも長引いている理由はふたつあります。ひとつは、馬占山将軍がいまだ抵抗を続けていること。もうひとつは、日本政府の犬養首相が満洲国建国について消極的であることです。しかも、国際連盟の調査団はほどなく日本を離れて、上海へと向かうでしょう。関東軍の計画は手詰まりとなりました。口でどう強がりを言おうと、現在の局面は万歳爺が優勢であり、関東軍は劣勢です。今このとき、一年後に帝政施行という確約をお取り下さい。よろしゅうございますか、万歳爺。大清復辟をなす絶好の機会ですぞ。一年以内に帝政が実現されぬ場合は、ただちに執政を辞するという条件を、万歳爺ご自身から関東軍に対してご提示下さい」

それだけを言って梁文秀が立ち去ったあとも、私はしばらくの間、じっとテラスに佇んでいた。妹たちや粛親王家の娘たちが機嫌を伺いにきたが、いっさい意に介さず黙りこくって海を見ていた。

梁文秀の建言が、常に正鵠を射ていることは知っている。そして、言葉には無駄がなかった。

話を蒸し返すとは言っても、共和制を帝制にせよというわけではない。関東軍が妥協しうるぎりぎりのところは、「一年間の猶予」であると梁文秀は読んだのだ。

もしその交渉の限界を読みたがえたなら、私はあの張作霖と同じ運命をたどるかもしれなかった。

一年以内に帝政が実現しなければ、ただちに国家元首を辞する。そう、そのような事態になれば、私の命がどうなるかはともかくとして、新国家は支柱を失って崩壊するやも知れず、なおかつ満洲国はなるほど日本のこしらえた傀儡(かいらい)国家であると、世界に向かって宣明することになる。

一見してささやかな願望のように思えながら、なるほどこれは新国家を大清復辟の確実な階梯とし、併せて日本の傀儡国家とさせぬ重大な約束である、と私は思った。

交渉相手が土肥原から板垣に代わったことも幸いだった。話を蒸し返すのではなく、前任者との間で懸案とされていた、曖昧な部分を明らかにするだけなのである。

私を天津(テイエンジン)から脱出させたあと、土肥原はハルビン特務機関長に転じていた。馬占山将軍の帰順工作をなすためであろう。いやはや、まさしく八面六臂の大活躍だ。

驚いたことに、その馬占山はほどなく帰順し、東北行政委員会のひとりに名を列(つら)ねた。じきにまた叛旗を翻(ひるがえ)すことになるのだが、何はともあれいったん問題を除去して、三月一日の満洲国建国宣言にまで漕ぎつけたのだから、土肥原の功績は嘉(よみ)するべきであろう。

そして、私は三月八日に長春(チャンチュン)へと至り、翌九日の執政就任式に臨(のぞ)んだ。

国際連盟調査団が上海に到着したのは、実にその五日後、三月十四日のことであった。

短い夏は去ろうとしている。

やがて、さらに短い秋が過ぎれば、新京(シンジン)はガラスのように硬く凍りつく。

快(クアイ)！　快修建(クアイシウジエン)、快！　快！

急げ、早く造れ、と私は胸の中で叫んだ。冬が来る前に。大地が氷に鎖(とざ)されるまでに。

この執務室の壁に貼られた都市計画図や、応接室に置かれた巨大な模型を見る限り、国都が完成するまでにはまだ数年を要するであろう。しかし、日本の技術者たちはまるで魔法でも使うように、驚くべき速度で工事を進行させている。私が到着した三月の初めには、街路の形すら満足に整っていなかったものが、わずか半年の間に、こうして心が急(せ)くほどの具体となった。

聞くところによれば、九年前の大地震で壊滅した東京を、たちまち復興させた建築技術と人々の強い意志とが、この国都建設事業に発揮されているらしい。

好(ハオ)。すばらしい。日本は千辛万苦(せんしんばんく)ののちに実力を得たのである。「苦中(くちゆう)の苦を受けずんば人上の人為り難し」という言に則れば、日本はやがてアジアの盟主となるのかもしれぬ。関東軍の軍人たちが言う通りに。

その未来を、喜ぶべきか悲しむべきか、今の私にはわからない。日本の支援によって私は復辟をなすのだが、本来アジアの盟主たるべきは、中華皇帝でなければならぬのだから。

だが今は、遠い未来について考えてはならない。目の前の階段を一歩ずつ、正確に上らなければ。たしかに日本の技術には目を瞠るばかりだが、土を運び石を担ぎ、道具を揮っている労働者のあらかたは、日本人ではない。

「快。快修建。快、快」

逸る気持ちを抑えきれず、彼方の地平まで拡がる工事現場に向かって私は呟いた。

妻は御料車のデッキから降りようとはしなかった。

列車内で喫み続けていた阿片のせいで、いくらか正気を欠いていたのはたしかだが、女官や太監たちがいかに宥めすかしても手すりにしがみついて駄々を捏ねる姿は、まるで童女のようだった。

阿片の吸引を許したのは、鎮静効果によって不安や寒さが和らぐと思ったからである。たしかに御料車の車内では落ちついていたのだが、長春駅に到着したとたん「帰る」と言い始めて、座席から立ち上がろうともしなくなった。

皇后を力ずくでどうこうするわけにはいかない。そのうえプラットホームには新国家の顕官たちが勢揃いしており、朝袍の礼装をこらした満洲旗人が何十人も、両膝をついて涙を流していた。

私は妻を抱き寄せ、従者たちにはわからぬよう英語で説得した。

「ねえ、エリザベス。帰ると言っても、私たちにはもう帰るところはないのだよ。この長春が新しい住いなのだから、聞き分けなくてはいけない」

妻はセーブルの外套の襟に白い顔をうずめ、真珠のネックレスを音立てて首を振った。

「プリーズ・ゴー・バック。プリーズ」

妻は私に従順だった。この世で最も高貴な妻である皇后は、夫たる皇帝に対して誰よりも敬意を払うからである。

しかし切実に懇願する眶には、ネックレスの一粒を零したかのように、丸い涙がたたえられていた。

「では君に訊ねよう。いったいどこに帰るのだね」

真珠はほろほろと頬を伝い落ちた。

「叶うことなら、北京へ」

悲しい歌を口ずさむように、妻は言った。

「むりだよ、エリザベス。紫禁城は博物館になってしまった」

「ならば、天津（テイエンジン）へ」

私は無言で否んだ。

「旅順（ルーシュン）でもいいの。お願いよ、ヘンリー。ここ以外のどこでもいいの。ここでさえなければ」

　とても嫌な気分になった。阿片で正体をなくした妻の体に父祖の霊が降りて、私に忠告しているような気がしたのだった。

　ここだけはいけない、と。

　私は悪い想像を振り払って、妻の手を引いた。

「ここしかないのだよ」

　ようやく立ち上がった妻の体を従者の手に托して、私は御料車を降りた。だが妻はデッキに出て氷点下の風に吹かれたとたん、また動かなくなってしまった。

　私がプラットホームに立つと同時に、軍楽隊の演奏が始まった。まるで聞き憶えのない楽曲だが、たぶん作られたばかりの満洲国国歌なのだろうと、私は勘を働かせた。

演奏が終わると、一個小隊の儀仗を受けた。小雪まじりの風はプラットホームを吹き抜けており、私は終始帽子の鍔を押さえていなければならなかった。

その間にも、妻はデッキの上でじたばたとしていた。人々の目にどう映ろうと、皇后の蔭口を叩く者はおるまい。「少々おむずかり遊ばされ」ているだけである。しかし儀仗が終わってもまだ鎮まらぬので、私はほんの一瞬だけ顔をめぐらせてデッキの上を睨みつけた。

あたりはしんと静まった。

「シーズ・カニング」

呟くような声が聞こえた。

何と言った？　英語に不自由はないはずだが、意味がわからなかった。

嘘をついたことがない私は、同様の理由から卑しい言葉もよくは知らなかった。学んではいても必要がないので忘れてしまう。だからとっさに、妻が皇后としてふさわしからぬ英語を使ったということはわかった。

私は穢れた言葉を聞き流した。すると妻は追いうつように、今度はあたりの静寂を揺るがすほどの声で叫んだ。

「シーズ・カニング！　シー・イズ・ノット・フェア！」

あの子はずるいわ。ずるいわよ、と。

私は妻の声に打ちのめされた。おそらくあの場に居合わせた誰も、たとえ日本人の有能な外交官といえども、その意味は理解できなかっただろう。

妻は言ったのだ。逃げ出した皇妃はずるい、と。おかげで自分ひとりが、この「蒙塵」の伴をするはめになったのだ、と。

私は妻に背を向けたまま、風に向かって歩き出した。

御前太監（タイチエン）たちが行手に這いつくばり、万が一にも私が足を滑らせぬよう、プラットホームの雪を掃き続けた。

周囲には多くの人があったが、どれもこれも見知らぬ顔だった。

曰（いわ）く、大清の遺臣。ただし忠義のほどは不明。

曰く、愛新覚羅（アイシンギョロ）の眷族。しかし私との血脈など、なきに等しい。

いくらか見ばえのする紳士や軍人は、おそらく張作霖（チャンヅオリン）の子分どもだろう。

そして、そのいずれともつかぬうさんくさい連中が、ともどもに私を遠巻きにして歩いていた。

線路の向こう側には、五色旗を振りながら歓声を上げる子供らの姿があった。国歌。国旗。そして執政。ともかくこれで、新国家の体裁は整ったのだ。

雪は真向から私の眼鏡に吹きつけて、視野を濁らせた。これは塵ではないと、私はおのれに言い聞かせながら歩いた。

妻の叫び声が耳にこびりついていた。ああ、何としたことだ。心から愛し、かつ敬する夫に随(したが)っているのではなく、逃げ遅れただけであったとは。

だが、けっして憎んではならない。それは「嘘」と同様に、皇帝が抱いてはならぬ感情なのだから。なおかつ私にとって、婉容(ワンロン)はたったひとりの妻なのだから。

「万歳爺(ワンソイイエ)。お背中をお伸ばし下されますよう」

梁文秀(リアンウエンシウ)が小さく叱ってくれた。

そうだ。そうだった。私は群衆のひとりではなかった。長春(チャンチュン)駅に犇(ひし)めく人々の視線は私に向けられていた。そればかりか、あちこちで間断なく炸裂するフラッシュ・ライトの向こう側には、世界があった。人類は今、中華民国の四分の一を分かって突如出現したこの国家に注目していた。その執政官たる私は、けっして囚(とら)われ人のように俯いていてはならなかった。

背筋を伸ばし、彼方の未来だけを見据えて堂々と歩くのだ。

その日の長春は雪と氷に鎖（とざ）されていた。

仮宮殿に向かう道々、窓の外の風景に目を奪われた。国都の体様はいまだしだが、完成した折の威容は十分に想像できた。

私の後から車に押しこめられた妻も、景色を眺めているうちに落ちついた。

「旧市街の人口は現在十五万人に過ぎませんが、ご覧の通りの新市街地が完成を見たあかつきには、百万人の大都市とする予定です」

対（むか）いの座席に陪乗する熙洽（シーチア）が説明を加えた。

「一百万（イーパイワン）？　それは実数かね、それとも譬（たと）えかね」

私の質問に対して、熙洽は自信たっぷりにほほえみながら答えた。

「もちろん実数です。計画上の目標ではありますが」

この男のことを、私はよく知らなかった。太祖ヌルハチ公の弟君の末裔であるらしいが、少くとも爵位を持つ諸王家の出身ではない。つまり、「私との血脈などなきに等しい愛新覚羅（アイシンギョロ）の眷族」に分類されるひとりである。

しかし革命前に日本の陸軍士官学校に留学し、帰国後は宗社党の復辟運動にも参加したというから、「大清の遺臣」であるとも言える。

そのうえ民国成立後は、東北陸軍講武堂の教官を務めており、張作相(チャンヅオシャン)の配下でもあったらしいので、「張作霖(チャンヅオリン)の子分」という分類もまた可である。

それらの経歴を綜合すると、すなわち「そのいずれともつかぬうさんくさい連中」の典型と考えてよいのであろう。

ただし、筋金入りの軍人であるから押し出しが利く。皇族とは言えぬまでも満洲旗人の品格はある。それらが相俟(あいま)って、五十歳という年齢が信じられぬくらい若々しかった。

車列は雪原の中のロータリーを一周した。広大な新市街地は平坦ではなく、ゆったりと起伏していた。

都市計画図はあらまし頭に入っていたが、実際の規模は私の想像を遥かに超えていた。

「この大同広場の直径は三百メートル、外周は一キロに及びます。ヨーロッパの諸都市にも、これだけ大きなロータリーはありますまい」

熙洽(シーチア)は自慢げに言った。

「凱旋門は建てるのかしら」

窓にしがみつくようにして妻が訊ねた。風景を眺めているうちに、すっかり気分が晴れたらしかった。

それはそうだろう。ロンドンやパリで生活する夢は叶わなかったが、そのかわりロンドンやパリを造ったのだから。

熙洽は少し考えるふうをしてから答えた。

「平和国家たる満洲国に、凱旋門は必要ありません」

そして、また少し考えてから、私と妻の心のうちを忖度（そんたく）するように続けた。

「力を蓄えて長城を越える日も参りましょう。その折には、北京の城門を潜って凱旋するのですから、新京（シンジン）に凱旋門は必要ないのです」

熙洽の言葉に、私の胸はときめいた。堂々たる鹵簿（ろぼ）をつらねて、正陽門を抜ける自分自身を、ありありと思い描いたのだった。どうせなら夏でも冬でもなく、青々と晴れ上がった秋天のもとがいい。

「大街（ダアチエ）の幅員は最大六十メートルで、車道、側道、歩道に区分されます。舗装は一見して石畳ですが、実は長さ一メートルの石杭を埋めこんでおりますので、補修の必要がありません。苑地は広く、上下水道も完備しております。電線はすべて地下共同溝に埋設し、公園都市の景観は少しも遮られません」

思わず溜息が洩れた。こうした巨大な都市建設は、人類史上かつて例がないはずだった。たとえば北京にしたところで、三代の王朝が五百年をかけて造り上げたのだ。しかも私は、一元の金も出資したおぼえがない。まさしく神の手になるとしか思えぬ奇跡だった。

「あのあたりが新宮殿の建設予定地ですが、工事は官衙(かんが)を優先しております」

好(ハオ)、と私は答えた。あのあたり、と言われても土地が広すぎてわからなかった。新国家の建設は急務なのだから、私の住居が後回しになるのは仕方あるまい。

いつしか小雪は横殴りの吹雪に変わっていた。白い帳(とばり)の切れ間に、概ね完成したか、あるいは鉄骨の組み上がった官庁の建物が見えた。それらのひとつひとつは、紫禁城の太和殿よりも大きかった。

車列はロータリーを出て大街(ダアチエ)をしばらく走り、交叉点を斜め右に折れた。旧市街に近いそのあたりは、街衢(がいく)もすでに整っており、沿道には老若男女の市民たちが列をなして、五色旗や日章旗を振っていた。

「まもなく仮宮殿に到着いたします。手狭ではございますが、新宮殿が落成いたしますまでの当面の間、ご辛抱下さい」

熙洽(シーチア)は申し分けなさげにそう言ったが、私の懸念は住居の広さなどではなかった。

空が濁っているせいで正確な方位はわからないが、もしや艮(うしとら)の鬼門に向かっているのではないか、と思ったのだった。

ロータリーから延びる大同大街は、その幅員から考えても明らかに新京(シンジン)の中央道路である。都市構造の常識からすると、正しく南北に貫かれているはずである。すなわちその大街を北にたどって、斜めに交叉する道を右に折れたのだから、艮の方角に向かった。

「万歳爺(ワンソイイエ)、何かご不興でも」

私の顔色は変わっていたのだろう。不興といえばこれに過ぎたるはないが、私はすべてを呑み下して口を噤(つぐ)んだ。これだけの都市計画を実見したあとで、住居の方角が悪いなどと言えるはずはなかった。

仮宮殿は新市街からも、長春(チャンチュン)旧市街からも隔たった丘の上にあった。

凍った小川に架かる橋を渡ると、鉄扉に蘭の紋章を掲げたそれなりに立派な門があった。私には高塀に囲まれたそのたたずまいが、監獄のように見えてならなかった。

元は徴税事務所だったと熙洽は言ったが、そういうものであるなら、むしろ監獄よりたちが悪いと思った。長春市民の怨嗟(えんさ)が、瘴気(しょうき)となって建物をくるみこんでいるような気がした。

門前には各国の新聞記者たちが、カメラを据えて待ち構えていた。そして彼らの願いが天に通じたものか、私の乗る車が到着したときにわかに雲が切れて、茜色の夕陽が射した。

それを瑞兆とは思わなかった。車寄せに降り立ったとき、おのが影を踏んで確信したからである。やはり艮の鬼門だと。

そして同時に、もっと怖ろしいことを考えてしまったのだった。艮の方角はすなわち北東である。どうして私はこの東北の地に来てしまったのだろう、と。

何も考えず、何ひとつ疑わず、大勢の道士や占い師を招いてわが行く末を算じていたというのに、まるで見えざる手に導かれるように東北へと向かってしまった。庶人ですら禁忌とする艮の鬼門めざして、中華皇帝たる私が、まっしぐらに。


「窓(チュアン)――」


私は軍靴を軋(きし)ませて窓辺から後ずさった。閑(のど)かな午下りであるというのに、体が冷え切ってしまった。

御前太監(タイチエン)が跪(ひざまず)いたまま手を伸ばして窓を閉めた。

彼らはこのごろ、私をひどく畏(おそ)れている。敬しているのではなく、脅(おび)えている。それは私がむやみに癇癪を起こすからである。笞(むち)打ちの仕置ぐらいならともかく、このご時世に馘を切られようものなら、宦官には行くあてもない。

「万歳爺に申し上げまする。まもなく武藤将軍が参内いたします。謁見を賜わりましょうや」

その予定は承知している。関東軍司令官と関東長官と駐満大使を兼務する武藤将軍に対し、謁見を賜う是非もあるまいけれど、太監や旧臣たちにとっての私は、皇帝陛下以外の何ものでもない。よっていちいち天意を確かめるのである。

「通例どおり、陪席は通訳官のみとする」

「かしこまりました」

太監は平伏したままにじり下がり、影が壁を通り抜けるほど物音ひとつなく退室した。

武藤大将が着任して以来、日本に対する私の考えは変わった。彼の人柄に忠恕を感じたからである。

多くの日本人に会ったが、みながみな独善的で、私心を抱いていた。私を何らかの形で利用しようと企んでいた。それでも利害が一致すると思えばこそ、私は日本人の意志に順ってきたのである。

ところが、武藤はちがった。初対面のときから、満洲国に対する真心と、私の立場への思いやりをはっきりと感じた。

武藤は口数が少なく、私事については訊ねても語らない。しかし私の身の上に起こったこれまでの出来事は、何もかも聞いてくれた。そして心から、私の苦労をねぎらってくれた。

また、私が毒を吐く気になれぬときは、四書五経や古典籍について語らい、飽くことがなかった。武藤は進士も顔色なしと思えるほどの博識だった。

話題が難しくなって通訳官が往生してしまうと、武藤はあんがい達者な北京語に筆談をまじえて、私との対話を根気よく続けた。ために卓上にはいつも筆と硯(すずり)が置かれていた。

そうした謁見がいくどか重なったころ、私はふいにこう思った。

もしや父親というのは、こういう人物のことなのではなかろうか、と。

醇(チュン)親王が臣下でさえなかったなら、老仏爺(ラオフオイエ)様が女でさえなかったなら、光緒(グアンシュ)先帝が離れ小島の囚人(めしゅうど)でさえなかったなら、私は誰かしらから父性を享受して育ち、今も大清皇帝として紫禁城の高みくらにあったのかもしれなかった。

私に欠けているものといえば、愛情だけなのだから。

たしかに武藤将軍はひとかどの人物ですが、だからと言って日本を信用してはなりません、と遺臣たちは囁く。

しかし私は思う。軍事と政治と外交の三権を委任された武藤は、満洲国にとって日本そのものである、と。

栄誉礼のラッパが鳴り渡り、私はふたたび窓辺に倚（よ）った。

けっして口には出せぬが、武藤大将を父と信ずる私の心に嘘はない。

三十三

満洲国執政と関東軍司令官の会見日は、毎月一日、十一日、二十一日の午前十時からと定められている。

あくまで「謁見」ではなく、「会見」である。着任早々の第一回目は定時に開かれたが、二度目の本日は早朝に連絡があり、午後一時からに変更された。

志津大尉の洩（も）れ聞くところによると、近ごろ執政の起床はおおむね正午であるらしい。それから夕刻まで執務し、その間の適当な時間に朝昼兼用の食事を摂（と）る。十七時から二十一時まで仮眠。夜更けの二十三時に夫人と夕食を共にし、午前二時か三時に睡眠薬を嚥（の）んで床に就く。

「万歳爺（ワンソイイエ）はそれほどまで国事にご執心あそばされ」と、宦官たちは言うが、どう考えてもこの時間割は病的である。もしや神経衰弱というやつではなかろうかと、志津はひそかに危惧していた。

そんなわけだから、午後の定例会見でもこうして待たされるのだが、執政より遥かに多忙な軍司令官は、けっして苛立たなかった。

軍人は時間を厳守する。それは規律の維持のみならず、戦場においては生死にかかわるからである。たとえば、突撃発起（ほっき）せんとする歩兵と、後方から掩護せんとする砲兵の間に数秒の誤差があっても、砲弾は味方の頭上に降り注ぐ。よって軍人は一分一秒の時間を誤たぬよう、日常から躾（しつ）けられるのである。

だから同行の副官も通訳の志津も、午前十時の定例会見が午後になったうえ、さらに待たされれば焦慮（しょうりょ）に駆られるのだが、武藤大将は腕時計を見ようともせず、まるで待つことも任務のうちであるかのように落ち着き払っていた。

たとえ私生活が乱れていても、あるいは「皇帝」の身勝手さが改まらぬとしても、これはふつうではないと志津は思う。

関東軍司令官および関東庁長官という立場は、国際的には類例を見ないからさておくとしても、一国の元首が駐在大使を平気で待たせるというのは不見識である。しかも、側近が言いわけをするでもなく、夫人が間を繕うわけでもない。

これも支那人の悠長さのうちか、と思いもしたのだが、三十分も経てばただごとではなくなってきた。

もし執政が一種の精神病に罹（かか）っているのだとしたら、いったいその原因は何なのだろうと、志津は考え始めた。

クーデターによって紫禁城を追われてからの経緯は、まさしく九死に一生を得たのであって、天津における生活も安定したものであったとは言いがたい。

そうした苦難の時代に較べれば、現今の立場はよほど希望に満ちているはずだった。恨み重なる中華民国から独立を果たした満洲国の執政であり、遠からず帝政が施行されれば、ふたたび皇帝に即位するのである。

だとすると、いったい何が彼を悩ませているのだろう。

開け放たれた窓からは、満洲の午後の風がここちよく吹き入っていた。まどろんでいるのだろうか、武藤大将は軍服の背を椅子に預けて瞑目していた。

応接室の中央には、やがて完成する新京市の模型が置かれている。白いボール紙で精密にこしらえられたそれは、雪と氷にとざされた真冬の街衢（がいく）を彷彿（ほうふつ）させた。

大同広場の西には、どの省庁の建物よりも大きい帝宮が聳（そび）えている。だが、現実には多くの庁舎が完成を見た今でも、その建設予定地はまったく手つかずの広大な空地だった。

一国の首都を造成するためには、官庁や銀行や公共の施設を優先させねばならぬのは道理なのだが、帝宮の工事がいっこうに始まらないことに、執政は不安を感じているのではあるまいか。

模型には長春旧市街の東のはずれに、「執政府」と書かれた小さな建築群があった。すなわち志津大尉の立つ現在地である。

官庁の模型はマッチ箱大だが、執政府の建物はマッチの頭を並べた程度だった。

ふと、執政の悩みの種はこの住居なのではないか、と志津は思った。

もとはこの地方の徴税事務所であったと聞いている。だから匪賊の襲撃に備えて高い塀を繞(めぐ)らせ、鋼鉄製の監視台を設け、建物の一階の窓はすべて頑丈な鉄格子で被われているのだが、そうと知らぬ人の目には監獄と映るはずだった。

門柱も壁も石積みではなく、灰色のコンクリート製である。周辺は殺風景な荒地であるのに、敷地は北京市内の王府にも及ばぬほど狭かった。

兵舎のように並ぶ建物には、それらしい装飾が施されて、勤民楼だの懐遠楼だの緝(しゅう)熙楼(きろう)だのという看板が掲げられているが、優雅な名称には程遠く、いかにも急ごしらえで間に合わせた、という印象があった。

手狭な建物の中に、執政夫妻や大勢の使用人たちが住まっている。旧臣たちはそれぞれ市街地に適当な屋敷をあてがわれて通勤しているらしい。

そうしたすべての人々にとって、溥儀は「満洲国執政」ではなく、依然として「宣統帝」だった。一年以内に共和政体を帝政に改めるという条件で、皇帝はとりあえず「執政」の地位に甘んじ、「執政府」に住んでいるのである。

だが、志津大尉は特務機関員としての長い経験から、その条件がやすやすと実行されるとは思っていなかった。

おそらく文書を手交してはいない。土肥原特務機関長、板垣高級参謀、せいぜい本庄軍司令官との間の、口約束に過ぎまい。すなわち日本政府の与(あずか)り知らぬ、関東軍と溥儀との密約である。

応接室の模型の中心には、どの官庁にも増して巨大な帝宮が聳えている。しかし振り返って窓外の風景を眺めれば、そこには遠目にも茫々たる荒地があるばかりだった。この有様を日がな一日見ている執政が、口約束の履行を信じるはずはあるまい。もし神経衰弱に罹っているとすれば、執政の悩みの種はやはり、この監獄のような建物と、遥かな視野に蜃気楼のように見え隠れするまぼろしの帝宮にちがいなかった。

武藤大将はうなじを倒して眠ってしまった。せめて首を支えてさし上げたいが、背うしろに立つ副官も困り顔である。六十四歳の老将軍にとって、毎日が激務の連続だった。

謀略とは、まず戦争を回避することがその第一義である。そして戦時下においては、戦争を有利に導くための手段となる。

しかし、日清日露の両戦役を経て、日本が満洲に権益を持って以来、関東軍の謀略は本義をはずれた、一種の伝統のようなものになっていた。

あるときは清室の親類にあたる蒙古の王族を担いで、満蒙独立を画策した。またあるときは、張作霖政権の後楯となって、満洲の間接的支配を目論んだ。そうした「伝統」の結果として、満洲国建国に至ったことは、国際連盟調査団に対しどのように隠蔽しようと、もはや自明である。

満洲国の論理は、「満・漢・蒙・日・朝」の五族協和による平和国家の実現だった。つまり「東洋のアメリカ」を造るという理想において、英米の主導する調査団の否定しえぬ国家なのである。

だからこそ、たった一年の間に共和制を帝制に改められるはずはなかった。ましてやそれが「清朝の再興」であれば、建国の論理はたちまち崩壊し、やはり日本が実効支配する傀儡国家なのだと、世界に知らしめることになる。

関東軍が伝統的謀略の結論として招来せしめたこの事態を、いかにして収束するか——すなわち、石原大佐を始めとする関東軍の参謀たちが拡げた大風呂敷を、どのように畳むかということが武藤大将の使命だった。


ようやく御前太監が現れたのは、応接室に入って一時間が経過したころだった。

執政と関東軍司令官の定例会見は重要な儀式であるから、宦官たちも清朝伝統の朝袍を着用する。それはともかくとして、二十世紀のこの時代にも彼ら種族の存在することが、志津はふしぎでならなかった。

満洲国が成立したのちには、旧来の宦官に加えて、新たに北京から呼ばれた数名が採用されていた。彼らはみな年が若く、断種を施されて間もない少年たちだった。

「万歳爺におかせられましては、これより武藤将軍に謁を賜いまする」

お待たせしました、でもなく、「請」の一言もない。

御前太監のかたわらを若い小太監がすり抜けてきて、何やら銀色の小箱を武藤大将に奉った。

「ご下命にござりまする。拝謁の際には手指の消毒をなされませ」

宦官には表情というものがない。皇帝の前では喜怒哀楽を表してはならぬからだろう。だが、そうした顔で平然と消毒などを要求されれば、嫌がらせのように思える。

副官が一歩進み出て言った。

「軍司令官閣下に対し、無礼ではないか」

志津は副官の日本語を通訳しなかった。そのかわり、「これは執政閣下のご命令なのですね」と質(ただ)した。御前太監が「対(トエ)」と答えた。

武藤将軍は容器の蓋を開けると、アルコールをひたした脱脂綿で手指を拭い始めた。

「まあ、庶民の間では肺病も腸チフスも流行(はや)っておるらしいし、執政閣下も御身を労(いたわ)っておられるのだろう」

それから小箱を捧げて跪(ひざまず)く小太監に目を細め、「年寄りは清潔だよ」と流暢な北京語で言った。

執政の神経衰弱は、もはや疑いようもなかった。

緋色の絨毯を敷きつめた執務室で、執政は将軍を迎えた。

満洲国軍の大元帥服を着て威を正しているが、痩せようのない体がいっそう痩せ、顔色も悪くなっているように見受けられた。

主客は固い握手を交わした。

「本日は特別に申し上げることもございませぬが、定例会見日につき罷り越しました。執政閣下におかせられましては、その後お変わりございませぬか」

簡単な会話には不自由のない武藤将軍だが、中国語で挨拶はしない。全権大使として対等の外交をするためなのか、それとも無礼な言葉を使わぬための配慮なのか、志津にはわからなかった。もっとも、中華皇帝に対する言葉遣いなど、志津も知るわけはなかった。

「大使閣下のお蔭をもってすこぶる健康です。こちらもべつだん申し上げることはありませんが、満日親善のために実りある会見を希望します」

側近の作成した定型文なのであろうか、執政の挨拶は前回と同じだった。呼びかけ方は「大使閣下」であり、過分の敬意も、謙譲もなかった。

副官は入室しない。宦官はときどき茶を差しかえにくるだけで、満洲国側の通訳はいなかった。

お定まりの挨拶をおえると、執政は円卓を挟んで南面した椅子に座り、武藤将軍はその向かいに腰をおろした。皇帝は常に南面して座すのである。

志津大尉は将軍の斜めうしろに、椅子を引いて座った。通訳は機械か道具のようなものであるから、最敬礼をしたあとは視線を向けられることもなく、茶も出ない。発言を遮る同時通訳は許されぬので、内容を聞き洩らさぬよう、こまめに筆記しなければならなかった。

「それでは執政閣下。本日の会見は茶飲み話ということでよろしゅうございましょうか」

将軍は執政の軍服の胸のあたりに目を据えて言った。

「対（トエ）。そのようにいたしましょう。しかし、その前に——」

執政は背筋を立てて、真向から将軍を見つめていた。顔色は悪く、挙動にも落ちつきがないが、さすがに中華皇帝の尊大さは失われていない。

「いかがいたされましたか、執政閣下。どうぞご遠慮なさらず」

執政の将軍に対する信頼の篤さを、志津は肌で感じていた。親子以上に離れた年齢の差もあろうけれど、とりも直さず武藤信義という人物の器である。

ためらいながらも視線をそらさずに、執政は訊ねた。

「私は、あなたの前任者と固く約束をしました」

将軍は続く言葉を制するように、一瞬だけ視線を上げて然（しか）りと肯いた。しばらく沈黙があった。

「承知いたしております」

「ほどなく満日議定書も交わすというのに、帝政移行についての話が何もないのは、どうしたわけでしょうか」

「承知いたしております」

将軍はくり返した。曖昧な返答のように聞こえた。

「那件事我知道」

そのままを志津は直訳した。「その件については知っている」という意味になるが、聞いたとたんに将軍は、「不対」と厳しい表情で顎を振った。

つまり、「知っている」のではなく、「約束を守る」と将軍は言ったのだった。日本語の精妙な言い回しは難しい。

「実行すると答えてよろしくありますか」

志津は将軍の真意を確認した。

「それでよい。本庄のかわした約束は武藤の約束だ」

立派な人だ、と志津は思った。

そもそも石原大佐らの画策した満洲国は、国際感覚を決定的に欠いた、日本の独善なのである。本庄中将は彼らの重石になるどころか、いわばミイラ取りがミイラになって、およそ無理な約束をしてしまった。

それでも武藤将軍は、前任者の約束についての責任を負うと言う。

「訂正発言(ディンチョンファーイエン)。訂正します。帝政移行の約束は実行いたします」

執政の表情が和(なご)んだ。

「一年以内に、という約束をかわしたのは、三月の建国時です。すでに夏も終わろうとしていますが、可能ですか」

執政の質問を通訳する前に、武藤将軍はひとこと、「当然(ダンラン)」と答えた。

中国語におけるその言葉は、疑う余地なく断定する、というほどの強い語気を持つ。むろん将軍はそのつもりで答えたのであろうが、志津は一瞬、身のすくむ思いがした。武藤将軍がその老軀の肩に、日本と帝国陸軍をがっしりと背負ったような気がしたのだった。

回答が早すぎて、むしろ無思慮に聞こえたのだろうか、執政は重ねて訊ねた。

「大使閣下。文書のない口約束ですが、信用してよろしいか」

将軍は背筋を伸ばして答えた。

「執政閣下にお答えいたします。人の世は、礼が廃(すた)れたのち法が生まれました。明文化された法などは、人間の堕落の証(あか)しにすぎませぬ。よって本官は、文書なき口約束なればこそ、礼に鑑(かんが)みて守ります」

　この答えばかりは、一言一句もたがえなく訳さねばならぬ、と志津大尉は手帳に万年筆を走らせた。

　その日の会見は三時間に及んだ。

話題の多くは、今日の世界情勢だった。それらはむろん、特務機関員としての志津大尉はよく知るところだったが、将軍と執政が豊富な情報を持ち、おのおのの感想を述べたことには驚かされた。

　武藤将軍は陸軍きってのロシア通として知られている。日露戦争以前の若かりしころ、ウラジオストクとオデッサに駐在し、戦後は陸軍武官補佐官としてサンクトペテルブルクにあった。大正のなかばにはオムスク特務機関長として、シベリア出兵に深く関与していた。

　そのソヴィエト連邦は、今や第一次五ヵ年計画を達成しようとしている。重工業生産は三百三十パーセントを目標としており、赤軍の兵力はすでに列強を凌駕しているとされていた。騎虎の勢いに乗じて、共産主義はヨーロッパ諸国に伝播していた。

一方、執政はその欧米事情に詳しかった。英語に習熟しているので、英米の新聞や雑誌に親しんでいるからだった。

アメリカの禁酒法は何ら益なく、むしろ非合法的組織の資金源となっており、経済状況は悪化して失業者が溢れている。

また、大西洋横断単独飛行で知られるリンドバーグ大佐の愛児誘拐事件については、「馬賊より悪い」と感想を述べた。

誘拐と身代金の要求は、馬賊のお家芸だとばかり思っていたのだそうだ。その馬賊も、身代金の支払いに応じなければ人質の耳を削ぎ落として送りつけるくらいのことはするが、幼児を殺したり傷つけたりするような非道はしないらしい。

リンドバーグ事件の犯人は、五万ドルの身代金をせしめたうえ、愛児を殺害したのだった。

「景気がいいのはハリウッドだけです」と言い切る執政は、どうやらアメリカにいい印象を持っていないらしかった。

共産主義の擡頭(たいとう)については、将軍と執政の会話が熱を帯びた。

去る五月に、フランス大統領が暗殺された。犯人はロシア人無政府主義者とされているが、その実はソヴィエトの放った刺客ではないか、という憶測で二人の意見は一致した。

スペイン国王は第二共和制の発足により国外に退去し、パリ、ロンドンを経てローマに亡命していた。しかし国内は暴動とクーデターの続発で、状況は昨今の中国とよく似ていた。自分は恵まれている、と執政は感慨深げに言った。

最大の話題はドイツである。先月の総選挙において、アドルフ・ヒトラー率いるナチ党がついに第一党となった。

今や地球上に安定した国家はない。よって世界の範となる王道楽土を建設しよう、というのが二人の結論となった。

対話がはずむうちに、サンドウィッチと饅頭（マントウ）の軽食が運ばれ、志津大尉もご相伴に与（あずか）った。

武藤将軍はけっして寡黙ではなく、執政もすこぶる上機嫌だった。たとえば、何かの事情で生き別れていた父と伜（せがれ）が、時を隔てて対面したのではないかと思うくらい、六十四歳の将軍と二十六歳の執政の間には、情愛が通っているように見えた。

新京の夏はなかなか昏（く）れなかった。陽はすでに西の地平に沈んでいるのに、空は青く澄み渡って、高みにつらなる雁行も瞭（あきら）かだった。夜は東の涯（は）てからほんの少しずつ、慎ましくもしめやかに染み入っていた。

もしや無邪気に語り続ける執政溥儀は、世界で一等孤独な人間ではないか、と志津は思った。武藤将軍はその孤独さを忖度して、会見に長い時間を費しているにちがいなかった。

日本は執政を利用し、また執政も日本を利用して王朝の再興をなそうとしているのだが、語り合う二人の間には、そうした功利がいささかも感じられなかった。神仏をもってしても救いがたい孤独な人物と、彼を救済せんとする人間があるばかりだった。

懸命に通訳を続けながら、ふと思い出した情景がある。

それは三年前の雨の夜に、浮世を隔てた御殿の奥深くで、志津を待っていた尊い御方の姿だった。

思いがけぬほど狭い座敷に白布を掛けた案を据え、その御方は陸軍の軍服を召された背をすっくりと伸ばして腰掛けていた。志津を一顧だにするでもなく、ただ龍顔に添えられた縁なしの眼鏡が、淡い灯りを宿しているだけだった。

記憶の中のその御姿が、目の前の執政と寸分のちがいもなく重なってしまった。

志津はあの夜、満洲で出来した事件の真相を調査せよとの密命を賜わった。報告書がご満足のゆくものであったかどうかはわからない。

もしや武藤将軍も、何かしら重大な命令を受けているのではないか、と思った。その命令がおよそ政治的なものではなく、人道上のものであるとしたら、救いがたい孤独を救済せんとする将軍の言動は、すべて説明がつくように思えた。

あの御方のほかに、執政の孤独を理解する人物はいないはずだった。

「どうした。くたびれたか」

将軍の声で我に返った。ほんの一瞬だが、通訳の任務を忘れてしまっていた。

「そろそろご無礼するとしよう」

そこで初めて、将軍は腕時計を見た。午後の予定はすべて中止されたはずである。参謀たちとの会議。満鉄理事の来訪。地元商工会員との懇談。それらの時間が迫るたびに副官が入ってきて会見の打ち切りを求めたが、将軍は応じなかった。

「大使閣下、夕食を用意しましょう」

執政は将軍を引き止めた。

「ありがたいお言葉ではありますが、参議府議長との会食を予定しております。あしからず」

「ああ、そういうことなら、張景恵（チャンチンホイ）をここに呼べばよろしい」

「いえ、執政閣下。会食というものは、重要な事案を議する場でもあります」

「重要な事案ならば、執政の私が同席するべきでしょう。何か不都合でもあるのですか」

要するに執政は、将軍と別れがたいのである。

将軍が説得に窮すると、執政は深い溜息をついて卓上に視線を向けた。

「張景恵（チャンチンホイ）は好人物ですね。恨みを呑み下して、日本の言うがままになりました。ふるさとの満洲に楽土を築くために、すべての恨みを捨てたのです」

志津は通訳をする勇気がなかった。しかし、将軍はおそらく、その言葉を理解した。

満洲国閣僚の過半は、張作霖の率いた旧東北政権の者である。国家としての基盤もそれを踏襲している。つまり張景恵が張学良に叛旗を翻して関東軍に与（くみ）した結果が、満洲国であった。多くの中国国民にとっては、張景恵こそが売国奴であり、大逆の謀反人にちがいなかった。

だが、張景恵の経歴と人柄を考えれば、真相はたぶん執政の言う通りである。「好（ハオ）大人（ダアレン）」という彼の通称について、深く考えねばならぬ。私情を去って大義のために「好」と肯くことの、易しかろうはずはない。

「会食は何時からですか」

執政は掛時計を見上げて訊ねた。

「十九時からであります」

将軍にかわって志津は即答した。

「では、まだ多少の時間がある。今少しお付き合い下さい、大使閣下」

そう言って執政は立ち上がり、執務机の上のボタンを押して宦官を呼んだ。

「やれやれ、酔狂もわがままも度を越している」

副官はしきりに時計を気にしながらぼやいた。

執政が将軍を招き入れた別室には窓がなく、室内の一部にガラス張りの小部屋が設けられていた。

ひとめ見て、録音室だとわかった。執政は映画だの写真機だの、何かと「新しもの好き」であることで知られているが、まさか緝熙楼（しゅうきろう）の一室にエジソン社製の最新式吹込蓄音機まで据えているとは思わなかった。

「何でもよいと言われてもなあ。佐賀の民謡でも唄うか。箪笥（たんす）長持唄（ながもちうた）なら祝言に招（よ）ばれるたびに唄っておるが」

「おやめ下さい、閣下」

と、副官が叱るように言った。

「録音盤はいくらでも複製が可能であります。執政の酔狂で閣下の民謡が流布されでもしたら、関東軍の威信にかかわります」

「そうかね。箪笥長持唄ならばめでたいではないか。日本と満洲国の祝言だと思えばよかろう」

「ともかく、民謡はおやめ下さい」

執政は機械が好きであるらしい。宦官たちには一切手を触れさせず、レシーバーを両耳にかけて音を確かめている。

ラジオ放送の聴取者数は近年爆発的に増え、日本全国で百万人、東京市内だけでも五万世帯に及ぶというから、顕官を歴任した武藤将軍も放送局に出向いた経験があるのかもしれない。気が気ではない副官に軍刀を預けて、将軍は悠然と録音室に入った。

マイクロフォンの前に立つと、ガラス越しに咳(しわぶき)をひとつ。表情は閑かで、どうやら喉(のど)まんざらでもなさそうである。

「準備好了(チユンベイハオラ)」

執政が室外のマイクロフォンから語りかけると、将軍の「好了」という声がスピーカーから聞こえた。

十（シー）、九（ジョウ）、八（パア）、七（チー）、と執政は数を算え、五（ウー）から先は声を出さずに、録音室に向かって指を折った。なかなか堂に入っている。

将軍は姿勢を正して、朗々と語り始めた。

「今回の露支国交回復については、ソビエットロシヤはたいそう喜んでおるようですが、なるほど支那における共産党の勢力は、今後いよいよ急速に発展するであろうと思われます。支那は、国際連盟の力を借りて、日本の正義の行動を制圧せんことを望んでいたのでありますが、連盟の頼むに足らざるを知るや、たちまち無条件にソビエットロシヤとの国交を約束したのであります。露支国交の回復は、決して悪いことではないのでありますが、ただ現在の状態において、支那が無条件にロシアと国交を約束したことは、支那の大なる失策と言わざるを得ません――」

寡黙な将軍の演説は、まるで手元に原稿でもあるかのように淀みなく続いた。

副官は直立不動のまま瞠目しており、志津大尉は見つめることもつらくなって俯いた。聞き入るほどに、演説の内容ではなく、老将軍の誠実さに心打たれたのだった。

「――われわれは、今後ますます日満両国の提携親善を鞏固（きょうこ）にして、満洲国の真の王道政治の実現を期すると同時に、ひいては支那四億の民衆が日満支三国提携の必要なる所以(ゆえん)を、真に自覚する日の一日も速やかに到来せんことを、祈りてやまざるものであります」

録音が終わった。しばらくの沈黙の後で、執政は子供のような歓声を上げ、拍手をしながら将軍を迎えた。

しかし、将軍の表情は固かった。

「執政閣下。本官は職務上、かような話しかできませぬ。面目なき次第であります」

いったい将軍は何を恥じているのだろうと志津は思った。

執政は無邪気に拍手を送り続けていた。日本語を解さなくとも、孤独なこの人は日ごと夜ごと、将軍の声を慈父の子守歌のように聴き続けるのだろう。

「皇帝陛下(ホアンディービイシア)――」

まったく突然に、将軍はそう呼びかけた。志津は耳を疑った。執政は相を改めて将軍に向き合った。

「人間は陛下のお考えになるほど、不潔ではありません。ご無礼いたします」

志津が通訳する間もなく、武藤大将は副官から軍刀を引き取って退室してしまった。

緝熙楼の廊下はようやくたそがれていた。

三十四

北京大学第一院と第三院をそれぞれに出発したデモ隊は、王府井大街(ワンフーチンダアチエ)で合流する。

やがて待つほどもなく、女子部の学生たちが朝陽門(チヤオヤンメン)大街を西に進んできた。

「決死抵抗(シユエスーテイーカン)！」

「暴日獣行(バオリーシヨウシン)！」

男女のシュプレヒコールが、晴れ上がった秋天を押し上げる。

その界隈(かいわい)には大学や専門学校が集中しており、デモ隊はたちまち千人を越える数に膨(ふく)れ上がった。

女子学生たちは一様に、「雪國恥(シユエグオチ)」と書かれた腕章を巻いている。国の恥をすすげ。その合言葉はすなわち、東北を日本軍のなすがままにさせている、中華民国政府に対しての抗議でもあった。

「決死抵抗！」

「暴日獣行！」

命をかけて抵抗せよ。日本の暴虐を許すな。

語気は強いが、学生たちの行進は穏当だった。ひたすら声を上げながら歩む。革命前から連綿と続く、北京の学生たちの伝統である。騒動にならぬと知っている警察官たちは、どさくさまぎれの掏摸（スリ）や泥棒に目を光らせているだけだった。

「決死抵抗（シュエスーティーカン）！」

「暴日獣行（バオリーショウシン）！」

人出の多い午下りである。東安（トンアン）市場に集う買物客や、商店の小僧までが列に加わって、王府井の広い道路は人間の河になった。自動車も荷車も、じっと洪水の過ぎるまで待つほかはなかった。

「噯呀（アイヤ）ー。これでは家に連れ帰るどころか、見つけ出すこともできんね」

それでも気が気ではないというふうに、林（リン）先生は人垣の中に伸び上がって孫娘の名を呼んだ。

「明雪（ミンシュエ）！　明雪！」

声など届くわけがない。李春雷（リイチュンレイ）は老先生の肩を抱いて諫めた。

「大丈夫だって。これだけ行儀のいい若者たちに、鉄砲を向ける馬鹿もあるめえ。それに、明雪にはうちの倅（せがれ）がついている」

「あのうらなりが頼りになるものか」

「お言葉だがよ、先生。見かけはうらなりでも俺の息子だ。あんたの孫娘には指一本触れさせやしねえよ」

林先生が倅のことを悪しざまに言うのは、けだし人情というものだろう。しかし文(ウエン)瑞(ルイ)がうらなりならば、北京中の若者はみなろくでなしだ。この祖父の目の黒いうちは、かわいそうに明雪はどこにも嫁に行けまい。

「いや、まあ、好青年だがね。だにしても、恋人を誘ってデモに加わるというのはいただけない」

「それもそうだが、どうやら時代が変わっちまったらしい。今は男も女も一緒くただ」

林先生は目の前を通り過ぎようとする学生の腕を摑んで、デモ隊の行き先を問い質した。

昔ながらの藍の長袍(チャンパオ)を着た、いくらか年かさの学生である。一方の林先生も、先朝の役人丸出しの藍衣を着ていた。

大先輩に敬意を表してか学生は、デモ隊が東長安街を右に折れて、天安門広場に向かうのだと懇切に答えた。

「そうは言っても君、この先は東交民巷だぞ。東長安街の向こう岸は練兵場で、日本の軍隊が待ち構えておるかもしれんではないか」

ご心配なく、と林先生の肩を叩いて、学生は去ってしまった。

王府井の大通りは東長安街に交わる。その向こう側の東交民巷は、事実上の外国租界だった。

ふと春雷は、林先生が義和団騒動を記憶しているのではないかと思った。西暦一九〇〇年という年はまことにわかりやすい。遠い昔のような気もするが、実はたった三十二年前の出来事だった。

そのころ春雷は、満洲の浪人市場で騎射の腕前を高売りする、明日の命も知れぬ荒くれ者だった。白虎張はいまだ縄張りも定まらぬ、一介の馬賊に過ぎなかった。

無法地帯の満洲では、義和団戦争などは他国の出来事だったのだが、もしかしたら林先生は北京の官衙にあって、怖い思いをしたのかもしれなかった。なにしろ西太后も光緒帝も北京を捨てて西安へと遁れ、王朝は滅亡すると思えた大事件だった。

義和団の戦士たちは、鉄砲の弾に中っても死なぬと信じていたらしい。いやたぶん、自分たちが死んでも正義は死なぬと信じて、徒手空拳で戦ったのだろう。

そんなことを考えながら学生たちの行進を眺めていると、三十二年前の出来事が近しいものに感じられた。

何も変わってはいない。八ヵ国の連合軍がひとつずつ去って、隣国の日本だけが残った。そして神がかりの義和団にかわって、教育を受けた学生たちが、暴力ではなく言葉で立ち向かっていた。かつて清国の軍隊が無力であったように、民国もまた日本軍に抗する術を持たない。

たった三十二年しか経っていないのだと春雷は思った。

「心配するなよ、先生。日本公使館に殴りこみでもしねえ限り、鉄砲を向けられることはあるめえ。あいつの言った通り、天安門広場で気勢を上げて解散だ」

「あなた、よくもそうまで平気のへいざでいられるな。文瑞(ウェンルイ)は一人息子だろうが」

自分は冷淡な人間なのだ、と思うことがある。とりわけ命にかかわる話を持ち出されると、考えるのもいやになった。

「誰だって命はひとつきりだ」

林先生は返す言葉をなくしたように、しげしげと春雷を見つめた。それから、急に話を変えた。

「のう、紅巾(ホンジン)。あなたの倅はいくらかうらなりの気味はあるが、なかなかの好漢だ。むろん、孫娘を嫁に出すのもやぶさかではない。しかしながら、いかに自由恋愛の新時代とはいえ、親御殿について何ひとつ知らぬのでは是非もあるまい」

これは面倒臭い話になったものだ。もしや林（リン）先生は、はなからこの話をするつもりで自分を連れ出したのではないか、と春雷（チュンレイ）は疑った。なにしろ老いたりとはいえ、もとは科挙に登第した進士様なのである。孫娘を連れ戻しに行こうなどという理屈を、鵜呑みにした自分が馬鹿だった。

「そういうこみ入った話なら、親同士が筋ってもんじゃないかね、先生」

「いや、あなたもご存じの通り、わしの倅は能なしの小役人でな。蔣介石（ジャンジエシイ）の顔色を窺うのが精一杯で、とうていこみ入った話などできぬ」

林先生は真白な鬚（ひげ）を撫でながら、べつだんの他意はない、とでもいうふうにほほえみかけた。

「どうだね、紅巾（ホンジン）。あなたは口下手で、人付き合いも得意ではない。だが、その関帝様のごとき面構えから察するに、売られた喧嘩を買わぬ男ではなかろう」

否も応もなく、林先生は人ごみをかき分けて歩き出した。相手の都合を考えぬところは、いまだに官員様である。

東華門外の便宜坊酒楼は、林先生が役人であったころ、毎日登城前に朝食を摂った古いなじみの店であるそうな。

辛亥の翌年の大雪の日、袁世凱（ユアンシイカイ）に爆弾を投げつけた刺客は、この店でずっと待ち伏せをしていたらしい。

すっかり漆（うるし）も剥げ落ち、建てつけの悪くなった扉を引き開ける前に、「この店で義和団騒動の話は禁忌ですよ」と林先生は言った。

三十五

林純（チュン）先生は光緒十二年丙戌（ひのえいぬ）、すなわち西暦一八八六年の科挙試において進士登第を果たした。

二十七歳という年齢は才子と呼ばれるほど若くはなかったが、けっして遅いというわけでもなかった。たとえば、のちに民国の大総統にまで出世した同期の徐世昌（シュシイチャン）などは、すでに三十歳になっていたのであるから、林先生の役人としての凡庸な人生が、登第の年齢とかかわりがなかったことはたしかである。

そもそも生家が北京近郊の郷紳（きょうしん）であり、生まれついて役人になることを義務づけられていたようなものだった。だからかえって、進士登第を果たした瞬間に人生の目的を達成してしまったような気分になり、その後の立身出世などは考えもしなかった。

誰に阿（おもね）るでもなく、何を希（のぞ）むでもなく、地方官をしばらく務めたあと北京に呼び戻された、京師大学堂の教授となった。

革命の渦に巻きこまれなかったのは、こうした地味な経歴が幸いしたからである。政治と文化が不可分であるこの国の伝統的文治主義の中で、役人としての人生が学問に偏倚していた分だけ、林先生には革命による損得がなかった。

さっさと隠居をして、役人時代の知己との交わりも絶った。このさき世の中はどう転ぶかわからぬのだから、それが最も賢い老後の過ごし方だと思ったのである。

ところが、いざ什刹後海の邸に引きこもってみると、幸福な老後はあんがい退屈だった。いや、それは林先生のわがままというもので、幸福の本質が退屈なのである。むろん、退屈が幸福であるはずはないのだが。

まだ暗いうちに目が覚めて、ああまだ夜だと思う。若い時分とちがって寝直しもきかぬし、起き出しても家族の迷惑だと思えば、陶潜のなまめかしい詩などを諳じながら、牀中に輾転とするほかはない。こうした幸福の退屈さといったら、いっそ死んだほうがましと思うほどである。

ようやく夜が明けて、嫁の顔を潰さずにすんだと思われるころ、林先生は今しがた目覚めたふりをして牀を脱け出る。

衣は定めて藍色の袍である。隠居の装いなどどうでもよさそうなものだが、やはり林先生のうちには「読書人」だの「士大夫」だのの抜きがたい矜持があって、どうにも藍衣のほかに思いつかぬ。

それから使用人に命じて鬢を斉え、額を当たる。弁髪を切るつもりなどさらさらない。

朝食は家で摂らず、近くの食堂に食いに出るのが習慣だった。役人はよほどの大官でもない限り、紫禁城の通用門である東華門の食堂街で粥や饂飩をする。そのならわしもいまだ抜きがたい。

鳥籠を提げて什刹後海の公園に向かう道すがら、ぼつぼつ開き始めた食堂に入る。年寄りはせっかちだと思われるのも癪なので、腹はへっていても悠然と歩み、泰然と粥をすする。

しかしそうして時間を稼いでも、公園にはいつも一番乗りで、朝ぼらけの湖面を眺めながら莨を一服つけねばならぬ。やはり幸福は退屈なものだと、林先生はしみじみ考えるのだった。

やがて近在の老人たちが三々五々集まってくるのだが、いつも同じ顔ぶれであるから退屈であることに変わりはなかった。

同じ話が幾度もくり返される。聞くほうも忘れているとみえて、いちいち笑ったり驚いたりする。そうした老人たちに較べて、林(リン)先生の頭脳はさすがに明晰であるから、相鎚を打つのも一苦労だった。

では、彼らとの交わりのほかに退屈を紛らわす何かがあるかというと、これがまた働きづめであった役人の悲しさで、趣味といえるほど身を打ちこむことのできるものがない。

将棋を指せばいちいち「悔棋(まった)」をされるし、麻雀卓を囲めば「失策(ちょんぼ)」の連続で、まったく面白味を欠く。そのうえ正々堂々の勝負をする数少ない老人は、みな下手糞で先生の敵ではなかった。

幸福は退屈である。

そうした悟りの境地に達したころ、林先生の前に興味深いひとりの人物が出現した。

まず見た目が関羽か鍾馗(しょうき)様のようで、粗末な身なりをしていても押し出しが利く。言葉少なに語るところでは、東北軍の飯炊きをしていたというのだが、どうにもそうとは見えぬ。第一、飯炊きの兵隊があれほど立派な邸には住めまい。

紅巾(ホンジン)という渾名のほかに、名前は知らなかった。それも本人が名乗ったわけではなく、袍(パオ)の襟元に薄汚れた赤い羅紗布を巻いているから、そういう渾名がついた。

がっしりとした大男であるうえ、髪も髭も伸び放題なので年齢はよくわからない。誰かが訊ねても、「いくつに見えるね」という答えにならぬ返事をした。

ありがたいことに、紅巾は将棋が強かった。むろん「悔棋」などただの一度もなく、林先生が本気で立ち合っても、勝敗は五分五分だった。おかげで退屈な老人たちは、勝負に金を賭けて喜んだ。

そのうち、あいつは戦争に嫌気がさした軍閥の将校なのだろう、という噂が立った。無愛想で商人とは思えぬし、読み書きもさっぱりのようだから、軍人といえばそんな気もした。だが、やはり腑に落ちない。紅巾には軍人にありがちの、威を誇るところがなかった。閑かで、穏やかで、笑顔が子供のようだった。

それだけの話ならば、どこの誰であろうがかまわない。林先生の無聊を慰めてくれる好人物にすぎぬ。

しかし目に入れても痛くないほどかわゆい孫娘が、どうやら紅巾の倅と恋仲であるらしいと聞けば話は別である。

老いては子に従えという。孤雲野鶴の隠居が孫娘の恋愛に気を揉むなど、見苦しいとも思う。だが林先生はどうしても、正体の知れぬ家に孫娘を嫁がせたくはなかった。

李文瑞(リイウエンルイ)はたしかに好青年である。背が高く、眸(ひとみ)は明るく、礼儀正しい。そのうえ北京大学では相当に優秀な成績であると聞くから、孫娘が心を傾けるのももっともだと思う。

また、文瑞の母親も如才ない女で、孫娘が姑(しゅうとめ)で苦労するとも思えぬ。つまり林(リン)先生の唯一にして最大の不安は、あの無口な父親の巨軀にまとわりつく、どんよりとした謎であった。

林先生も七十の齢(よわい)を過ぎて、孔夫子(こうふうし)の宣(のたも)うたごとく、心の欲するところに従えども矩(のり)を踰(こ)えることがなくなった。あれこれ心を悩ましても、紅巾(ホンジン)の正体を暴くことなどするまいとおのれを律した。

ところが先日、どうにも我慢のならぬ出来事があった。

その日は公園に紅巾が姿を見せなかったので、暇を持て余してしまった。そこで早々に引き揚げ、午下りの棗樹胡同(ツアオシユフートン)に家路をたどっていたところ、李家の門前に小ぎれいな騾車(らしや)が止まっていた。

たまたま降り立った客人と目が合ったとたん、林先生はあやうく鳥籠を取り落としそうになるほど驚いた。

地味な灰色の袍を着ているが、けっして人ちがいではない。かつて紫禁城内廷に並ぶ者なき威望を誇り、いかな大臣顕官といえども礼を正した、大総管太監（ダァツォンクワンタイチエン）の李（リイ）春雲（チュンユン）であった。

「やあ、これはこれは林純（リンチュン）先生。このあたりにお住まいですか」

などと、李春雲はさしさわりのない物言いで久闊（きゅうかつ）を叙したが、その表情にはどことなくとまどいのいろがあった。

およそ二十年ぶりの邂逅であろうか。しかもさほどの交誼はなかったはずなのに、李春雲は林先生の名前を覚えていた。

「呀（ヤー）、呀。お久しぶりですなあ、大総管」

礼部衙門（がもん）に出仕していたころ、いくどか西太后（シータイホウ）様にお目通りしたことがあった。そののち京師大学堂の教授を務めていた時分には、幼い宣統（シュアントン）陛下にご進講をする栄にも浴したが、そのころ李春雲はすでに職を辞していたと思う。

外朝の役人と内廷の太監のちがいこそあれ、二品（にひん）の大総管は林先生が面と向き合える相手ではなかった。おたがい野に下ってから長い歳月を経て、今さら昔日の礼を尽くす必要もあるまい。

さしあたって考えねばならぬことは、なぜ大総管がこの邸を訪れるのか、という謎であった。

「おたがい齢をとりましたね、林(リン)先生」

「あ、いえ、あなた様はさほどお変わりない」

来意を訊ねるわけにはゆかぬ。しかし、もし孫娘がこの家の嫁に入れば、李春雲(リイチュンユン)を出迎えねばならぬのである。位人臣をきわめ、権勢は並ぶ者なく、そのくせちっともそうとは見えぬところがそら怖ろしかった、大総管太監(ダアツォンクワンタイチエン)「春児(チュンル)」を。

どうしてこの家を訪れるのだ。

謎を解明するどころか一刻たりとも居たたまれぬ気分になって、林先生は門前を立ち去った。

その日をしおに、退屈とは縁がなくなった。何とか機会を求めて、紅巾(ホンジン)の正体を暴かねばならぬと考え始めたからである。

「ごぶさたでしたねえ、林先生」

店主に肩を叩かれて、林先生は我に返った。便宜坊酒楼は乾隆様の時代から続く老舗だが、そうした伝統などいささかも誇ることなく、今も安くてうまい食事をふるまってくれる。

先代のころからの古いなじみである。当時この店主は働き者の小僧だったが、やがて先代の一人娘の婿になって、店を引き継いだ。

その女房は七つも齢上で、図体も亭主よりずっと大きかった。その夫婦のやりとりがまるで掛合い漫才のようで、客を飽きさせなかった。数年前に相方を喪ったあと、亭主は急に老けこんでしまった。

幸いはんぱな午後の時間で、ほかの客はいなかった。話を詰めるにはもってこいだと林先生は思った。

便宜坊酒楼の名物は、手打ちどころか粉から挽く饂飩である。

「女房に死なれちまって、跡とりもいねえんじゃ、この店も俺でしまいだ」

店の隅で石臼を回しながら、店主は唄うように言った。たぶん聞く人がいなくても、粉を挽くたびに同じ文句を呟いているのだろう。

「学生さんたちは、日本のことばかり悪くいうがね、義和団騒動のときにそこいらで大砲をぶっ放したのは、西洋人の軍隊だったよ。やつらのおかげで、跡とりもいなくなっちまった」

せっかく気を回して、義和団騒動の話はするなと言っておいたのに、店主が勝手に語り始めてしまった。紅巾は白酒（パイジュウ）を舐めながら、黙って耳を傾けている。

「新聞なんぞ読めなくたって、お客さんの話はいやでも耳に入るさ。国際連盟とやらが仲に立ってくれるらしいが、俺ァとても信じられねえ。だって、やつらみんな西洋人だろうが。仲裁するふりをして、またぞろ軍隊が乗りこんでくるにちげえねえよ。蒋介石（ジャンジエシイ）もそんなやつらに泣きを入れてどうする。やくざ者をどうにかしてくれと、ほかのやくざ者に泣きついているようなものじゃねえか」

たしかにその通りだ、と林（リン）先生は声を出さずに肯いた。

国際連盟は日本政府に対し、東北からの即時撤兵を求めているが、その後は治安維持のために、諸国連合軍が共同管理をすると提案していた。やくざ者を追い出したあとは、べつのやくざ者が乗りこんでくる、という筋書きである。

「なあ、おやじさん。弱音は吐かずに店を続けておくれ。便宜坊の餛飩は北京一なのだからね」

「ありがてえ」

とひとこと呟いたなり、口を封じられたと思ったのだろうか、店主は黙りこくってしまった。

粉を挽く重い音が胸に迫った。

「ところで、紅巾（ホンジン）。つい先日のことだが、旧知の人物とお宅の門前で出くわした」

林先生はいきなり切り出した。世間話などしていたら、決心が萎（な）えそうな気がしたからだった。

親戚になるのだ。子や孫の幸福を希うのであれば、謎も秘密もあってはならぬ。もし空とぼけるのなら、泣いて説得しようと林先生は身を乗り出した。

ところが、紅巾は空とぼけるどころか、まるであくびでもするようにあっけらかんと答えた。

「ああ、春児（チュンル）だね。やつも先生に出会ったと言っていた。林老爺（ラオイエ）は欲がなくて働き者で、役人の鑑（かがみ）だったとほめてやがったぜ」

「おいおい、紅巾。いくら何でも前（さき）の大総管（ダアツオンクワン）を捉まえて、春児はあるまい。ほめてやがったとは、どういう言いぐさだね」

「ほかに言いようはねえさ。てめえの弟を何様と呼ぶ兄貴がどこにいる」

「啊（ア）！」

林先生は小さな叫び声を上げた。

「何と、義兄弟の契りを交わした仲か」

「いや、義兄弟じゃあねえ。血を分けた兄弟だ」

「君。冗談はその関帝様のような顔だけにしてくれたまえ」

「あいにく、嘘と冗談は言ったためしがねえ」

紅巾（ホンジン）はぎろりと目を剝いた。言われてみれば、二重瞼の大きな目が似ているような気がした。

そこまで言ったのなら先を続けてくれ。どうして口を噤（つぐ）むのだ――。

二人は無言のまま、白酒（パイジュウ）を酌みかわした。石臼の回る音だけが、低く長く響いた。

やがて、落花生を頑丈な奥歯で嚙み砕きながら紅巾が言った。

「のう、先生。親の素性をどうこう言われたんじゃ、若い者がかわいそうだ」

「是的（シイダ）。わしはさほど頑固者ではない。素性も何も、大総管（ダアツオンクワン）の甥御さんならもったいないぐらいだよ」

言葉を択（えら）んだつもりだったが、紅巾の表情は翳（かげ）ってしまった。

大総管とて宦官（ホアンクワン）にはちがいないのである。男を捨てなければ生きてはゆけぬほどの、貧しい出自であることは明らかだった。

「林（リン）先生。あんたはいい人だ」

「あなたもいい人だよ。わしの親戚になってはくれまいか」

「俺も女房も、読み書きができねえんだが」

何と純朴な男だろうと、林先生は思った。どんな美辞麗句を並べようとも、その純朴さを穢（けが）してしまいそうな気がして、林先生は紅巾の大きな掌（て）を握りしめた。

「俺の名前を知っているか」

「李(リイ)という姓しか知らんよ。まさかあの李春雲(チユンユン)の兄さんだとはね。公園に集まるじいさまたちも、何人かに一人は李さんだから、思い至るはずはない」

「名乗らせてもらうぜ。てめえの名前すら書けねえんだが、弟は春の雲で、俺は春の雷だ」

李春雷(リイチユンレイ)という名前を、胸の中で真白な紙に書き、林先生はきつく目をつむった。関帝様や鍾馗様に似ているのも当たり前だと思った。

張学良(チヤンシユエリヤン)将軍に戦意がないのは、李春雷が帷幕(いばく)を去ったからだと人は言う。もし馬(マー)占山(チヤンシヤン)将軍とともに彼があれば、東北を取り戻すことができる、とも。

「なぜ君は、すべてを捨てたのだね」

「戦争はもうこりごりだ」

多くを語らせてはならない、と林先生は思った。おそらくこの男の一言は、血の一滴よりも重い。

店主は厨房に入って、餛飩を打ち始めた。女房に死なれていくらか呆(ほう)けてしまったのか、何もかものんびりしていた。客がいないのは時刻のせいではないのだろう。

李春雷は古い店の来歴を偲(しの)ぶように、煤(すす)けた天井を見渡し、歪(ゆが)んだ窓ガラスの向こうの景色を眺めた。

「いや、そうじゃねえな。戦争がこりごりだなんぞ、言いわけだ」

「ほう。では、どうしたわけなんだね」

「千人の男を殺すよりも、一人の女を生かすほうが難しかった」

この男を父とし、この男の倅を夫とする明雪(ミンシュエ)は、世界一の果報者だと思った。

「あなたの奥方はいい人だ」

「そう思って下さるかね」

「幸せでなければ、あんなにいい人にはなれないよ」

李春雷(リイチュンレイ)は破顔していくども肯いた。その笑顔を見ながらふと、先立った女房のことを考えたが、その人生が幸せであったかどうか、林(リン)先生にはわからなかった。

槐(えんじゅ)の並木が風にそよいでいる。今にも東華門から、袁世凱(ユアンシイカイ)の乗る車が走り出て来そうな気がした。

さまざまの転変を経て、主が誰になろうと北京のたたずまいは昔のままだった。

たいそう時間がかかったが、やはり便宜坊の肉餛飩は絶品である。

とろけるほど柔かく煮こんだ東坡肉(トンポーロウ)は八角がかぐわしく、上品な舌ざわりの麺は太陽の匂いがした。

李春雷は生まれ故郷を語った。静海県は天津の南である。内陸であるのに海の名が付いているのは、大小の湖沼と湿原に被われているからだった。

もともと耕作には適さぬ土地柄であるうえ、いったん日照りの夏となれば湿原はきれいさっぱり干からびて、農民たちはみな飢えた。古来宦官が多く出るのは、そうした理由によるらしかった。

「言われてみれば、大総管も静海のご出身だった。私財を抛って治水工事をなすったから、今は豊かな土地に変わったはずだよ」

すると李春雷は餛飩をたぐる箸を止めて、「知らなかった」と呟いた。

静海という名には、もうひとつ聞き憶えがあった。さて、いったい誰にまつわる場所であったかとしばらく考えこんで、林先生はようやく思い当たった。

梁文秀。光緒十二年、林先生が合格した科挙試験の、第一等「状元」であった才子である。

「いやはや、二十歳かそこいらで状元と呼ばれたのだから、それはもう大変な秀才だった。偏屈者という噂だったが、いや、そうではない。あんまり頭がよいから誰もが近寄りがたかったのだ。戊戌の政変で失脚しなければ、宰相の座は約束されていたようなものだよ。もしやあなたはご存じかね」

李春雷は餛飩をすすりながら、こともなげに言った。

「ああ、史了なら名主の倅だ」

字までは記憶にない。

「おいおい、まさか兄弟だとは言わせぬぞ」

「死んだ兄貴の義兄弟だった」

ということは、兄弟同然である。さては梁 文秀の引き立てがあったのかとも思ったが、宦官だの張作霖の子分だのは、あまりにも畑がちがう。

林先生が考えこむうちに、李春雷はまたもやこともなげに言った。

「妹が史了の嫁になった」

「啊？」

いったいこの男は、何べん「えっ」と驚かせれば気がすむのだろう。おそらくきょう一日で、寿命が二年や三年は縮んだのではあるまいか。

「すると、もしや妹さんは戊戌の政変で不幸な目にお遭いなさったか」

「いや。その不幸のあとで後添いに収まった」

どうしても言葉が足らぬ。何だかわけがわからぬが、要するに死んだ兄の義兄弟で、なおかつ妹の夫ならば、実の兄弟と言ってもよかろう。

梁文秀は惜しむに余りある人材だった。ことあるごとに、彼がいてくれたらと役人たちは口々に言ったものである。

だから、言葉の足らぬ李春雷にその消息を訊ねるのは勇気が要った。しかし林先生の意を汲むように、李春雷は伝えてくれたのだった。

「今は万歳爺(ワンソイイエ)のお側に仕えている」

林先生は思わず箸を落として顔を被った。

この春に突如として出現した満洲国なるものが、いったいどのような国家であるのか、先生にはよくわからない。

日本がでっち上げた傀儡国家なのか、張作霖政権の再興なのか、あるいは民国から独立した楽土なのか。

だが、あの梁文秀が宣統(シュアントン)皇帝とともにあるのならば、これこそ大清の復辟(ふくへき)にほかならぬと林先生は確信したのだった。

「どうした、先生。何も爺様が泣くほどの話じゃあるめえ」

北京はどこも変わらない。真青な秋空も、槐の並木も、紫禁城の瑠璃色の甍(いらか)も、一杯の餛飩の味さえも。

だが、その風景の中に現われれかつ消えていった人々の俤がいっぺんに溢れて、林先生を泣かせたのだった。

「もう一杯いかがかね。これが食い納めかもしらねえから」

店主が厨房から顔を覗かせて言った。

どうやら本気で店を畳むらしい。ならば退屈な幸福に身を委ねて、ふたたび粉を挽くところから始まる便宜坊の餛飩を、味わってみようかと林先生は思った。

三十六

尊函収到。お手紙たしかに拝受いたしました。

返信が遅れましたことはご容赦下さい。手紙をしたためるわずかな時間もままならなかった当方の事情は、すでにお察しであろうと思いますが。

去る九月十五日に満日議定書の調印式をおえ、ようやく一段落というところです。しばらくの間は精も根も尽き果てて外出する気にもなれず、せいぜい二日か三日に一度、それも執政閣下から直々にお電話をいただいて、ようやく御前に伺候するという有様でした。

べつだん体の具合が悪いわけではありませんので、ご心配なきよう。六十六歳という年齢が、少々こたえているだけです。

夏が去ると、長春の秋は駆足で過ぎて行きます。十月の初めには早くも温床(オンドル)に火を入れ、ペチカの掃除もおえました。北京と天津と東京の冬しか知らぬわたくしたちにとって、この地の寒さはいかばかりであろうと、先を思いやることしきりです。

今もそうして、温床の上でぬくぬくとしておりましたら、妻が頭に角を立ててやって参りましてね。「あなた、何はさておくとしても、吉永さんにだけはご返事をお書きなさいまし」と叱(しか)られました。それも、その通りの日本語で。

むろん、妻に言われたから書いているわけではありませんよ。

わたくしの家は関東軍の憲兵に見張られておりますし、たぶん電話も盗聴されています。新京市内で投函しようものなら、まちがいなく内容を検(あらた)められるでしょう。これから休暇をいただいて、静海(チンハイ)の故郷に帰るつもりですので、その折にゆっくりと書かせていただくつもりだったのです。

しかしまあ、苦労をかけ通しの妻に、あれこれ物を言い返すのもどうかと思い、忘れていたふりをして筆を執りました。

帰郷するのは実に四十数年ぶりなのです。父も兄もすでに亡くなり、甥(おい)が梁家屯(リアンジアトン)の家を継いでいるそうです。そしてその故郷には、あの戊戌の政変の折にわたくしが犠牲にしてしまった前妻と、二人の幼な児の墓があります。もちろん、玲玲の父母や兄たちの墓も。

今さら二人してふるさとに帰り、曠れ果てているか、さもなくば湿原の底に沈んでいるかもしれない墓に詣でる決心の、易かろうはずはありません。

玲玲はずっと、「奥様に申しわけない」と言い続けています。その嘆きには幾重もの意味があって、わたくしには慰めることも宥めることもできません。

そうした妻の懇願を容れて、わたくしは帰らざるふるさとに帰ろうと決めました。この手紙は途中の天津で投函しようと思います。

満洲国の建国という大仕事のほかに、そのような個人的事情がありましたことを、無音の言いわけとさせていただきます。

帰んなんいざ、田園将に蕪れんとするに胡ぞ帰らざる。

あなたは陶潜がお好きでしたね。遅ればせながらわたくしも日本語を学んで、この美しい読み下しを理解したとき、日本人の中国に対する敬愛の情のいかに深いかを知りました。

冀くは満洲国にかかわる日本人のすべてが、その心の持ち主でありますよう。

張作霖（チャンヅオリン）将軍の軍事顧問として長く東北に過ごされたあなたは、長春の町をよくご存じでしょうね。

このたび満洲国の国都にふさわしく「新京」と改称したのですが、そのいかにも取って付けたような名前に、市民たちはなかなかなじめません。多くの中国人は、かつての長春市街地の南に、「新京」というもうひとつの街ができたのだと誤解しているようです。

それもそのはず、昼夜を分かたぬ突貫工事で出現した新京新市街は、規模においても意匠においても、まったく旧市街とは別物なのです。

おそらくあなたの知る長春は、瀋陽とハルビンの中間にある地方都市、もしくは軌道の幅が異なる南満洲鉄道と東清鉄道の乗換駅にすぎないのでしょう。すでに概要はご存じでしょうが、百聞は一見にしかず、ぜひ折を見てお訪ね下さい。

東京は近隣の町村を合併して五百五十万の人口を擁し、ついにニューヨークに次ぐ世界第二位の大都市となったそうですね。そうした日本の躍進と歩調を揃えるために、あるいは日本において不可能な都市計画を実現するために、新京は営まれたのです。

国際連盟調査団は、満洲国を自発的な独立運動によるものではないとし、現政権は日本の傀儡であり、植民地支配の変形であると断定しました。

しかし翻って思うに、長きにわたって植民地経営の歴史を持つ欧州列強が、その支配地域に対してかつてこれほどの資本を投下したためしがあったでしょうか。否、それらは例外なく資源と労働力の一方的搾取であって、支配地域の発展に寄与するものではなかった。すなわち日本における明治維新も、また敗れたりとはいえ清国における戊戌の変法も、そうした列強の脅威から免れて自存自立しようとする運動であったのです。

よって、明治維新を成功させて自立した日本が、戊戌の変法に失敗したのち混迷を続ける中国に対して指導力を発揮するのは理(ことわり)であり、また最大の脅威であるソヴィエト連邦の南下に抗するためにも、中国東北部における親日安定政権の確立は不可欠のものでした。

そのように考えると、中国に対しては不干渉の態度をとった日本の歴代政党内閣は、隣邦としてあまりに冷淡であり、なおかつ国際的にも潔癖すぎたのではないでしょうか。のみならず、国防についても無関心であったのですから、その任務を負う軍人が憤懣(ふんまん)を覚えるのも当然です。むろん、だからといってテロという手段に訴えてはなりませんが、軍人勅諭によって政治への介入を戒められ、参政権すら持たぬ軍人たちには、ほかに手立てがないとも思えます。

去る十月二日に公表された国際連盟調査団の報告書は、そうした日本の立場を毫も斟酌しない内容でした。

あなたはどのように思われたでしょうか。

満洲国の正当性を否定し、しかし原状復帰は必ずしも事態の解決にはなりえぬから、中国の主権を認めたうえで地方自治政府を設け、日本をはじめとする列強の管理下に置く。

一読したところ、公平な結論に思えますね。だが、わたくしははっきりと感じました。

欧米列強は時間を巻き戻そうとしている。すなわち、中国を瓜分(かぶん)する。地大物博といわれたこの国を瓜のごとくに分け合って、肥沃(ひよく)な国土と、潤沢な資源と、中国人という名の奴隷を山分けするつもりなのだ、と。

けっして思い過ごしではありませんよ。かつて光緒陛下のもとで、戊戌の親政にたずさわっていた若き日、わたくしは多くの外国人と会談しました。彼らは何ひとつ変わっていない。今も昔も博愛の仮面をかぶって、中国の国土と国民を収奪しようと考えているのです。

調査団長のリットン伯爵は、「ポンペイ最後の日」で知られる通俗小説家、ブルワー・リットンの孫ですね。英国貴族が暇にあかせて書いた小説のように、満洲国の創世記をでっち上げるのはお手のものでしょう。

アメリカ代表のマッコイ少将は実務家で、権威的なリットン卿の有能な副官のように見えました。真剣に仕事をしていたのは、彼ひとりでしょう。

つまり、国際連盟の調査団といっても、実質は英米の合同調査で、ドイツ、イタリア、フランスの代表は日本語でいうところの「並び大名」でした。

理由は簡単ですね。現在のところ中国を支配する余力を持っているのは、イギリスとアメリカだけだから。

時間を何十年も巻き戻して、イギリスは中国に対するインド的統治をめざし、アメリカは経済的支配をもくろんでいます。よって日本に嫉妬し、国際連盟の名のもとに満洲国の解消を要求しました。それがリットン調査団の正体です。

おそらく日本の軍部も、あなた自身も、十分に承知しているでしょうけれど。

わたくしの家は長春旧市街にあります。

小ぢんまりとした品のよい四合院（スーホーユアン）で、もとは吉林（チーリン）省主席であった張作相（チャンヅオシャン）の妾宅だったそうです。

あなたは彼をよくご存じでしょうね。張作霖（チャンヅオリン）の古い子分で、「白猫（パイマオ）」と呼ばれた将軍です。さすがは満洲馬賊の頭目、縄張りのあちこちに妾を囲っていたのでしょう。

白虎張（パイフーチャン）のかつての子分たちは、ちりぢりになってしまいました。張景恵（チャンチンホイ）を始めとする一部の人々は満洲国に残りましたが、馬占山（マーチャンシャン）は帰順したと思う間に脱走、今も黒龍江省を根城にして抵抗を続けています。

むしろそのどちらにも与（くみ）せずに、意思のよくわからない張学良（チャンシュエリヤン）に従順であった張作相将軍は、ひたすら忠義な人物であるように思えます。満洲国と民国の呼びかけにも頑として応じず、ひっそりと天津に寓居していると聞きます。

ともあれ、その「白猫」親分のかつての妾宅に、わたくしたち夫婦は住まっております。旧市街はいかにも東北の小都市の趣きで、とても落ち着きます。

先朝の役人時代は、ずっと北京の宮仕えでしたから、地方官はこんな暮らしをしていたのか、などとしきりに考えます。

科挙試験の成績上位者はまず翰林院（ハンリンユアン）に出仕して学問を積み、中央官僚として歩む定めでした。しかし、実は地方官のほうがずっと実入りがよく、暇もあるのです。

まさか自分が第一等の状元になるなどとは思ってもいなかったので、暖かな江南の地方官にでもなって、のんびりと酒を酌み詩を吟ずる人生を夢見ていたのはたしかでした。

出世を望むなら中央、幸福を希(ねが)うなら地方。そんなことは、はなからわかっていたのですがね。

さて、わたくしの近況などはさておくとして、昨今の日本の国情について論ぜずにはおられません。

世界恐慌以来の景気低迷。打ち続く凶作。日本国民の鬱憤(うっぷん)は極まっているのでしょうが、暴力に訴えてはなりませんね。

一人一殺の血盟団事件など、とうてい世界に冠たる文明国の出来事とは思われません。そして、とうとう五月十五日のテロ。軍人が徒党を組んで時の首相を暗殺したのですから、これはテロというよりもクーデターと定義するべきでしょう。

しかし、徒党を組んだのは海軍将校と陸軍士官候補生であって、今日最も危険視されている急進的な陸軍将校が加わっていません。どのような事情でこうした組み合わせになったのかは知りませんが、よほど用心し、かつ断固たる制裁をもって臨(のぞ)まなければ、必ず陸軍将校によるさらなるクーデターが起こる、と読むべきです。

在満の新聞記者を通じて、五・一五事件の首謀者たちの主張を知りました。曰く、「今や農村疲弊のきわみ、健全な軍隊を望めぬ」。日本の軍隊、わけても陸軍はその兵力の多くを農村に依存しているのです。口べらしのために軍人となり、なおかつわずかな給金をそっくり郷里に送らねばならぬようでは、健全な軍隊など望めぬ、という意味でしょうか。

曰く、「資本主義の農村搾取」。

これは農地制度の現実を指しているのでしょうが、一部の軍人はすでに共産主義思想の影響下にある、と読むべきでしょう。

以上の二項が海軍将校の主張であることに着目すべきです。海軍はその兵力の多くを志願制によっているはずであり、なおかつそれも技術者や漁民が主体で、農村とは結びつきが薄い。すなわちこの主張は、海軍将校の口を藉りた陸軍軍人の言葉である、とわたくしは考えます。

さらに曰く、「アジアを白色人種から解放すべし」。

さきの二項目は社会の現実でしょうが、この主張には飛躍がありますね。つまり、すべての主張を結びつければ、彼らが理想とする政策が浮かび上がります。

「政府の農業政策は限界に達しており、日本の赤化を防いで天皇制の国体を維持する

ために は、大陸政策を積極的に推進し、さらには東アジアの植民地を解放して、日本を盟主とする対白人世界を構築する」

これはわたくしの作文ですが、まずほかの解釈は考えられますまい。

そして、この主張をした海軍将校は、犬養(いぬかい)首相を殺害したうえで次なるクーデターの予告をしているのです。

もし政府がこの建言を容れぬのであれば、陸軍が本格的な軍事クーデターを起こす、という恫喝です。

むろんこれらは、軍の総意ではありますまい。皇姑屯や柳条湖で事件を起こした連中と同腹の軍人たちが計画し、実行しようとしているのでしょう。こうした動きを良識ある軍人と勇気ある政治家が阻止できるかどうか、日本と満洲国の命運はそこにかかっています。

皇姑屯のクロス地点で九死に一生を得たあなたは、おそらくその救国の使命を、天から授けられたのでしょう。

僭越ながらご忠告をもうひとつ。

農村の疲弊する最大の原因は、不景気でもなく、凶作でもありません。労働力の不足です。

第一に、人口が都市に集中すれば食糧の需給均衡が壊れます。東京が世界第二位の大都市になったなど、けっして喜ぶべきことではありません。

第二に、積極的な大陸政策の結果として、予備後備の農民たちが軍隊に召集されます。関東軍の要求を容れて在満兵力を増加すれば、日本国内の農業生産力は確実に低下します。

急進的な政治家や軍人は、たぶんその理に思い至らず、首都の繁栄はけっこうなことだ、農政問題は満洲移民の開拓によって解決するのだ、と考えているのでしょう。

彼らの理想は誤りです。国民生活の向上は面の拡大ではなしえず、現状の実を挙げてこそ達成できるのだと知るべきです。

そのためには、人口の都市集中を防ぎ、軍隊の増員を停止しなければなりません。さきに書いた五・一五事件における海軍将校の思想は、そうした肝心要のところにまったく思い至っていないのです。

わたくしは取り返しようのない失敗をした政治家ではありますが、かつて日本の三十倍の国土と、十倍の国民を預かる政府閣僚のひとりでした。この意見を参考にしていただければ幸いです。

ああ、長々と手紙を書きながら、ご祝辞を忘れていましたね。

陸軍大学校教官として現役復帰なさったうえ、陸軍大佐にご昇進の由、まことにおめでとうございます。

永田鉄山少将のお引立てだそうですが、さすがはこれからの陸軍を率いる逸材、お目が高い。

お母上様から妻あてに頂戴したお手紙を、わたくしも拝見しておりましてね。あなたが予備役のまま下宿屋の主人でおられることを、何とももったいない話だと嘆いていたところでした。

わたくしは永田閣下を存じ上げませんが、お噂はしばしば耳にいたします。私淑する人と敵視する人、賛否こもごもでしょうか。要はそれだけ実力のある軍人ということですね。

武藤軍司令官がおっしゃるには、「永田が軍務局長になればすべてが収まる」のだそうです。あれほどの人格者がそうまで折紙をつけるのですから、賛否は論ずるまでもありますまい。

しかしそれにしても、あなたの父上母上はご立派な教育者です。あの宋教仁（ソンジャオレン）を養い、永田鉄山を薫陶し、一人息子のあなたまで満洲に送り出した。ほかにもご尊家から巣立った中日の指導者は枚挙に暇(いとま)ありません。そう、ついでにわたくしまで面倒を見ていただきました。

お母上様にはすっかりご無沙汰いたしておりますが、お健やかでしょうか。

実は長く教鞭を執った早稲田大学の創立五十周年祭に招かれておりまして、その式典に参列するつもりの休暇だったのですが、あれこれ考えました末、やはり静海に里帰りしようと決めました。こうした機会にまたしてもご無礼いたしますこと、あなたからお母上様によろしくお伝え下さい。

満洲国が今少し落ち着きましたなら、何はさておきお伺いするつもりです。

ところで、この夏のロスアンゼルス・オリンピックは大盛会でしたね。

日本の金メダル七個は立派な成果ですが、何よりも大会参加者の一割にのぼる百三十一人の日本選手団は、世界の一等国にふさわしい威容でした。

満洲国にもさっそくニュース・フィルムが届き、執政府において上映会が開かれました。

ことに圧巻は、大会の華である馬術大障害。満場拍手喝采の渦で、張景恵(チャンチンホイ)などは西(にし)

竹一(たけいち)中尉とウラヌス号が障害を飛越するたびに騎馬立ちの姿勢をとり、「架(チャー)！架！」と大声を上げていましたよ。

上映をおえたあと、執政閣下は興奮さめやらぬまま御みずからスクリーンの前にお立ち遊ばされ、こう仰せになりました。

「四年後のベルリンには、わが国も参加しよう。そして八年後の東京には、百人の選手団を送り出そう」

ついついおのれの年齢を算(かぞ)えてしまいました。世界中の多くの国から承認されていない今日では及びもつきませんが、ベルリンや東京の空に、オリンピックの五輪のしるしにふさわしい満洲国の五色旗が翻るさまを、この目でぜひとも見たいものです。

「も少し若ければ、金メダルは私のものだがね」

張景恵(チャンチンホイ)は真顔でそう言い、人々を大笑いさせました。時は誰の上にも等しく流れます。そして人はみな、その当たり前の摂理を容易に信じようとしません。

長春郊外の伊通河(イートンホー)のほとりには、今も馬市が立ちます。このあたりはもともと蒙古族の遊牧地ですから。

若き日は馬賊仲間が連れ立って、この長春まで馬を買いにきたものだ、と張景恵は言っていました。「仲間」というのは、若かりしころの張作霖総攬把(チャンヅォリンツォンランパ)のことでしょうか。かつての東北王（トンペイワン）の名は、満洲国では禁句とされています。

もしかしたらあなたも、彼らと轡（くつわ）を並べて、長春の馬市を訪ねたことがあるのかもしれませんね。


わたくしは重罪人です。

かつて戊戌の変法に失敗し、西太后（シータイホウ）陛下と光緒（グアンシュ）陛下に母子相克の苦しみを与え、国家を混乱せしめ、あまつさえ家族を犠牲にしました。まさに不仁、不義、不忠のきわみ、これにまさる悪党など、歴史を繙（ひもと）いてもそうはおりますまい。

囚われもせず自害もせずに生き永らえましたのは、こんなわたくしでもまたいつの日か必ず、国家と国民のお役に立てるはずだと信じたからでした。

官途についたとき、わたくしの師であり、のちに岳父ともなる上司にこう諭（さと）されました。

「役職にあるから役人なのではない。役に立つから役人なのだ」と。

その言葉が、あらゆる苦痛と屈辱にまさって、わたくしを生き延びさせました。

ですから満洲国におけるわたくしは、役職も官位も持ちません。何か問題があれば、できうる限りの助言をさせていただく「役人」にすぎません。

幸い旧知の仲である鄭孝胥（チョンシャオシュ）国務総理は、わたくしの意見を容れてくれます。彼は愛国者であり、大清復辟（ふくへき）を心から希（ねが）う忠臣でもあるのですが、旧制度において「挙人」の学位しか持たず、なおかつ専門分野は鉄道行政であることから、保守的な遺臣たちに軽んじられている気味があります。よってわたくしはこれまでずっと、秘書官のような立場で彼を支えて参りました。

鄭孝胥も七十二歳、どうにか満洲建国を果たして、どっと疲れが出たように見受けられます。

九月十五日の満日議定書調印式に際しても、数日前になって突然、国務総理を辞任すると言い出しました。いろいろと理屈は捏（こ）ねるのですが、腹を割って話し合いますと、この期に及んでどうも怖気づいたらしいのです。

つまり、こうした文書に署名捺印すれば、自分は袁世凱（ユアンシイカイ）と同じ「売国奴」になってしまう、と怖れたのです。

たしかに満洲国が日本とかわしたさまざまの約定は、主権国家としてありうべからざる内容でした。しかし、前進しなければならない。この危い橋の上は迷わず渡って、向こう岸に足場を定めたのち、直せるものから直していけばよい。今はおのれの名を惜しんでいる場合ではない、とわたくしは懸命に彼を励ましました。

どうにか辞意を取り下げて調印式に臨んだはよいものの、彼の表情は引き攣り、手指は震えていて、今にも気を喪ってしまいそうな有様でした。

わたくしは鄭孝胥のていたらくを責めているわけではありませんよ。全権としてあの場に臨んだならば、彼以外の誰であろうと、中国人である限り正気を保つことは難しかったでしょう。

議定書の本文は、たった二ヵ条の簡潔なものでしたが、「日本国または日本国民が従来から有する一切の権利利益を満洲国が確認し尊重する」旨を謳っておりました。すなわち、日本軍の駐留とその経費の負担、鉄道港湾等の運輸施設の権利、はては官吏の実質的な任免権に至るまで、満洲国が認めるという不平等条約です。

清国なり民国なり、あるいはかつての東北政権なりに携った者なら誰しも、こうした条約の調印式に全権として臨めば、自分自身を売国奴と考えてしまうのも当然でしょう。

それでもわたくしは、署名をためらう鄭孝胥の耳元で叱咤いたしました。

「怖れるな、蘇龕。これは結論ではない。ここから始まるのだ」と。

およそ外交条約に、完全なる対等はありえません。しかるに時局が必要とするならば、改正を未来に委ねて批准せねばならぬのも、国を保つ方法なのです。そうした意志を持って保国安民のために署名をする全権の、どうして売国奴でありましょうものか。

むしろわたくしが危惧いたしましたのは、この議定書の極端な片務性によって、満洲国が日本の傀儡国家であると諸外国に認識される、もしくはそうと決めつける理由になってしまうのではないか、ということでした。

ご存じの通り、満洲国の建国と国際連盟調査団の行動は、ほぼ同時に進行していたのです。かつて人類の歴史に、これほど切迫した、これほど息づまる日々があったでしょうか。

北京において国連調査団が報告書に署名を完了したのが九月四日。内容の公表が十月二日。その間の九月十五日に、満日議定書は新京において調印されました。

満洲国の正当性を否定するリットン報告書と、日本が満洲国を正式に承認する議定書が、万里の長城を挟んで大砲のように撃ちかわされたのです。

報告書には国連の威信がかかっています。わけても米英二大強国の威信が。しかし日本も満洲国も、今さら引き下がることなどできません。

一方で満洲国の内部には、少なからずリットン報告書の内容に同調する意見もあります。つまり、日本を中心とする列強の管理下に置いたほうがよいのではないか、という考え方ですね。そしてこの意見は、反日的な人々よりもむしろ、日本に留学経験を持つ親日的、知日的な官僚に多く窺えるのです。

日本を知る者ほど、無理を感じている。常任理事国どうしの対立による国際連盟の崩壊や、日本の国際的孤立化を危ぶんでいるのです。

わたくしは彼らをひとりひとり、説得し続けています。御説はごもっともだが、今少し高みから歴史を俯瞰(ふかん)してみたまえ、と。

あなたはおわかりですね。中国には、アヘン戦争以来、植民地主義の脅威に晒(さら)されてきた百年の歴史があるのです。たとえ国際連盟の提案であるにせよ、列国による国土の共同管理という事態は、その百年の歴史の再演にほかなりません。ならば今は、日本の傀儡と呼ばれ属国の汚名を着ようとも、将来の交渉相手を隣国ひとつに定めたほうがずっとよいのです。

心ならずも対立なされた、西太后(シータイホウ)陛下と光緒(グアンシュ)皇帝陛下。不平等条約を結び続けた李鴻章(リイホンチャン)。売国奴と呼ばれた袁世凱(ユアンシイカイ)。国民ひとりひとりに呼びかけた宋教仁(ソンジャオレン)。そして、見果てぬ中原(ちゅうげん)の虹をめざして長城を越えた張作霖(チャンヅオリン)――。

彼らの方法はまちまちでしたが、思うところはみな同じでした。それは、この国土の一握すらも手放してはならない、国民のただひとりも他国の奴隷にしてはならない、という意志です。

わたくしは科人(とがにん)ではありますが、そうした先人たちの心をやはり大切にしたいと思います。この満洲に王道楽土を打ち立て、いつの日か平和国家の範を、世界に示したいと考えています。

それがわたくしの野望です。

手前勝手なことばかり書きつらねて、長いお手紙になってしまいました。

最後にロマンティックな思い出をひとつ。

静海(チンハイ)の里の不良少年であったころ、占い師の老婆に妙なお告げを頂戴しました。

何でもわたくしは、長じて御殿に昇り、天子様のかたわらにあって天下の政を司ることになろう、というのです。

それは遠い昔、同治(トンジイ)皇帝陛下の御代の話でしたが、わたくしがお仕えするのはその次の天子、すなわち光緒陛下だとまで老婆は申しました。困難な一生だが、心して仕え、矜(ほこ)り高く生きよ、と。

予言はみごと的中いたしましたね。しかし、このごろわたくしは、そのお告げが聞きちがいか、あるいは思いこみであったような気がしてならないのです。いや、老婆の心に映ったわたくしの未来には、とうてい口に出すことも憚（はばか）られる、その続きがあったのかもしれません。

光緒皇帝にお仕えして、事が敗れたのち、時を経てふたたび宣統（シュアントン）陛下の政にたずさわるのだ、と。そしてこの東北の地に、多くの民族が協和する王道楽土を築くのだ、と。先人たちが流した血と涙を一滴も余さず掬（きく）した、理想の平和国家を。

わたくしはそのご託宣をわが天命と信じて、このさきも努力してゆこうと思います。

これもまた、野望ですね。世界の動きに逆らい、身のほどを越えた大きな望みです。野望には諸相がありますが、わたくしと同じ心の持ち主は、日本人の中にも多くあると信じます。

たとえば、武藤軍司令官閣下。たとえば、永田鉄山閣下。あなたは異論を唱えるかもしれませんが、わたくしは現今の満日関係における最重要人物であるこのお二方を、同じ望みを抱く人間として、心強く思っています。

そろそろお仕度を、と妻が再三せかしております。四十数年ぶりの帰郷と墓参り、胸のうちには嵐もあろうに、どのようなときでも笑みを絶やさぬ妻には、感謝の言葉もありません。

行程は営口まで列車、それから船で塘沽に向かい、天津からは馬車でも雇うつもりです。私服の憲兵がわたくしたちの監視兼護衛についてくれるそうなので、心配はご無用です。

あの静海の湿原に立つ自分が、どうしても想像できません。いったいわたくしはそのとき、何を思うのでしょうか。今はただ、「帰んなん、いざ」と、みずからを鼓舞するのみです。

では、御身ご大切に。此致敬礼。

大同元年十月十八日　梁　文秀

吉永将大佐　御机下

三十七

馬車の荷台に積まれた藁束は暖かく、ころあいの背もたれにもなった。閑かに過ぎゆく田園風景を眺めていると、長旅の疲れがのしかかってきて瞼が重くなった。

「どうぞお休み下さいな。まさか逃げ出しはしませんし、ここまでくれば命を狙われる心配もありません」

太太はそう言って、酒井の体に毛布を掛けてくれた。ひっつめに結った髪はなかば白いが、笑顔は少女のように愛らしい。

体つきは華奢で、表情には羞いがあり、日本語の抑揚や濁音もよほど耳を聳てぬ限り完璧だった。支那服さえ着ていなければ、日本人だと言っても疑われまい。

「今さら妙なことをお訊きしますが、よろしいでしょうか」

身を起こして訊ねると、太太は少し驚いたように目を丸くした。長旅の間に、酒井から質問をしたためしはなかった。

「あら、何でしょう」

「お二人は直隷省静海県梁家屯のお生まれで、まちがいないですね」

荷台の縁に肘を置いて景色を眺めていた夫が、厳しい顔をほどいて苦笑した。

梁文秀。役職は満洲国執政府顧問。六十六歳。いわゆる「先朝の遺老」のひとりで、長く日本に亡命していた。任務を与えられたとき、口達された身上はそれだけだった。

「まちがいありませんよ。わたくしは嘘をつきません。ご安心なさい」

流暢な日本語で梁文秀が答えた。

「いえ、何を疑っているわけではありません。ご夫妻ともあまりに日本語がお上手なので」

「長く日本におりましたのでね」

会話はそれで終わった。夫妻は酒井に背を向けて、移ろう景色を見つめながら仲睦まじく語らい始めた。

好もしく思われていないのも当然だった。私服の外套には拳銃が隠されている。それは警護のためばかりではなく、万一彼らが逃亡を企てたり、不穏な行動をとった場合に射殺するための武器だった。詳しい身上を知らされていないのは、そうした際に決断のさまたげとなるからだろう。

藁の山に身を沈めると、澄み渡った秋空が自分を責めているような気がした。

いったいおまえは何をしているのだ、と。

たとえ万が一でも、人の命を奪う法的根拠がどこにあるのだ、と。

ならば何のために、学問を修めてきたのだ、と。

酒井豊大尉が、チチハル憲兵分隊長から新京の憲兵隊司令部付に転補されたのは、明らかな懲罰人事だった。

満洲国において軍政部総長兼黒龍江省長の重職にあった馬占山が、省都チチハルから脱走した。現地の憲兵隊などではいかんともしがたい大事件だったが、責任を問われるのは仕方ない。

むろん彼自身が軍律に背いたわけではないから、軍法会議に回されるはずはないにしても、軟禁同然で長い調書を取られたうえ、八月の将校人事で「司令部付」とされた。軍隊において将校が「長」ではなく「付」とされるのは、「任務も部下もないが当面そうしておれ」というほどの意味である。

士官学校出身者と下士官から叩き上げた将校たちの中では、一般大学を卒業して憲兵を志願した酒井は異色の存在だった。その軍歴は軽侮されこそすれ、法律の専門家として敬意を払われることがなかった。軍人とて日本国民にはちがいないのだが、軍隊では民法や刑法よりも、軍法が優先されるからである。

睫の間を、光に満ちた青空が過ぎてゆく。

老いた馭者の口ずさむ民謡と、夫婦のかわす支那語が耳にここちよい。

酒井が将校たちから疎んじられる理由は、ほかにもあった。

法学部の優秀な学生は高等試験をめざす。俗にいうところの「高文」は、一般行政官のための行政科、外交官のための外交科、判検事のための司法科の三種である。各科とも受験科目は法律が中心となることから、合格者のほとんどは法学部生であり、わけても東京帝国大学法学部が過半数を占めた。

もっとも、そのような大志は抱いたためしもなかった。将来は財閥系の大会社のどこかに滑りこんで、高給取りになろうと考えていた。ところが、大学予科に入学したころには好景気であったものが、大正十一年の銀行恐慌、翌年の震災恐慌と相次いで、とうとう大学卒業生の就職率がわずか三割という冬の時代になった。

酒井が陸軍の幹部候補生を志願したのは、窮余の策であったと言っていい。在学中は陸上競技部に所属していて体力には自信があったし、憲兵にでもなれば学問も生かせるだろうと思った。ましてや将校は、付け出しの少尉であっても「高等官八等」である。

そうした社会背景を知る軍人たちから見れば、酒井のような幹候将校は「職にあぶれた大学出」だった。

また、兵科としての憲兵は歩兵や砲兵と同列ではない。むろん志願する者も少なく、たいていは上官の指名で不本意ながら憲兵になるから、その任務内容とも相俟って、陰湿な劣等感を抱いている者が多かった。そうした輩に言わせると、馬占山の脱走はいよいよチチハル憲兵分隊長の失敗なのである。

司令部付のまま幾月かが過ぎて、初めて与えられた任務が梁文秀の監視だった。しかもその老人の身上もよくは知らないのだから、任務そのものが懲罰のように思えた。

休暇を取って帰郷する梁文秀夫妻に同行せよ、との命令があった。面倒な任務でも、新京で肩身の狭い思いをしているよりはましだと思った。

十月十八日、八時三十分の急行列車で長春駅を発った。最後尾の一等車に同乗したが、座席は別である。

酒井は私服で、満鉄社員の身分証を持っていた。一方の梁文秀夫妻は上品な支那服を着ているから、離れていれば連れには見えなかった。

通常こうした特殊任務に、私服憲兵がひとりでつくことはない。だから命令を受領したとき、ことほどさように危険な任務ではないと思った。つまり梁文秀という人物は民国のスパイや反日分子と接触するおそれがなく、逃亡するはずもないとわかっている。

本人が執政府に申し出た通り、故郷の生家を訪ね、墓参をするのである。ただそれだけのことだと、酒井は確信していた。

長春発大連行の満鉄急行は同日十六時五分、大石橋に到着した。ここで本線と営口線の客車が切り離される。夫妻と酒井は営口行の二等車に乗り換えた。

初めて言葉をかわしたのは、大石橋駅のプラットホームだった。従者のいない老夫妻が、旅行鞄を扱いかねているのを看過できなくなった。

「荷運びが任務ではありますまい」

と梁文秀は拒んだ。

「あなたが他人でも、手は貸します」

酒井は夫妻の鞄を手拭で結び付け、赤帽よろしく振り分けに担いだ。

むろん、屋敷の監視にあたっていたときには、挨拶すらしてはいない。そのうえ八時間近くも列車に揺られてから、ここで自己紹介をするというのもよほど間の抜けた話だった。

「酒井大尉であります。憲兵司令部より閣下の護衛を命じられました」

「では、この先はわたくしの秘書官ということにいたしましょう。よろしいですか」

「はい。それでけっこうです」

「もうひとつ――」

と、梁文秀は人差指を立ててほほえんだ。

「わたくしは、閣下ではありませんよ。遠慮なく名前を呼んで下さい」
久しぶりに、穏やかで美しい日本語を聞いたような気がした。満洲では軍人も文官も、満鉄社員も銀行員も商社員も、みなが荒くれた日本語を使っていることを知った。時の勢いと大陸の広さが、母国語を変えてしまっていた。

本線と分かれた列車は十六時五十五分に大石橋を出発し、十七時三十分に終点の営口に着いた。大陸にはありえぬような気のする、思いがけない近さだった。

営口は渤海（ぼっかい）の最深部に位置し、大遼河の河口に開けた港町である。各地への航路が設けられ、満洲に出入りする物資の多くも、この港を経由する。

夜も更けたころ塘沽（とうこ）行の汽船に乗り、翌日さらにランチに乗り換えて白河を溯（さかのぼ）った。そうして天津（てんしん）租界に入ってしまえば、民国官憲の臨検を受けなくてすむからである。

天津西駅から津浦線で静海に入り、県城で馬車を雇った。丸二日間をかけた長旅の最後が、馬車の荷台だとは思ってもいなかった。

執政府顧問を務める大官が、長く離れていた故郷に錦を飾るのだから、天津か静海に大勢の出迎えがあるだろうと思っていた。たとえ本人がそれを望まなくても、歓待するのはこの国のならわしであろう。

馬車に揺られているうちに、酒井はようやく得心した。

梁文秀には、国を捨てて日本に亡命したという引け目があるのだ。だから従者のひとりも連れず、まるで人目を忍ぶようにして故郷に向かっている。

そう思えばなるほど、故郷に近付くと夫婦は次第に言葉少なになり、表情も翳(かげ)ってゆくように見えた。

「梁家屯(リアンジアトン)！」

老いた馭者の叫び声で、酒井はまどろみから覚めた。

夕陽に染まった地平に向けて、馭者は鞭を振った。帽子の鍔(つば)を下げてメガネを光から庇(かば)えば、遥かな先に赤煉瓦の壁で囲われた村落が望まれた。

長い道中の風景は、ほとんど葦ばかりが生い立つ不毛の湿原だったが、このあたりは秋播(ま)きの小麦が緑色の絨毯を敷きつめたように芽吹いていた。

麦を播く前は唐黍(とうきび)畑だったのだろう、あちこちに乾いた茎が積み上げられている。

一冬を越すには十分な燃料に思えた。

草を食(は)む牛馬は丸々と肥えており、振り返れば小石で舗装された街道の涯(は)てから、羊の群が追ってきた。

まるで物語の中の桃源郷のようだ、と酒井は思った。

その姓から察するに、梁文秀の生家はこの村の領主なのだろうか。

「豊かな土地ですね」

酒井が問いかけても夫妻は答えなかった。たがいの身を支え合うように袍の腕を組んで、ふるさとの景色をじっと見つめ続けていた。

「もとはこうじゃなかった」

老いた馭者が首を捻じ曲げて、代わりに答えた。河北訛りは聞き取りづらかったが、大地の匂いのする風に乗って、やさしげに酒井の耳に届いた。

蹄の音に合わせて、馭者は唄うように語った。

雪が降れば凍え死に
水が出れば流され
日照りの夏は灼かれてしまう
ここいらの百姓は
涙を流す虫けらだった

虫けらだから知恵も勇気もなくて
ただ鳴くだけさ
没法子（メイファーヅ）　没法子
どうしようもない　どうしようもない
百年も千年も
何ひとつ変わらなかった
没法子　没法子
鳴くだけ鳴いて力尽きれば
みなひからびて死んでいった

柳の種がふわふわと風に舞う春に
都から天子様の遣いがやってきなすった
大勢の家来を連れ
杏（あんず）色の轎（かご）に乗って
そんな話は信じられないから
春の雲に乗って天から舞い降りた

太上老君（タイシャンラオチュン）のお遺いだと村人は言った
チュナル　チュナル
春の申し子　春児（チュナル）

チュナル様は葦原を
麦畑に変えて下すった
チュナル様はぬかるみの街道に
小石を敷きつめて下すった
チュナル様は十里の土手を強くして
水が出ぬようにして下すった

チュナル様はみずから鍬をふるい
みずから持籠（もっこ）を担ぎ
泥にまみれて働いた
もし太上老君のお遺いでないのなら
禹王（うおう）の生まれ変わりだと村人は言った

そうしてすべてを成しおえると
チュナル様は杏色の轎に乗って
都だか天上だかにお帰りになった

雪が降れば凍え死に
水が出れば流され
日照りの夏は灼かれてしまう
ここいらの百姓は
涙を流す虫けらだった

「停めて下さいな」

馭者の唄声を遮って太太（タイタイ）が言った。

「用を足すのなら、もうちっとがまんして下さいまし。陽が落ちちまう」

「そうじゃないわ。ここで停めて」

秋の陽はつるべ落としに傾いて、西の地平に今し沈もうとしている。

車輪を軋（きし）ませて馬車は停まった。

「どうしたんだね」

　梁文秀が訊ねた。

「このあたりだと思うの」

　酒井は周囲を見渡した。何ひとつ目印になるもののない、麦畑のただなかである。街道に沿って植えられたポプラは、どれも同じ姿をしていて、東側に運河の土手が延びていた。チュナル様とかいう伝説の人物がこしらえた、治水の堤防だろうか。

　太太は茜色に染まった景色を眩ゆげに見渡した。

「まちがいないわ。ここよ」

　どうしたわけか、長袍の膝を抱えて蹲る梁文秀が、めっきりと老けこんでしまったように見えた。

「さあ、行きましょう」

　太太が憔悴しきった夫の腕を摑んだ。

「しっかりなさい。あなたは何をしたの。持籠も担いではいないし、泥にまみれてもいないじゃないの！」

　夫に付き随うだけであった妻の、突然の変わりように酒井は驚いた。

「胆小鬼！　何て弱虫なの。くたびれたなんて言わせない。年のせいにもさせないわよ。あなたには真先にやらなければならないことがあるわ」

いったい何があったのだろうか。他人の立ち入ることのできる話ではなさそうだが、俯いた夫の背中を殴り続ける太太(タイタイ)の拳を、酒井は握り止めた。

空も地も赤く染まり、太太は血の涙を流していた。

「あたしはこの村で死んだ。だから、いつ死んだってかまわない。あなたはそんなあたしを生き延びさせてくれたけれど、あなたのために死んだ人もいるのよ。あたしは奥様や坊ちゃんたちのことを、一日たりとも忘れたことはなかった。あなただって忘れていたはずはない。それがどうして、ここまできて怖気づくの。胆小鬼(ダンシャオクイ)！　何て弱虫なの」

梁文秀は打ち据えられた子供のように、膝を抱えていた。分別ある老夫婦の過去に何があったのか、酒井は知りたくなかった。支那人はともすると感情を剝き出しにするが、だにしても太太の言葉は尋常を欠いていた。

満洲国は五族協和の理想を掲げて成立した。だが、三千万国民のひとりひとりが立場の貴賤にかかわらず、それぞれの人生を背負っているのだと思えば、五族協和も王道楽土も、すべての理想は虚(むな)しいもののように思えた。

もし満洲国が日本の利益のみを追求するおためごかしの国家ならば、自分は憲兵として法と正義を、とんでもない目的に使用していることになりはすまいか。

そんなことを考えて仰ぎ見た夕空に、黒龍江省長室の壁に書かれた、たどたどしい筆跡が甦った。

還我河山(ホアンウオホーシャン)。我に山河を返せ。

やはり馬占山のあの叫びこそ正義であり、揺るぎなき法そのものだと酒井大尉は思った。

三十八

雲(ユン)にいちゃんが、ふるさとを変えてくれた。

こんなにも豊かに。まるで桃源郷みたいに。

夫の腰を支えながら、玲玲(リンリン)は頭(こうべ)をめぐらせて麦畑を見渡した。

白い砂利を敷きつめた街道に、ポプラ並木の影がどこまでも縞紋様を描いている。

夕陽の赤と白い道と、黒い影と緑の麦と、世界中のどこにもこれほど美しい色の風景はないだろう。

玲玲にはその景色が、たくさんのお金と手間をかけてこしらえたものだとは思えなかった。体は小さいけれどとても手先の器用だった雲(ユン)にいちゃんが、西洋の絵具で描いた大きな絵のような気がした。

あのころの街道は、氷が解ければひどいぬかるみになった。夏の日照りには、目も開けられないほどの土埃が舞った。

別れも告げずに去ろうとする兄のあとを追ってこの道を走った。布靴がぬかるみに取られてしまっても裸足(はだし)で走った。

兄は玲玲(リンリン)を抱きしめて、泥まみれの顔を舐めてくれた。お金も食べ物もないから、獣のように顔を舐めるしかなかったのだ。

兄の姿が見えなくなると、ぬかるみのどこかに沈んでいる靴を探して歩いた。兄がいなくなったことよりも、遠からず自分が飢えて死んでしまうことよりも、泥にまみれた布靴が悲しくて二度泣いた。

もしかしたら雲にいちゃんは、ポプラの幹に身を隠して、その様子を窺っていたのかもしれない。だから湿原を畑に変え、運河の土手を高くしたついでに、街道にも砂利を敷いてくれたのだ。

「チュナル様だってさ」

玲玲は夫の手を引いて歩き出した。天子様や太上老君のお遣いではなく、禹王の生まれ変わりでもないけれど、雲にいちゃんは誰よりも偉いと思った。だって、天子様にも老子様にも禹王様にも、おちんちんは付いているのだから。雲にいちゃんはその大切なものと引き換えに、昴の星を摑んだのだから。

「あいつには、かなわんね」

いくらか気を取り直して、夫が言った。

兄の話はこれきりにしよう、と玲玲は思った。政治家としてあまりに無力であった自分自身を、夫は責めているにちがいなかった。

麦畑の畦道を土手に向かって歩いた。このあたりはかつて、見渡す限りの葦原だった。どうにか耕地を拓こうとしても、塩分の強い土壌には作物が育たなかった。

湿原を干拓したばかりではなく、土まで入れ替えたのだろうか。

運河の堤防は長く高く続いていた。幼いころに見たそれよりもずっと大きいのだから、よほどの大工事だったのだろう。これならばどんな大雨が降ろうと、洪水になる心配はない。

土手を登りかけて振り返ると、まん丸の夕陽が地平線の上に浮かんでいた。ぼんぼりのようにやさしい光だった。沈まずに待っていてくれるのだと思った。

その光の中を、日本語で「おーい、おーい」と叫びながら、酒井さんが走ってきた。二人が思いがけず遠くに行ってしまったので、あわてて追いかけてきたのだろう。

「大丈夫よ」と玲玲（リンリン）が手を振ると、「そうはいかんのです」と酒井さんは走りながら言った。

勾配の途中からは夫が手を引いてくれた。土手の上に立って、二人は息を呑んだ。

昔は舫（もや）い舟の綱を引いて向こう岸に渡ったものだが、運河の上には石造りの円い橋が架けられていた。王府（ワンフー）の池泉に渡されているような、欄干に彫刻まで施した大理石の橋だった。

まぼろしではないかと、玲玲は目をしばたたいた。しかし大理石の橋も、向こう岸の袂からまっすぐに延びる小径も、その先に並ぶ立派な墓石も、視界から消えはしなかった。

「ああ、墓参りですか」

後を追ってきた酒井さんが、ほっと胸を撫で下ろすように言った。もしかしたら、二人が運河に身を躍らせるのではないかと思ったのかもしれない。

「花も線香も持っていないがね」

「だからって、素通りはできないわ」

夫はもうためらおうとはせず、藍色の袍の袖を下ろして橋を渡った。錦糸の蟒を刺繡した朝服を着て、孔雀の翅が揺れる冠をかぶり、颯爽と紫禁城に向かう若き日の姿が目にうかんだ。

日月星辰を動かすといわれる進士様。光緒十二年丙戌の年の状元、梁文秀。北京じゅうに知らぬ人はなかった。

門前で見送る奥様に、「お供させていただきます」と膝を折って、玲玲は毎朝、東華門まで馬の轡を取った。そうして街を行くときの誇らしさといったらなかった。

梁文秀の妻と呼ばれて、いい気持ちはしない。この村を出てからずっと、少爺のお供をしているだけだ。

夫は背筋を伸ばして橋を渡り、対岸の林の中に立つ墓石に向かって歩いた。玲玲も背中を追った。

昔はそのあたりに、父と母と、二人の兄を葬った土饅頭があった。だが今は西方浄土を向いて、立派な墓石が並んでいる。その数を算えて、玲玲は歩きながら顔を被った。

あのいまわしい政変のとき、逃げる間もなかった奥様と二人の坊っちゃんが、どのような目に遭ったのか玲玲は知らない。むろん知りたくもなかった。

墓石を囲んでいるのは、杏の林だった。きっと春には真白な花を咲かせる。北京のお屋敷の内庭にも大きな杏の樹があった。

ようやく夫の背中にたどり着いた。

「おやじもあにきも、かかわりを避けて――」

そこまで言うと、夫は俯いてしまった。

「それは、仕方ないでしょうに」

玲玲（リンリン）は夫の背をさすった。謀叛人の実家が取り潰され、皆殺しになってもふしぎはなかったのだ。

雲（ユン）にいちゃんが奥様と坊っちゃんたちのなきがらを、都から運んでくれた。梁（リアン）家が引き取ってくれぬのなら、父母や兄たちと一緒に葬ればいい。いや、たぶんはなからそのつもりだったのかもしれない。

「雲にいちゃんはね、どんなときでも没法子（メイファーヅ）とは言わないの。口に出すと叩かれた。そいつは人間の言葉じゃない、虫けらの鳴き声だぞ、って」

夕陽がようやく退いて、二人の上に夜が降りてきた。その通りだよ、とお天道様が言い遺したような気がした。

墓石のまわりに杏の苗を植える兄の姿が思いうかんだ。お金があればお墓は建つが、やさしさがなければそんなことはできない。

あれから三十何年もの時が過ぎて、杏の苗は林になった。

「やっぱり、あいつにはかなわない」

洟をすすって、夫は呟いた。

チュナル。チュナル。春の申し子、春児。駅者の唄う通りだ。雲にいちゃんはいつだって春を背負っている。行く先々で雪や氷を解かし、花を咲かせる。そんなことは、太上老君だって禹王様だって、できるわけがない。

「あの、これはどなたのお墓でしょうか」

酒井さんが訊ねた。べつに訊問しているわけではないだろう。立派なお墓と、二人のやりとりを聞いていれば、誰だって知りたくなる。メガネをかけた背広姿は、まったく満鉄か三井物産の社員のようで、この人はたぶん軍服が似合わない。

玲玲はひとつひとつを指さして答えた。

「これは私のおとうさん。これが上のおにいさん。二番目のおにいさん。こっちがおかあさん。それで――」

夫の横顔を窺ってから、玲玲は続けた。

「この人の、奥様と坊っちゃんたちです」

エッ、と声に出して驚いてから、酒井さんは帽子を脱いで外套の胸に当てた。何も訊ねようとはしなかった。頭のいい人だと思った。

「閣下。自分もお参りをしてよろしいでしょうか」

ふいに軍人の口調になって酒井さんは言った。

「ありがとう。だが、家族の不幸は日本のせいではありませんから、詫びる必要はありませんよ」

夫が端正な日本語で答えた。酒井さんは少し考えるふうをした。

「いえ。人間の不幸の多くは、法律の不備に起因します。よって、法律家のはしくれとして、やはりお詫びをさせていただきます」

生真面目な日本人。夫の教え子の中にも、こんなことを言いそうな学生がいたっけ。

それから三人は、それぞれに跪いてお参りをした。玲玲が真先に手を合わせたのは、奥様のお墓だった。

梁文秀の妻はあなた様です、私は今も旦那様のお供をさせていただいています、と玲玲は胸の中で呟いた。祈りに嘘はなかった。

だが、そうくり返すほどに得体の知れぬ悲しみがせり上がって、涙に変わった。

泣いてはいけない。愛する心は誰にも負けないけれど、兄が不毛の湿原を小麦畑に変えたように、私も内なる曠野（あれの）を耕し続けなければならないのだと玲玲は思った。

涙を振り払って仰ぎ見れば、ふるさとの夜空はあの日とどこも変わらぬ星ぼしに満ちていた。

（第3巻につづく）

1931年頃の満洲とその鉄道
江　省
小興安嶺
ソビエト連邦
嫩江
黒龍江
シベリア鉄道
ハバロフスク
北安
克山
チハル
海倫
東清鉄道
松花江
ハルビン
南満洲鉄道
東清鉄道
吉　林　省
牡丹江
綏芬河
京
春）
ウラジオストク
長　白　山
日　本　海
N
0
200km
朝　鮮
地図作成＝ジェイ・マップ

満洲里
東清鉄道
黒
龍
モンゴル
人民共和国
興
安
嶺
内蒙古
満洲国
遼河
四平
熱河省
遼寧省
奉天
(瀋陽)
北京
長城
錦州
大石橋
営口
湯崗子温泉
南満洲鉄道
天津
山海関
静海県
塘沽
南満洲鉄道
遼東半島
中華民国
渤海
旅順
大連

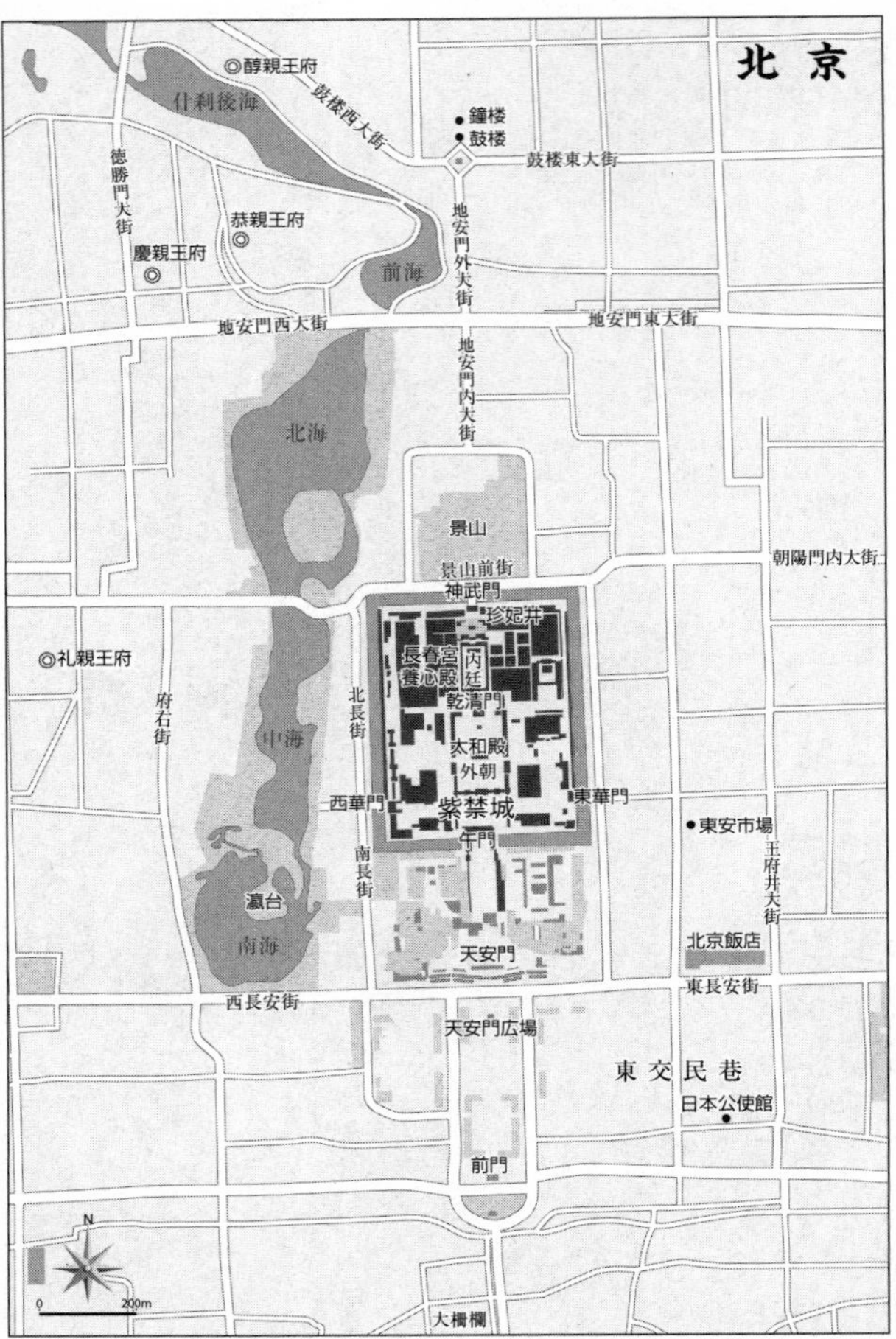
北京
醇親王府
什刹後海
鼓楼西大街
鐘楼
鼓楼
鼓楼東大街
徳勝門大街
恭親王府
慶親王府
地安門外大街
前海
地安門西大街
地安門東大街
地安門内大街
北海
景山
景山前街
朝陽門内大街
神武門
珍妃井
礼親王府
長春宮
内廷
養心殿
乾清門
府右街
北長街
中海
太和殿
外朝
西華門
紫禁城
東華門
東安市場
午門
王府井大街
南長街
瀛台
北京飯店
南海
天安門
西長安街
東長安街
天安門広場
東交民巷
日本公使館
前門
N
0
200m
大柵欄

清朝関係略系図

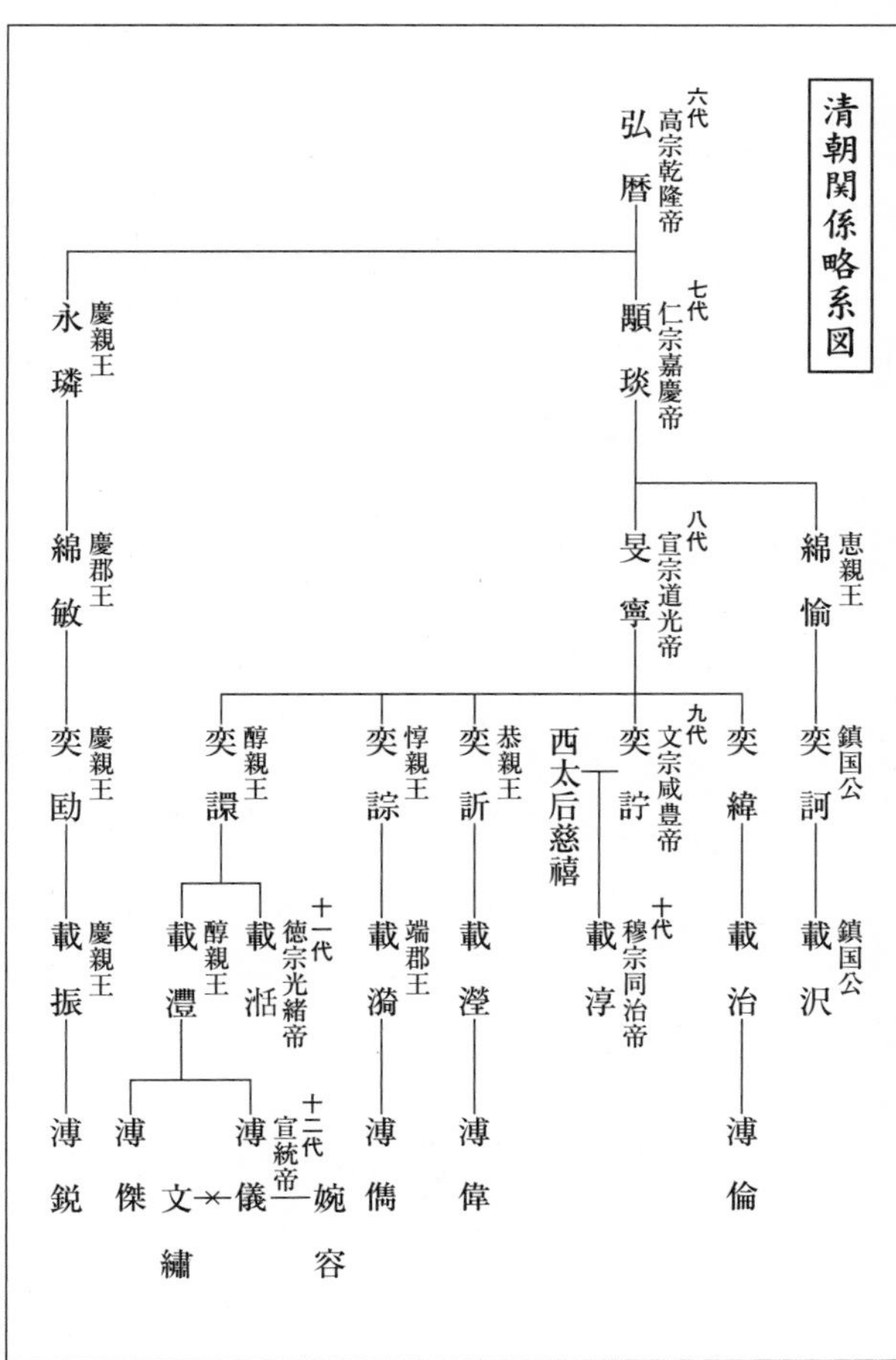
六代
高宗乾隆帝
弘暦
七代
仁宗嘉慶帝
顒琰
慶親王
永璘
八代
宣宗道光帝
旻寧
惠親王
綿愉
慶郡王
綿敏
九代
文宗咸豊帝
奕詝
西太后慈禧
奕綽
鎮国公
奕詗
恭親王
奕訢
惇親王
奕誴
醇親王
奕譞
慶親王
奕劻
十代
穆宗同治帝
載淳
載治
鎮国公
載沢
載瀅
端郡王
載漪
十一代
徳宗光緒帝
載湉
醇親王
載灃
慶親王
載振
溥倫
溥偉
溥儁
十二代
宣統帝
溥儀
婉容
文繡
溥傑
溥鋭

本書は二〇一六年十二月に小社より刊行されました。
初出「小説現代」二〇一五年三月号～二〇一六年六月号

|著者| 浅田次郎　1951年東京都生まれ。1995年『地下鉄(メトロ)に乗って』で第16回吉川英治文学新人賞、1997年『鉄道員(ぽっぽや)』で第117回直木賞、2000年『壬生(みぶ)義士伝』で第13回柴田錬三郎賞、2006年『お腹(はら)召しませ』で第1回中央公論文芸賞と第10回司馬遼太郎賞、2008年『中原の虹』で第42回吉川英治文学賞、2010年『終わらざる夏』で第64回毎日出版文化賞、2016年『帰郷』で大佛次郎賞をそれぞれ受賞。『蒼穹の昴』『珍妃の井戸』『中原の虹』『マンチュリアン・リポート』『天子蒙塵(てんしもうじん)』(本書)からなる「蒼穹の昴」シリーズは、累計533万部を超える大ベストセラーとなっている。2019年、「蒼穹の昴」シリーズをはじめとする文学界への貢献で、菊池寛賞を受賞した。その他の著書に、『日輪の遺産』『霞町物語』『歩兵の本領』『一路』『天国までの百マイル』『おもかげ』『長く高い壁』『大名倒産』『流人道中記』など多数。

天子蒙塵(てんしもうじん) 2
浅田次郎(あさだじろう)

講談社文庫
定価はカバーに
表示してあります

2021年5月14日第1刷発行

発行者――鈴木章一
発行所――株式会社　講談社
東京都文京区音羽2-12-21　〒112-8001
電話　出版（03）5395-3510
　　　販売（03）5395-5817
　　　業務（03）5395-3615
Printed in Japan

デザイン―菊地信義
本文データ制作―講談社デジタル製作
印刷―――凸版印刷株式会社
製本―――株式会社国宝社

ISBN978-4-06-522824-1

講談社文庫刊行の辞

二十一世紀の到来を目睫に望みながら、われわれはいま、人類史上かつて例を見ない巨大な転換期をむかえようとしている。

世界も、日本も、激動の予兆に対する期待とおののきを内に蔵して、未知の時代に歩み入ろうとしている。このときにあたり、創業の人野間清治の「ナショナル・エデュケイター」への志を現代に甦らせようと意図して、われわれはここに古今の文芸作品はいうまでもなく、ひろく人文・社会・自然の諸科学から東西の名著を網羅する、新しい綜合文庫の発刊を決意した。

激動の転換期はまた断絶の時代である。われわれは戦後二十五年間の出版文化のありかたへの深い反省をこめて、この断絶の時代にあえて人間的な持続を求めようとする。いたずらに浮薄な商業主義のあだ花を追い求めることなく、長期にわたって良書に生命をあたえようとつとめるところにしか、今後の出版文化の真の繁栄はあり得ないと信じるからである。

同時にわれわれはこの綜合文庫の刊行を通じて、人文・社会・自然の諸科学が、結局人間の学にほかならないことを立証しようと願っている。かつて知識とは、「汝自身を知る」ことにつきていた。現代社会の瑣末な情報の氾濫のなかから、力強い知識の源泉を掘り起し、技術文明のただなかに、生きた人間の姿を復活させること。それこそわれわれの切なる希求である。

われわれは権威に盲従せず、俗流に媚びることなく、渾然一体となって日本の「草の根」をかたちづくる若く新しい世代の人々に、心をこめてこの新しい綜合文庫をおくり届けたい。それは知識の泉であるとともに感受性のふるさとであり、もっとも有機的に組織され、社会に開かれた万人のための大学をめざしている。大方の支援と協力を衷心より切望してやまない。

一九七一年七月

野間省一